中华诗学倡立传习旨

以中华为根 译与学并重
弘扬优秀文化 促进中外交流
拓展精神疆域 驱动思想创新

丁酉年冬月许钧撰罗卫东书

中华译学馆·中华翻译研究文库

许 钧◎总主编

西儒经注中的
经义重构

理雅各《关雎》注疏话语研究

胡美馨◎著

ZHEJIANG UNIVERSITY PRESS
浙江大学出版社

教育部人文社科研究规划基金项目"跨文化视角下的中国'礼'话语研究"（10YJAZH028）

总　序

改革开放前后的一个时期,中国译界学人对翻译的思考大多基于对中国历史上出现的数次翻译高潮的考量与探讨。简言之,主要是对佛学译介、西学东渐与文学译介的主体、活动及结果的探索。

20世纪80年代兴起的文化转向,让我们不断拓展视野,对影响译介活动的诸要素及翻译之为有了更加深入的认识。考察一国以往翻译之活动,必与该国的文化语境、民族兴亡和社会发展等诸维度相联系。三十多年来,国内译学界对清末民初的西学东渐与"五四"前后的文学译介的研究已取得相当丰硕的成果。但进入21世纪以来,随着中国国力的增强,中国的影响力不断扩大,中西古今关系发生了变化,其态势从总体上看,可以说与"五四"前后的情形完全相反:中西古今关系之变化在一定意义上,可以说是根本性的变化。在民族复兴的语境中,新世纪的中西关系,出现了以"中国文化走向世界"诉求中的文化自觉与文化输出为特征的新态势;而古今之变,则在民族复兴的语境中对中华民族的五千年文化传统与精华有了新的认识,完全不同于"五四"前后与"旧世界"和文化传统的彻底决裂与革命。于是,就我们译学界而言,对翻译的思考语境发生了根本性的变化,我们对翻译思考的路径和维度也不可能不发生变化。

变化之一,涉及中西,便是由西学东渐转向中国文化"走出去",呈东学西传之趋势。变化之二,涉及古今,便是从与"旧世界"的根本决裂转向对中国传统文化、中华民族价值观的重新认识与发扬。这两个根本性的转变给译学界提出了新的大问题:翻译在此转变中应承担怎样的责任? 翻译在此转变中如何定位? 翻译研究者应持有怎样的翻译观念? 以研究"外译中"翻译历史与活动为基础的中国译学研究是否要与时俱进,把目光投向"中译外"的活动? 中国文化"走出去",中国要向世界展示的是什么样的"中国文化"? 当中国一改"五四"前后的"革命"与"决裂"态势,将中国传统文化推向世界,在世界各地创建孔子学院、推广中国文化之时,"翻译什么"与"如何翻译"这双重之问也是我们译学界必须思考与回答的。

综观中华文化发展史,翻译发挥了不可忽视的作用,一如季羡林先生所言,"中华文化之所以能永葆青春","翻译之为用大矣哉"。翻译的社会价值、文化价值、语言价值、创造价值和历史价值在中国文化的形成与发展中表现尤为突出。从文化角度来考察翻译,我们可以看到,翻译活动在人类历史上一直存在,其形式与内涵在不断丰富,且与社会、经济、文化发展相联系,这种联系不是被动的联系,而是一种互动的关系、一种建构性的力量。因此,从这个意义上来说,翻译是推动世界文化发展的一种重大力量,我们应站在跨文化交流的高度对翻译活动进行思考,以维护文化多样性为目标来考察翻译活动的丰富性、复杂性与创造性。

基于这样的认识,也基于对翻译的重新定位和思考,浙江大学于 2018 年正式设立了"浙江大学中华译学馆",旨在"传承文化之脉,发挥翻译之用,促进中外交流,拓展思想疆域,驱动思想创新"。中华译学馆的任务主要体现在三个层面:在译的层面,推出包括文学、历史、哲学、社会科学的系列译丛,"译入"与"译出"互动,积极参与国家战略性的出版工程;在学的层面,就翻译活动所涉及的重大问题展开思考与探索,出版系列翻译研究丛书,举办翻译学术会议;在中外文化交流层面,举办具有社会影响力的翻译家论坛,思想家、作家与翻译家对话等,以翻译与文学为核心开展系列活动。正是在这样的发展思路下,我们与浙江大学出版社合作,集合全国译学界的力量,推出具有学术性与开拓性的"中华翻译研究文库"。

积累与创新是学问之道,也将是本文库坚持的发展路径。本文库为开放性文库,不拘形式,以思想性与学术性为其衡量标准。我们对专著和论文(集)的遴选原则主要有四:一是研究的独创性,要有新意和价值,对整体翻译研究或翻译研究的某个领域有深入的思考,有自己的学术洞见;二是研究的系统性,围绕某一研究话题或领域,有强烈的问题意识、合理的研究方法、有说服力的研究结论以及较大的后续研究空间;三是研究的社会性,鼓励密切关注社会现实的选题与研究,如中国文学与文化"走出去"研究、语言服务行业与译者的职业发展研究、中国典籍对外译介与影响研究、翻译教育改革研究等;

四是研究的(跨)学科性,鼓励深入系统地探索翻译学领域的任一分支领域,如元翻译理论研究、翻译史研究、翻译批评研究、翻译教学研究、翻译技术研究等,同时鼓励从跨学科视角探索翻译的规律与奥秘。

青年学者是学科发展的希望,我们特别欢迎青年翻译学者向本文库积极投稿,我们将及时遴选有价值的著作予以出版,集中展现青年学者的学术面貌。在青年学者和资深学者的共同支持下,我们有信心把"中华翻译研究文库"打造成翻译研究领域的精品丛书。

许 钧

2018 年春

序

　　胡美馨教授把她的书稿给我并邀我作序,我欣然接受。主要是出于两个原因:一是我对胡美馨本人及其治学风格非常了解;二是她在此项研究从选题到成书的过程中,和我有过一些讨论,因此,我对她此项研究比较了解。我认识胡美馨已有二十多年,看着她从一名刚留校任教的新教师成长为一名颇有作为的省中青年学科带头人。她既是我多年的同事,也曾是我的学生。我在浙江师范大学工作期间,目睹她孜孜不倦地投身外语教育改革、享受学术研究。她既善于在教学实践中发现研究问题,更善于以科研成果反哺教学实践,无论是教学还是科研,她都是青年教师中的佼佼者。我也曾与她及其他同事一起开展精品课程建设和教学改革项目,她乐于兢兢业业地为团队、为单位默默奉献,是一位爱岗敬业、敏学善思的青年才俊,深受同事的尊重和学生的喜爱。胡美馨攻读硕士学位期间,我是她的任课教师,也是她的硕士论文导师。在学期间她展现出的真诚的学术热情、敏锐的学术眼光和持续的钻研定力是同龄人中不多见的,给我留下了深刻的印象。她以硕士论文研究为基础,申报并获批了浙江省哲学社会科学规划课题,并在外语类核心期刊发表了多篇论文。近些年她肩挑课堂教学与行政管理双重担子,但从不松懈学术追求,取得可喜成果,作为她的老师、同事和朋友,我为她高兴,也感到自豪。

　　记得几年前,胡美馨和我谈该著作的选题时,我在充分肯定选题新意及学术价值的同时,提醒她要有足够的思想准备去面对这一选题带来的挑战。她本科读的是英语专业,硕士读的是外国语言学及应用语言学专业;虽然她的古汉语功底比较扎实,但要深度融合外语学科与中国传统经学研究,对外语学科出身、未接受过经学研究专门训练的她来说,难度之大,可想而知。胡美馨的这本著作从选题到出版历时十年,想必她一定经历了巨大的困难与挑战。可贵的是,胡美馨在挑战面前从不退缩,而是虚心向专家求教、潜心研读文献、不断突破自我,"十年磨一剑",如今终成正果。

　　胡美馨的这一研究结合中国传统经学来思考中国经典外译的学术路向。中国经典,尤其是儒家经典,承载着中国文化思想传统因子,是中国传统文化的重要组成部分,中国典籍外译及其研究广受国内外学者关注。近些年,随着"人类命运共同体"理念的提出与推进、对文明互鉴重要意义的共识的不断加强,研究中国经典海外传播、探索有效传播路径更显重要,相关研究成果不断涌现。现有研究或从西方译论视角评价已有典籍译本,或从翻译策略视角讨论具体翻译方法,或从批判话语视角解读其中的中西文化权势等问题,但很少有研究以中国传统经学中的经义及其话语建构特征为参照系,来考察现有中国经典外译实践、思考中国经典外译方法。其中很大一个原因是,国内从事翻译研究、批判话语研究的学者大多来自外国语言文学学科,很少深度关注中国传统经学领域;而中国传统经学研究大多专注于古代经典的阐发诠释,很少深度关注经典的跨文化传播。这就带来一个问题:中国传统经典,尤其是儒家经典,在中国传统文化中的意义建构与传承发展主要通过两千多年的经学注疏传统得以实现;离开中国注疏传统来讨论中国经典外译,或许很难触及中国经典在中国传统文化中的根本意义所在,也就很难深度把握传播的内容与方法。

胡美馨敏锐地关注到了这一重要问题，并以中国经典学术型翻译的成功案例——19世纪英国来华传教士理雅各的《中国经典》中的《关雎》译释文本为个案，分析理雅各中国经典跨文化诠释的经学话语特征、西方话语特征及其诠释效果，由此思考中国经典学术型外译的路向问题。她综合中国经学、翻译学、批判话语研究等领域的理论与方法，将理雅各译释文本与中国传统注疏进行比较分析，认为理雅各的《关雎》译释具有以下特征：经注定位，经义之"神"与体裁之"形"兼具；文本辩读，"述而不作"与"述而又作"并举；中西兼顾，"传统注疏"与"现代语码"切换。胡美馨充分肯定理雅各的"西儒经注"策略与效果，也指出其西方话语特征影响了中国经义及其话语建构范式的跨文化表达。她讨论了全球话语单一性困境背景下中国经典"走出去"的当下意义，提出中国经典学术型翻译的路向建议：立足传统中国经学、文本辩读学术释译、兼蓄差异以参彼己、超越学科协同研究。这是一条独具特色的跨学科研究路径。就我所知，目前国内很少有像该著作这样的研究。

通读书稿后，我认为该著作至少具有以下几个鲜明的特点：

首先，突出中国经典跨文化传播对全球话语多样性的意义。胡美馨提出，西方现代理性话语体系的长期霸权地位带来全球话语单一性困境，西方哲人对此虽有深入思辨，但难以在其体系内部寻求到突破这一困境的话语资源。中国经典及其注疏所蕴含的中国传统话语范式有别于现代理性话语，对全球话语多样性发展具有特殊意义，可为当今世界提供中国智慧。她站在全球话语多样性高度，思考中国话语传统的当下意义，体现出很好的问题意识。

其次，强调传统经学成果对中国经典学术外译的作用。胡美馨认为，中国经典及其注疏所承载的经义及其意义建构的话语特征是中国经典传承与传播的重要起点，学术型中国经典外译应立足于传统经学成果，将中国传统话语范式加以跨文化传递，并通过恰当方式使其与西方文化话语有效对接,进一步打开中国典籍翻译研究会通中西的学术格局。

再次,融合经学、翻译学、批评话语分析等理论与方法。胡美馨综合论述了注疏作为中国经典的"地方性知识"、中国经典外译对全球话语多样性的意义、中国经典跨文化传播应深度翻译经典的"地方性知识"等理论观点,深入梳理了大量中国注疏与理雅各的跨文化注疏文本。其分析论证旁搜远绍、辨析入微,体现出跨学科视野与扎实的文本功力,也探索出一种中国经典跨文化传播的话语路径、典籍翻译与海外汉学研究的新方法。

该著作涉及传统经学、话语研究、翻译研究等不同学科的理论与方法,也涉及大量中国传统经典原文、传统注疏文献、传统历史文献等古汉语文本,对于外语学科的很多读者而言,可能会有一定的难度,但作者流畅自然的语言定会给读者带来全新的阅读体验。该著作的跨学科视角与研究方法对跨语言、跨文化研究具有很大的参考价值,其研究成果可为中国经典学术外译提供借鉴,也可为其他文化内涵密集型文献传译带来启示。

洪　岗

2018 年 10 月于杭州

目　录

第一章 导 论

中国经典是中国文化的重要源头与载体,儒学经典尤其是中华民族传统文化的主体和核心(《十三经注疏》整理工作委员会,1999:1)。围绕经典文本发展而来的中国传统经学建构了独特的经学价值体系,此价值体系代表着中华民族的文化"基因"(姜广辉,2005:1)。

这种经学话语体系有别于 19 世纪欧洲现代启蒙运动以来发展起来的"明晰和严格的学科分类""明快的逻辑和清晰的条理"。在中国传统经学中,"文、史、哲、经济、政治这些在西方学术中有着严格分野的学科是整合在一起的","给了人们对事物的整体把握和感悟","使我们有可能进入事物的本源,掌握事物与事物之间的内在联系"(朱杰人,2005:3)。这种经学传统是中华文化区别于他国文化的一个重要因素,也是世界话语多样性中的重要组成部分。晚清以降,这种传统话语言说方式虽在中国话语现代化过程中逐渐被削弱,但仍对中国当下话语实践产生着重大影响(吴宗杰、胡美馨,2010)。

由于话语体系问题,中国传统话语范式并不容易为西方所理解。多年来,在中西文化交流中,西方人多以现代学科语言体系来解释、呈现中国,这种话语体系也成为语言学、文化学、人类学、哲学、文学、音乐、艺术等不同领域的中国人借以解释、呈现自身文化的范式,遮盖了中国经学传统中极富自身特色的"地方性知识"的原初内涵——实际上由于西方现代学科话语体系无所不在,西方学者在解读中国传统文本的时候,也往往只能依赖其"日用而不知"的现代西方话语体系。即便在中国,近几十年来,传统话语遗产的诸多方面也是被忽视甚至被否定的(Wu, 2014a: 851)。如德里达所言,"无论就句法而言还是就词法而言,我们都没有不同于这个(西方经典思想)历史的语言"①(We have no language—no syntax and no lexicon—which is alien to this history)(Derrida, 2007:917)。在跨文化对话中,中国传统话语虽然表现出其智慧与力量,但也是许多误解的根源,在以西方话语体系为主导的当下国际语境中,尚不能被恰当理解,其对世界文化多样性的重要意义也尚未被充分认识。东方智慧对于当下世界文化多元性的意义不言而喻,有必要让世界了解中国传统文化话语特征。中国亦当主动通过各种话语策略,使外部世界逐渐理解中国话语的特征,从而更好地为世界文化多样性做出贡献。中国经学价值体系作为中国文化"基因",对中国文化"走出去"与世界文化多样性具有重要意义;而作为中国文化"源头活水"(姜广辉,2005:1)的中国经典则更是中国文化"走出去"不可或缺的一部分。

中国经学价值体系又集中体现于以训诂、传、笺、注、疏等为学术方法的经学注疏范式。以注疏为重要意义诠释与建构策略的中

---

① 除注明转引之处外,本书所援引的外文文献均由我本人译自英文或法文。此句译文中"(西方经典思想)"的补译处理借鉴了童明(2012:103)的翻译。为便于读者更精确地从我所援引的外文文献中理解本研究的相关论述,我在行文中提供了英文或法文原文。由于外文文献引用目的不同,各章节对外文文献的处理方式有所差异:若重在援引观点,则以中译为正文行文,将外文原文以括号标识,置于译文之后,这种处理方式主要出现在第一、二、三、四、七、八章,少部分出现在第五、六章;而第五、六、七章所引外文若为理雅各《中国经典·诗经·关雎》注释文本,是本研究文本分析对象,则以外文原文为正文行文,不做翻译处理。

国经学传统是中国经典意义建构话语实践的核心所在。注疏文献围绕经典的意义建构具有突出的开放性、诠释性（Henderson，1991），注疏传统超越表征语言的局限，微言大义，形成中国话语的诠释传统(吴宗杰、胡美馨，2010)，开辟出大量让人们在行动中领悟世界的"诠释的海洋"（sea of interpretation）（Clark，2006：109）。"四书""五经"或"十三经"，历代注疏对其反复的意义解读与建构是其成为经典并被历代传承、在社会政治文化生活中产生巨大影响的重要原因。也就是说，这些经典文本并非各自作为孤立文本在中国得以世代传承，而是与围绕它们进行经义诠释的注疏等经学话语体系一起建构了"中国经典"。

因此，中国经典的跨文化传播，不但要重视经典文本的传播，还要重视"经典文本"之"中国意义"话语建构范式的传播，亦即应包括其"经义"与"经义"话语建构范式的跨文化诠释，才能立体呈现中国经典作为一种文化话语的存在。离开经学传统谈中国经典跨文化传播，或许难以界定传播内容；脱离经学话语范式谈经典翻译理论与方法，就失去了中国传统话语根基，容易落入西方现代学科话语体系，难以深度传递中国经典的"地方性知识"（local knowledge）（Geertz，1983）（详参 4.2"注疏作为中国经典'地方性知识'"），不利于全球化背景下的文化定位（location of culture）（Bhabha，1994）。因此，中国经典跨文化传播应重视对经义及其经学话语范式的表达，通过文化翻译实现深度文化互动，促进全球文化多元发展。

为推动中国经典"走出去"，并与世界各国文化深度对话，当以什么样的语言将中国经典进行跨文化诠释与传播？我们有必要了解中学西传①典型实践的话语策略之得失,以为借鉴。英国来华传教士理雅各的《中国经典》可谓是融通中西的中学西传话语实践的典型个案。

理雅各(James Legge, 1815—1897),19 世纪著名英国来华传教士。他皓首穷经,与中国儒者合作,翻译中国经典,与得庇士(Christian De Pee)、翟理思(Herbert Allen Giles)并称英国"汉学三大星座",与法国汉学家顾赛芬(Seraphin Couvreur)、德国汉学家卫礼贤(Richard Wilhelm)并称"欧译三大师"(陆振慧,2006:52)。理雅各在国际汉学界具有特殊地位,被视为中西文化交流史上的西儒巨擘。

理雅各 1815 年出生于英国苏格兰阿伯丁郡,1839 年 7 月受英国基督新教的伦敦传道会(London Missionary Society)委派前往东方传教,1840 年 1 月抵达马六甲,接任英华书院②校长,1843

---

① 就晚清以降的早期中西文化交流而言,"西学向中国传播"常称"西学东渐","中学向西方传播"则有"中学西传"(冯智强,2009:2,4;陆振慧,2010:16;王辉,2003:119)、"中学西渐"(冯智强,2009:1,2,7;陆振慧,2010:14)或"东学西渐"等意义一致的表述方式。在同一部作品中"中学西传""中学西渐"或"东学西渐"也做同义词互换(冯智强,2009;陆振慧,2010)。为从措辞层面适当区分"西学向中国传播"和"中学向西方传播",本书称前者为"西学东渐",称后者为"中学西传"。

② 英华书院由来自伦敦传道会的苏格兰传教士马礼逊(Rev. Robert Morrison, D. D.)创办。马礼逊是第一位来华的基督教传教士,于 1807 年被派驻中国。当时清政府严禁洋人传教,马礼逊作为东印度公司译员留驻广州,不公开地组织宗教活动。1813 年,伦敦传道会另遣米怜(Rev. William Milne, D. D.)来华协助马礼逊。因米怜未获准居留澳门,也不能以传教者身份留居广州,经与马礼逊商量,前往马六甲筹建传教中心。1818 年,马六甲传道中心 The Anglo-Chinese College 成立,即英华书院,它以交互教授中西文学和基督教理为宗旨。1840 年,理雅各接任校长。鸦片战争结束后,中英《南京条约》签订。1843 年,英华书院迁至中国香港,以更好地开展对华传教,易名为英华神学院(The Theological Seminary of the London Missionary Society in China)(尚智丛,2012:108-117;岳峰,2004b)。

年将英华书院迁至中国香港。自1841年开始,理雅各陆续将"四书""五经"及其他多部中国典籍译成英文,附以中文原文、注释及长篇绪论。1861年,香港伦敦传道会出版了理雅各英译的《中国经典》第一卷(含《论语》《大学》《中庸》)、第二卷(《孟子》);1865年出版了《中国经典》第三卷两册本(《书经》①和《竹书纪年》);1871年出版了《中国经典》第四卷(《诗经》两册本);1872年,《中国经典》第五卷两册本(《春秋》《左传》)也由该传道会出版。1873年,理雅各访问北京,参观长城、颐和园、天坛,往山东登泰山,参观孔庙、孔林,谒孔子墓,后从上海经日本、美国返回英国。返英后,理雅各受聘成为牛津大学首任汉学教授。任牛津大学汉学教授的20多年间,理雅各继续翻译中国典籍,并撰写了《中国的宗教:儒教、道教与基督教的对比》《中国编年史》等著作。其《书经》《诗经》《易经》《礼记》《道德经》《庄子》《孝经》等英译本被收入穆勒(Friedrich Max Müller)主编的"东方圣书"系列("The Sacred Books of the East" Series)。

理雅各是一名传教士,其中国经典翻译带有宗教动机,译本注释与绪论中常流露出宗教观点,但理雅各的宗教热忱并未妨碍其从整体上对儒学做出持平之论。他重视客观公正的中国经典翻译立场,曾批评罗仲藩②过多地将《圣经》中的上帝观和人性观掺入对《大学》的解释中(王辉,2003:116)。他在《中国经典》翻译过程中对中国儒家典籍生发出真诚的尊重,他对儒学的赞美并不被当时主流传教界认可,为此理雅各不惜与他所属传道会同事之间产生意见分歧(Girardot,2002)。这说明理雅各并不主张从纯粹的西方视角、宗教角度解读中国经典,而是重视从中国视角入手,对

---

① 本书中的"《书经》"专指理雅各《中国经典》第三卷,"《尚书》"泛指中国典籍《尚书》。
② 罗仲藩,理雅各在香港期间遇见的中国官员,翻译过《大学》(张西平、费乐仁,2011:20)。

中国经典进行跨文化诠释与传播。

《中国经典》一经出版便受到英国乃至西方学术界的广泛关注,成为帮助英语国家人士较为全面深入地了解中国传统文化的通行英语"文本凭借"(王东波,2008a:32),理雅各也因此成为首位儒莲奖①获奖者。这标志着理雅各的汉学研究成果得到欧洲最高学术殿堂的认可(张西平、费乐仁,2011:9-10)。

理雅各之后也陆续有西方学者进行中国经典翻译,但没有一位西方汉学家或翻译家像他一样将"四书""五经"全部翻译成英文且加上长篇巨幅的绪论、注释、附录。接任理雅各担任牛津大学中文教授的传教士、汉学家苏慧廉②1910年翻译出版《论语》英译本,其前言论及理雅各中国经典翻译的杰出性:

> 理雅各博士为《(中国)经典》所付出的里程碑式工作广为人知,得到了极大关注。他一直是我的引导者、哲学家和朋友。我越了解其工作,就越被他深刻的学术造诣、不辞劳苦追求所得的精确理解、令人惊叹的研究努力及清晰明确的文字表述打动。
>
> (Dr. Legge's monumental work on the Classic is too

① 儒莲(Stanislas Aignan Julien),法国汉学家,法兰西学院教授。他翻译了《孟子》《三字经》《道德经》《天工开物》等中国典籍,著有《汉学指南》。儒莲奖被称为汉学界的诺贝尔奖。

② 苏慧廉(William Edward Soothill),英国循道会传教士,1883—1907年在中国温州传教,1907年开始担任山西大学堂校长,1920—1935年任牛津大学汉学终身教授。他致力于中国历史文化的研究和传授;曾翻译《论语》,著有 China and England(《中国与英国》)、China and the West: A Sketch of Their Intercourse(《中国与西方:中西交通史大纲》)、The Three Religions of China(《儒释道中国三大宗教》)、A Dictionary of Chinese Buddhist Terms: With Sanskrit and English Equivalents and a Sanskrit-Pali Index(《中国佛教词典》)等;创办了最早的西式教育和医疗机构,其中著名的有艺文中学和白累德医院(温州市第二人民医院前身)(端木敏静,2015)。

well-known to call for further mention; he has been throughout my guide, philosopher and friend. The more I see of his work the more deeply am I impressed with his profound scholarship, his painstaking accuracy, his amazing research, and his perspicuity of expression.)

(Soothill,1910:Preface Ⅱ)

苏慧廉本身是一位广受关注的传教士和汉学家,其对理雅各的推崇也反映出理雅各的中国经典翻译对西方汉学家的深刻影响。

理雅各的《中国经典》在中学西传中具有重要意义,被称为"传教士汉学研究的一座里程碑和跨文化诠释学的伟大尝试"(张西平、费乐仁,2011:25),被公认为标准译本(王东波,2008a:32),并"将会继续发挥欧洲了解中国儒家经典文献的典范作用"(张西平、费乐仁,2011:25)。其第四卷,亦即本研究中的《诗经》理雅各1871年译本,更被认为是使汉学研究变得更为全面的一个分水岭(费乐仁,2011:20),理雅各也因该译本而被誉为"开创西方汉学新纪元"(朱徽,2009:23-35)。

理雅各的《中国经典》提供了大量注释文本。张隆溪认为:

……着力于解读经典文本的"注释"(commentary)……已不再是现代学术的突出形式。但只要现代学术成果仍建立在早期成果与文本之上,与之相呼应,并对其进行诠释,它们在某种意义上都是"注释"。研究注释过程,尤其是研究经典文本的注释策略,这本身就富有意义、极为重要。

(…the form of commentary that limits its content to the exposition of a master text…, is no longer the predominant form of modern scholarship. But insofar as modern scholarly works all build on, respond to, and interpret earlier works and texts, they are all commentaries in one way or another, and the study of commentarial procedures, especially the exegetical strategies in the interpretation of canonical texts, becomes in itself a critical issue of tremendous interest and importance.）

（Zhang,1994:396）

张隆溪指出了研究注释策略的必要性。而理雅各的《中国经典》在当今西方仍被奉为标准学术译本,其注释作为对中国经典的西人注疏,恰是中国经典跨文化诠释的重要文本。

理雅各的详尽注释试图在两种概念系统中搭建桥梁,是中西之间"经文辩读"（Scriptual Reasoning）的典型个案（杨慧林,2011）。其中国经典翻译往往"以经注经",与中国历代注疏文献之间存在重要互文性,这种互文性体现出中学西传过程中值得关注的中国经典跨文化诠释话语特征。此外,理雅各的翻译活动具有不言而喻的基督教背景,其阅读立场清晰可辨,其注释"为中西之间的思想对话提供了更直接的线索"（杨慧林,2011:194）。其中国经典译述成为极富典型意义的跨文化诠释话语实践。因此,理雅各中国经典跨文化诠释话语特征对当下中国经典跨文化传播具有重要借鉴意义。

为考察中国经典跨文化诠释的话语特征,本研究以理雅各《中国经典·诗经·关雎》（下文简称《关雎》）注释为文本对象,结合话语研究、文化人类学研究、中国传统经学研究与翻译研究的理论视角与方法,将理雅各注疏与中国历代注疏进行比较辩读,分析理雅各《关雎》跨文化注疏的话语特征及其对中国经典跨文化诠释与当代经学研究的启发。具体研究问题设定如下:

(1)理雅各《关雎》注释的经义重构与中国传统注疏相比较具有什么样的经学话语特征? 这些特征达成什么样的《关雎》跨文化

诠释效果?

(2)理雅各《关雎》注释与中国传统注疏相比较又具有什么样的现代西方话语特征? 这些特征对《关雎》跨文化诠释有何效果或影响?

(3)理雅各《关雎》注疏话语特征对当代中国经学研究、中国经典跨文化传播与突破世界现代性话语困境有何启示?

中国历代《诗经》注疏是《诗经》经义建构的话语路径,也是理雅各《关雎》跨文化诠释的重要参考文本。为对理雅各《关雎》跨文化注疏话语特征进行"深度描写"(Geertz,1973:14)(详见 4.1"从'地方性知识'到'深度描写'与'深度翻译'"),我们将理雅各《关雎》注释与中国历代《诗经》注疏进行比较分析,以考察理雅各《关雎》跨文化注疏与中国《诗经》注疏的互文、对位①关系,这种互文与对位在理雅各《关雎》注疏中又如何形成多声部"赋格"②。

本书第二章将围绕文化诠释视角下的中国经典翻译研究、对理雅各中国经典翻译的研究、话语与文化多样性研究三个方面展

---

① 在音乐理论中,复调(polyphony)也叫"对位",它把两个或几个彼此关联又彼此独立的旋律合成一个和声结构,"对位法"(counterpoint)是其重要技法。按字面意思,对位法就是以点对点,以逐音相对的方式,写出另一旋律(林华、叶思敏,2010:58)。在对位或复调中,每个旋律都保持自己的旋律特点。体现到文本中则类似巴赫金所提出的对话性(dialogism)(Bakhtin,1981:282)。本书采用这一概念来阐明理雅各《关雎》注疏中的意义解读与中国传统注疏的意义解读之间彼此有别又相互关联。

② 赋格(fugue)是复调式、多声部音乐曲体形式。"它以单一主题为基础……这个主题起初在一个声部上单独出现,然后由其他声部按照一个规律轮流模仿……也可以用一个以上的主题来写,几个主题一起出现。"(杜布瓦,1980:1)本书采用这一概念来体现理雅各的《关雎》注疏着力呈现不同经学学者对同一文本的不同经义建构。其注疏一方面引入历代注疏对同一文本的不同经义诠释,另一方面植入他本人对这些观点的评价与选择,但这些观点与评述都围绕"经义"主题,不同声音在其注疏中共现、交织,犹如音乐中的赋格,具有巴赫金所言的"多声部"(multi-voiced)(Bakhtin,1981:265)复调特征。

开研究述评,廓清相关学科背景,阐述研究理雅各《关雎》注疏话语特征的必要性与可能性。第三章论述理雅各中国经典译述理念、《中国经典》的经注定位和理雅各《关雎》注释作为核心研究文本的适恰性。第四章阐述理论视角,提出为将传统经学对中国经典的意义建构作为中国文化的"地方性知识"进行跨文化诠释与传播,有必要借鉴文化人类学的"当地人视角""地方性知识""深度描写"以及由此发展而来的"深度翻译"等理论与方法。第五章从体例、题解、训诂、名物释义、"以史证《诗》"、"多声部赋格"等方面阐述理雅各《关雎》注释与中国注疏的深度互文与意义对位。第六章解读理雅各案语对《关雎》的"论释",讨论其案语在注疏中的意义选择之"路标"作用、中西文化比较功能及其对理雅各注疏意义开放性的影响。第七章分析理雅各《关雎》注释中的科学话语、史学话语等西方现代学科话语特征及其对中国经典跨文化诠释的影响。基于文本分析结果,第八章讨论理雅各《关雎》跨文化诠释话语特征对中国经义"辨识"与"再生"之当下意义、中国经学话语对世界话语单一性困境的启发、理雅各跨文化诠释话语策略对中国经典"走出去"的启示。第九章论述本研究的创新意义,并指出未来研究路向。

第二章 文献综述

本章从文化诠释视角下的中国经典翻译研究、对理雅各中国经典翻译的研究、话语与文化多样性研究三方面综述相关研究,廓清本研究的学科背景,阐述从经学话语与西方话语的角度研究理雅各《关雎》跨文化注疏话语特征的必要性与可能性。

2.1 文化诠释视角下的中国经典翻译研究

典籍翻译是两种文化之间的交流,唯有在典籍外译中更多地传达中国文化,才能使世界对中国传统文化有准确、全面的认识(王东波,2007)。而对经典文本的理解具有历史性特征,其意义既非固定也非永恒,而是一个不断生成和演变的过程,要重视文本开放性与意义不确定性,强调理解的历史性与视域融合的有效性、诠释的多元性(杨平,2012),这就必须把经典解读置于相关历史文化语境。因此,需从文化诠释视角开展经典翻译研究。

从理雅各译经为传播基督教服务,到辜鸿铭在西方文化强势语境下顺应西方文化的翻译,再到安乐哲和罗思文在中西文化逐步融合背景下顺应源语文化的翻译,表现出西方对中国传统文化从认知到认可的过程,从一个方面反映出中国文化在世界范围内影响的深入和扩大(王东波,2008b)。经典翻译在诗体研究、文化人类学研究、语言学研究、意象研究等视域下展开,也展示出丰富的研究视角(吴结评,2008)。但很多现有翻译中,典籍原文的多科性、多义性未被充分传达,译本不能反映原文本研究的最新成果(杨成虎,2004)。因译者自身知识和文化局限,未能准确理解原作,也造成了译作与原作意义不符(吴志刚,2009)。比如,就"礼"的翻译而言,大多数译者未能从历史文化角度去透彻理解和翻译儒家思想,不能传达出儒学真谛(李玉良、张彩霞,2009)。

中国经典跨文化诠释也存在"文化话语失语症"(曹顺庆,2001),大多数中国经典翻译研究有意无意地用西方现代学科话语体系、用英语中现有的术语来表达中国经典中的哲学范式和术语表征,将中华哲学思想"削足适履"地纳入西方哲学框架(包通法,2008;Yang,2011),难以表达中国传统话语的诠释特征(吴宗杰、胡美馨,2010)。

学界提出,应重视后殖民主义理论"文化平等对话"的文化自觉意识为经典翻译提供的视角与方法,为进行异化创化翻译、张扬我国典籍中有别于西方的思想哲学形态提供一种可行途径(包通法,2008)。学界也呼吁重视人类学研究方法对中国经典翻译的借鉴意义(李玉良、吕耀中,2012),尤其指出从文化人类学"深度描写"理论发展而来的"深度翻译"理论和方法对中国经典译介具有重要的理论视角和方法框架启发(段峰,2006;陈吉荣,2010;孙宁宁,2010;章艳、胡卫平,2011;王雪明、杨子,2012;等等),呼吁充分借鉴"经文辩读"对于中国经典翻译的意义(杨慧林,2011),发展学术型翻译模式(杨平,2011),通过交互使用异化和归化的翻译方法,更多地保留中国文化色彩(王东波,2007)。学界也提出,应对国学及文化典籍的界定与分类、版本的选择与注释疏解、今译和英译等方面进行研究,以词语、句子、篇章层面的转换与安排以及文化差异等方面为落脚点来研究中国典籍译介(王宏印,2010),提倡对经典底本进行仔细的辩读考察,重视训诂、考据、移情、文化历史观照、文本内证及外证、互文观照以及作者与文本的互证等(卓振英、杨秋菊,2005;李玉良,2009),以实现"会通中西的文化阐释"(谭晓丽,2012)。此外,学界也呼吁中国经典翻译及研究的跨学科视角与方法,指出不同学科的中国经典译介研究成果尽管各有所长,却也存在各自的学科局限:历史学者与宗教哲学学者可能受外语能力限制,未能深入分析译出语或译入语的内在机制,也没有或者不曾想到构架出分析译文语言风格的理论体系;语言学者则因文史哲背景知识和文献原始资料的缺乏以及纯语言学研究范式的限制,未能深入分析文史哲背景对翻译的具体影响,故而呼吁文史哲研究、宗教研究与外语界的研究合作(岳峰,2004a)。

因此,中国经典翻译研究应超越西方翻译理论与方法的藩篱,注重跨学科方法的借鉴,注重中国经典在经学传统中的意义建构,考察这种意义及其话语范式在中国经典外译中是否得到足够重视。

2.2 对理雅各中国经典翻译的研究

国内外对理雅各中国经典翻译的研究不在少数:或从传教士汉学家研究入手,将其中国经典翻译置于理雅各宗教工作背景下进行研究;或从中西哲学阐释学入手,解读理雅各的中国经典跨文化诠释特征;或从比较宗教学入手,解读理雅各的中国经典翻译对中西宗教的比较与分析;或从翻译理论与方法入手,解读理雅各译本的特点。

首先,对理雅各作为传教士汉学家的研究。不少学者结合传教士研究解读理雅各的中国经典翻译实践。理雅各的女儿海伦·理雅各(Helen Edith Legge)所著理雅各传记详细介绍了理雅各的传教事业及其中国经典翻译的动机、理念与过程,指出理雅各视中国经典文本为中国传统思想、文化、生活、伦理的重要体现,并建议将理解和翻译中国经典作为在华传教工作的重要基础(Legge,1905)。该书虽没有解读理雅各中国经典翻译中的跨文化诠释思想与方法,但提供了大量珍贵资料,帮助人们了解传教士理雅各中国经典西传的动机与理念。费乐仁(Pfister,2004b)挖掘了理雅各的比较宗教研究,介绍学术开放、非国教(non-conformism)的苏格兰传统对理雅各中国经典诠释与翻译的影响,认为理雅各汉学研究既对中国典籍及孔子持批评态度,又对中国经学诠释传统持开放态度,并基于此提出了"汉学东方主义"(sinological orientalism)理论。岳峰(2004b)分析了理雅各传教生涯和他在宗教、汉学、出版各方面的成就之间的内在联系,指出理雅各的宗教融合态度倾向,并比较理雅各与其他译者的中国典籍英译之异同。段怀清(2005)从《中国经典》前言入手讨论了理雅各《中国经典》翻译的缘起及体例,指出这些前言文本记录了理雅各走进中国文化经典的路径及开展跨文化交流的方式,认为理雅各的传教与跨文化交流方式呈现出一种对超越其时代特点的跨文化交流的渴望及对他者文化的关怀。姜燕(2010)的博士论文《理雅各〈诗经〉英译》从权力与翻译的关联视角分析了理雅各三个《诗经》译本所体现的宗教思想、政治倾向和学术思想的变化历程,认为被纳入《中国经典·诗经》的1871年译本秉承了耶稣会士索隐式研究模式和新教传教士的翻译传统,尊重原著权威,逐字逐句"异化"翻译,并提供大量注释文本,反映出理雅各服务传教事业和本国政治利益的初衷。而随着理雅各对孔子态度的逐渐转变,他对儒家经典的态度也发生了转变,其汉学家研究者的身份认同更为清晰,1876年韵体译本弱化了宗教和政治意识,但其1879年译本具有浓郁的比较宗教学色彩,有意强调甚至挖掘原诗的宗教意味,以符合"东方圣书"的定位。

学界认为,理雅各的中国经典翻译促进了世界宗教界对中国宗教的认识,扩展了东方学研究领域(Girardot,2002)。受其家乡苏格兰的神学思想和非国教家庭背景影响,理雅各具有独立、开放的宗教意识,尽管以其自身信仰为本位,但对中国文化的诠释和评价表现出明显的中西宗教融合的倾向(岳峰,2004b)。理雅各在19世纪"译名之争"中深入中国经典,挖掘两种宗教、文化契合的可能性,其立场、观点和翻译方法体现了对他者文化的开放态度(陈可培、刘红新,2008)。他在中国经典翻译实践中找寻中国宗教的神圣性,其"直译加注"和"心灵沟通"的中国经典阐释策略显示了译者作为翻译家兼传教士的双重身份的交叉(何立芳,2011)。其翻译作品也使道教在维多利亚时代作为世界宗教中的一种被世界所认知,且这种道教形象被措置于《道德经》这一中国经典文本中,具有经典、纯粹的宗教意义,与20世纪带有很强的魔法仪式感的道教颇为不同(Girardot,1999)。

但学界也认为,理雅各将中国古老的宗教信仰置于基督教框架之中(姜燕,2013),其中国经典翻译体现出基督教中心主义。如理雅各《论语》翻译有目的地引导读者从中国经典中听到基督教神学的声音,而不是本真地传达儒学思想(Eoyang,1993);认为《诗经》《尚书》中的"帝"或"上帝"和基督教的上帝是同一真神,儒家思想与基督教并非敌对关系,后者可补前者的不足,最终取而代之(王辉,2003);其著译中有关中国上帝崇拜之论述、孔子宗教品格与形象之变化,以及理雅各对儒教宗教性的判定,体现出理雅各认为儒教是信仰上帝(God)之宗教,应由基督教补充与完成,其儒教研究受基督教意识形态与传教动机的介入与影响(王辉,2007)。有学者认为,理雅各1861年《中庸》译本所代表的是传教士东方主义,其《中庸》译本不是向西方传播儒家之道,而是将其去经典化,制造出负面的《中庸》形象,其翻译是基于基督教信仰对儒家经典与文化的审判(王辉,2007);指出理雅各大量运用基督教概念、术语来翻译中国古籍,与《圣经》汉译事业互相呼应、互相阐释,虽然形成了中西文化的融合与互动,但始终保持着自己的阅读立场和距离,用自己的标准来衡量中国经典的思想与内容,凸显出中西文化冲突(陈丽君,2010);认为其《礼记》译本的归化翻译方法将中国超自然文化融入西方《圣经》文化中,始终把《圣经》放在第一位,当《礼记》中出现的中国神秘文化在《圣经》中没有对应时,则采用异化翻译策略,以划清中国神秘文化和基督教之间的界线(宋钟秀,2012)。

因此,有学者认为,理雅各译本的成功是由于它们符合了西方传教士、殖民者和汉学家这三类分别代表宗教权力、政治权力、文化权力的西方读者的需求,体现出权力群体对译者的操纵(荣觅,2009);认为理雅各相关中国经典翻译旨在"以宗教殖民的手段帮助西方殖民主义者完成对中国经济、政治和文化上的全面征服"(李玉良,2007:90);指出理雅各中国经典英译构成一种传教东方主义和文化帝国主义行动,认为即便是"忠实"、学术的译本也可能成为意识形态激辩、控制与操纵的场域,呼吁在文化翻译中应反思自己的意识形态及翻译道德(Wang,2007)。

但是,学界虽然指摘理雅各作为一名传教士的宗教动机,却仍高度评价其中国经典翻译成就,认为:

> 他的宗教热忱并未妨碍其从整体上对儒学做出持平之论。一方面是因为他秉承使徒保罗对异己文化所持的"客观而不中立"的开明立场;……更重要的是,作为学者的理氏,视客观公正为学术之生命。例如,他曾批评罗仲藩过多地将《圣经》中的上帝观和人性观掺入对《大学》的解释中!理雅各对儒学表现出的同情和赞美,颇为当时主流传教界所不齿,甚至被斥为异端邪说。

(王辉,2003:116)

以上传教士研究背景下的理雅各中国经典翻译研究内容比较全面、综合,大多有文本分析,尤其是将西方宗教经典与中国经典文本进行对比。但由于这方面的研究突出理雅各的宗教背景,在论及理雅各中国经典跨文化诠释时,未曾解读理雅各中国经典跨文化重构相较于中国历代注疏而言的经注话语特征。

其次,比较哲学视域下的理雅各中国经典翻译研究。中西比较哲学视域下的理雅各中国经典翻译研究中,费乐仁是一个重要学者。他的系列研究解读了理雅各中国典籍英译中对中国儒家思想不断加深的尊重、"以意逆志"的儒家经典跨文化诠释策略(Pfister,1990,2000,2002a)、儒学术语翻译诠释策略(Pfister,2004a)等,阐述了理雅各等传教士如何以孟子学说为基础进行跨文化沟通(Pfister,2002b),分析了理雅各《孟子》英译中的"性善"处理和注释(Pfister,2013),其研究具有诠释学、比较哲学和比较宗教学跨学科特点。也有学者从宗教比较视角分析了理雅各《孝经》翻译(潘凤娟,2011)。另有学者(Ride,2011)认为,理雅各汉学研究注重逻辑分析和文化比较,具有独特意义,并将理雅各誉为"连接东西方的桥梁"。

中国学者也研究了理雅各中国经典诠释特征。其中陆振慧(2010)认为,理雅各相关中国经典译述尊重中国经学传统,广泛参阅众多注疏对同一疑义的疏解,在名家之间进行比较,对孰是孰非做推断分析;王辉(2003:115)却认为,理雅各执一家之说,难以反映出经学研究的成果,难以同儒学中国对话;而李玉良(2005)则认为,理雅各《诗经》译本的经学特征突出表现为理雅各《诗经》译本对诗的政教伦理意义的诠释与传达,但李先生指出:

> 历代儒家赋予了《诗经》"经夫妇,成孝敬,厚人伦,美教化,遗风俗"和"正变、美刺"等政教内涵,成为历代封建王朝意识形态的一部分,长期统治着人民的思想。这一切必然反映

到以思想文化为价值取向、以"忠实"为最高翻译原则的理氏
译本当中……理雅各在多数情况下也没有把这些诗真正当文
学作品来翻译,而是在翻译中对其中的道德礼教内容予以几
乎与经学传统一样的关注和突出,翻译的结果往往与毛、郑、
孔不谋而合,少有出其右者。

(李玉良,2005:64)

从该论述看,李先生将理雅各的道德礼教经义表达归为"封建
王朝意识形态"表达,似以理雅各解读与中国传统经学解读"不谋
而合"为憾。

沈岚(2013)从思想阐释、文化阐释、文学阐释、意象阐释四个
方面分析了理雅各三个《诗经》英译本的阐释特点,认为其独特的
"译介阐释"促进了中华经典及中国文论等的跨文化传播。姜燕
(2009)分析了理雅各《诗经》英译本所绘的夏、商、周三代社会图
景,认为理译本在19世纪后期的时代背景下,向中国人提供了新
的思想观念与新的理解方式,同时也认为理雅各《诗经》译本夹杂
着西方基督教文化的因子。另有学者(Yang,2011)基于对"道"与
"韬光养晦"等字词翻译的具体解读,分析了理雅各中国经典翻译
的诠释特征。

以上从哲学、阐释学视角解读理雅各中国经典翻译的研究可
谓角度立体、学科多元,具有理论高度,大多也采用从理论到文本
分析的方法。但除了杨慧林(2011)、陆振慧(2010)等少数学者的
研究之外,大多数研究没有倚重中国历代注疏文献。部分学者反
而认为理雅各译本对中国注疏文献的倚重是其缺陷,因而这些研
究大多不曾着力于理雅各对中国传统经学话语范式的跨文化表
达,难以呈现经典文本意义建构的"地方性知识",也就难以全面了
解理雅各中国经典跨文化注疏的话语特征。

再次,理雅各中国经典翻译策略研究。学界充分肯定理雅各

中国经典翻译策略并欣赏理雅各儒经英译的学术性,认为其中国经典英译虽存在时代局限性,但译者忠于原作、贴近源语,在阐释、翻译、注释、绪论、文体诸方面均有特色,是汉学界和翻译史上纪念碑式的作品(王辉,2003);肯定他通过直译、直译加注、音译、音译加注和转换补偿等方式来传递中国经典中的文化负载词的含义(宋钟秀,2012);认为其《中国经典》翻译体例具有重要学术意义和价值(段怀清,2005)。陆振慧(2010)解读了理雅各《尚书》译本是"义无所越"又"形神皆备"的"文化传真",其"详注"文本诠释到文化诠释的深度翻译及传播策略弥补了"文化缺省",并以适度"显化"消解文化隔膜,以尽量"异化"传真源语文化,为儒经西译体制做出开创性贡献,丰富了跨文化诠释模式。费乐仁(Pfister,1997)分析了理雅各《诗经》韵体译文的形式、文体、韵律及翻译方法等,认为其韵体译本尚未得到足够重视,还是汉学研究领域的一个"学术黑洞"(intellectual black hole)。也有学者对理雅各中国经典翻译加以指瑕,认为《论语》理译比较到位地传递出中国传统文化概念,但失于冗长,失去了中国经典语言的精练美感,建议经典翻译既要传递其意义,又应保持其文体特点(Zhu,2009)。

学界也将理雅各中国经典翻译与其他译本做比较研究。如王辉(2004)比较了理雅各、庞德《论语》英译的翻译目的、解经方法和行文风格。也有学者比较了理雅各与卫礼贤《易经》翻译之异同,指出经典翻译异同的原因不在于译者理解文本与否,而在于其所处的历史背景(Hon,2005)。刘阳春(2008)对比分析了理雅各与辜鸿铭的《论语》英译策略,认为文化名著翻译与传播受译者经历和翻译目的制约。徐向群(2009)比较了理雅各与辜鸿铭的《论语》"孝"论语句英译,论述译者生活背景、学术背景、翻译目的对此的影响。岳峰、周秦超(2009)基于理雅各与韦利的《论语》英译本,讨论了中国经典西译的风格与译者动机及境遇之间的关系。另有学者则比较分析了理雅各和辜鸿铭的《论语》英译措辞、翻译方法的差异及其原因(Yang,2014)。

以上理雅各中国经典翻译策略研究的理论、方法等术语往往来自西方翻译学理论,对中国经学传统注疏关注不足,使得经典翻译研究与经典本土意义之间未能深刻结合,故难以基于中国经学"地方性知识"进行经典翻译探讨。

2.3 话语与文化多样性研究

话语是归属于同一建构系统的陈述群(the term discourse can he defined as the group of statements that belong to a single system of formation)(Foucault, 2002a：121),这个建构系统(system of formation)对知识"对象"(object of knowing)进行"话语建构"(discursive formation)(Foucault, 2002a：34)。福柯(Foucault)通过对现代医学、社会学、法学等不同领域的"知识"进行溯源考古,指出话语建构了各领域的"知识范式"(épistémè①)(Foucault,2002a:211),建构了人们的思维方式与思想体系,进而形塑文化。从福柯话语建构理论角度出发,话语与文化多样性之间也存在着天然联系,能否保存地方性文化特色,并将这种文化加以挖掘、发展,也与话语体系有着莫大关联,话语体系旁落则可能导致文化失语,因此对不同话语传统的研究与传承对文化多样性具有重要意义。

受 20 世纪哲学、人类学、社会学、语言学等学科的一些重要发展的影响,如维特根斯坦(Wittgenstein)的语言哲学研究、奥斯汀

---

① 德里达对 épistémè 的解释是"system of thought and knowledge of a culture"(Derrida,2007：915)。

(Austin)的言语行为理论、福柯和德里达将话语作为社会理解实践的研究、韩礼德(Halliday)的系统功能语法等,话语研究发展呈跨学科、多维度态势,在以语言学为背景的传统之外,还呈现出哲学、历史、文化研究交叉的话语研究传统,这两种传统有相互结合的趋势,形成反思和批判西方现实生活问题的社会学科。但被引介入中国后,话语研究大多在西方话语理论的视角与框架下进行。近些年,有学者提出,中国的话语研究存在照搬西方和文化失语的问题(曹顺庆,2001),对中西话语权势关系做了语言哲学探源,指出中国语言在现代化过程中沉淀了一种不平等的东西方话语关系,西方现代话语体系支配着不同领域的社会活动,导致中国传统文化边缘化及中医技术化、教育工具理性化、管理语言数字化等系列社会问题(吴宗杰,2006)。

首先,话语单一性批判研究。以中西话语权力关系梳理为基础,学者们从教育、史学、医学、社会学等学科出发,考察了西方话语压抑中国传统话语所带来的社会问题。

吴宗杰(2009)采用福柯谱系学历史研究方法,考察外语在中国作为一种知识对象的产生过程。他通过追寻晚清以来的话语碎片,展示外语学科知识空间、认识框架的话语构建,指出外语学科的"知识"概念在过去一百多年的话语突变中产生,这些突变导致外语教育逐渐失去中国文化身份,割断了语言与思想、价值判断与文化归属的联系,造成外语教学不再是通过语言去认识世界的教育异化问题,也导致教育文化多元性的丧失。他也分析了教育领域话语混杂结构(吴宗杰,2006),认为它代表了数字化考试话语存在的社会条件,是中国教育产生意义扭曲的历史条件。

吴宗杰(2008)还分析了"封建"历史话语泛化问题,认为"封建"话语构造了现代史学知识空间、表征结构与直线进化时间观,与中国传统史学思维格格不入,却渗透于现代汉语变迁全程,并取得了对中国文化进行诠释和支配的话语权,影响了不同文化传统中历史意义解读多元范式的传承。

吴宗杰、吕庆夏(2006)通过对中医现代化实际活动文本的解读,发现中医现代化话语实践表现为技术话语通过合理性论证,对中医语言进行中性化处理,使之脱离生活世界,并逐渐被西化,导致中医文化被边缘化乃至沉默化。该研究从语言哲学角度探讨传统中医话语所蕴含的文化意义,提出应深刻思考传统中国话语所构建的生活意义,重新思考中国话语所蕴含的中国文化传统。

胡美馨、吴宗杰(2009)则从福柯"知识考古"谱系学和怀特"元史学"历史分析视角解读了先秦和晚清文本所体现出来的中国女性身份建构从传统话语范式向西方话语范式转变的跨文化变迁,指出该变迁遮蔽了中国传统话语的文化意义,认为重新审视中国传统话语对倡导文化多元性有现实意义,提出重新思考东西方话语差异的必要性。

以上研究分析了现代西方话语霸权对相关领域中国本土文化传统的排挤,使相关本土文化传统由于失去语言载体而难以为继,影响文化多元性的保持与发展。

其次,话语研究文化转向及其实践。基于对西方现代性话语霸权所带来的问题的认识,学界提出应重视学术话语多元性,并提出话语研究的文化转向(Shi,2005;吴宗杰,2006;施旭,2008;等等)。该转向重视本土"意义"的解读(White,1975;Geertz,1973;Foucault,2002b;Bourdieu,1977;等等),强调从文化原因剖析本土话语特征,更好地呈现在西方现代性话语体系影响下有所边缘化的各地区传统话语特征。在此背景下,吴宗杰、胡美馨(2010)基于对《礼记》《春秋》《易经》等的文本分析,指出中国话语具有突出的诠释传统,它超越表征语言的局限,强调情景化的意义解读与建构,提出厘清这种话语传统与现代表征话语之间的差异对世界文化多元性具有重要意义。

对中国话语诠释传统的理解引出了话语视角下的教育学、人类学、遗产学等不同学科的多元文化话语研究，提出了批判话语研究的新路向。

在教育领域，有学者基于对中国传统经典文本的话语解读，认为中国传统教育话语通过诠释性、对话性、情境性鼓励整体意义建构，强调教育中的文化多元性，这与以西方现代话语体系为特征的现代教育话语有着本质差别，对突破现代教育话语困境有重要意义（Wu & Han，2010）。中国教育话语具有诠释性（interpretation）、自主性（autonomy）与化育性（transformation），其"知识"概念迥异于现代西方启蒙运动以来的"知识"概念，它没有西方教育体系视之为重要内容的"自由""民主""自主"等标签，但它所生成的教育使人们深刻理解"无法言说"的意义（Wu，2011）。中国科举殿试答卷这样的传统教育文本体现出"代圣贤立言"的中国传统教育意义，这种特征形成了经典作为教育文本的千年经学教育传统，经典文本与不同时代、不同个体不断对话，并产生社会意义（Wu，2014b）。这些都对现代性话语困境具有启发意义。

学界提出中国文化人类学的话语转向，建议我国文化人类学研究应跳出西方表征话语，找到能与自身传统对接的文化叙述方式（吴宗杰、姜克银，2009）。吴宗杰、余华（2011）分析了《史记》的叙事范式，指出中国传统史学叙事范式是反观西方民族志话语的一面镜子，也是中国人类学研究能够保证中国文化原生态不被错误表征和歪曲解释的重要前提，提出构建基于中国传统话语的中国本土人类学叙事范式。

学界也提出了中国传统话语对文化遗产研究的意义（吴宗杰，2012a；侯松、吴宗杰，2012a），就遗产研究的话语视角进行了理论、方法探讨及前景展望(侯松、吴宗杰,2013),提出儒家经典的遗产话语范式突出文化遗产的道德、精神意义,对本土文化意义的挖掘与传承有着重要意义(Wu,2014a),并基于北孔曲阜、南孔衢州的儒家文化遗产研究,就文化遗产话语研究进行方法实践(吴宗杰,2012b;侯松、吴宗杰,2012b)。

话语与多元文化研究展现了批判话语研究的新路向,将民族志与批判话语分析相结合可使批判话语分析的研究更开放,更具文化敏感性,能对更广泛的社会、文化、历史问题展开研究(吴宗杰、余华,2013)。学界提出批判话语研究的超学科与跨文化转向,以中国文化遗产的话语重构为例,通过具体文本分析,展现民族志如何通过吸收"述而不作"的中国传统历史书写,形成一种针对当下的话语批判风格,使话语批判成为一种具有积极意义的教化和意义建构活动(吴宗杰、侯松,2012)。中国经典文本话语特征研究也散见于其他学者,或结合《易经》语言学特征,解释了为何《易经》会在精神与智慧层面对中国文化产生重大影响(Xiao,2006);或探讨了中国经典文本论证话语中的文化因素和修辞模式(Liu,2007)。对中国话语传统的类似研究主要在理论探讨层面展开,较少涉及细致的文本分析。

通过对中国经典翻译研究、理雅各中国经典翻译研究、话语与多元文化研究的回顾与总结,我们可以发现:总体来说,中西比较哲学视角下的理雅各中国经典翻译研究着重探讨理雅各中国经典跨文化诠释的内容与方法,但文本分析较少涉及理雅各诠释内容与中国传统经学文本之间的深度互文。而无论是对理雅各中国经典翻译的研究还是更大范围内的中国经典译介研究,大多数翻译研究关注的是翻译理论与翻译策略问题,其翻译理论与翻译策略又常以西方翻译理论为圭臬,对中国传统注疏的意义建构关注甚少,对这种意义建构的话语范式则关注更少。少部分通过中国注疏文献来解读经典原文意义的研究常以注疏文献的意义建构为"标准答案",来判断译本措辞是否正确、精确,鲜少关注译者对中国经典的诠释策略。

文献综述也发现,海外对理雅各的研究大多在西方学科话语体系中展开,通过西方概念来理解理雅各《中国经典》跨文化诠释,如此则"中国经典"中最为独特的"地方性知识"往往丢失。国内的中国经典翻译研究虽强调文化翻译理念、"深度翻译"方法,但鲜有研究以中国传统经义及其话语建构范式为背景来讨论经典翻译,也鲜有研究在深度倚重中国注疏文献的基础上分析经典翻译作品之得失。对中国经典海外传播的研究也不倚重经学注疏,对中国经学话语范式有所忽略,不利于中西文化深度对话。而中国经学领域的研究虽深入传统经学,但由于其学科定位,较少关注中国经典跨文化传播,故而也较少关注西方学者解读中国经典的话语特征。这些都不利于中华文化"走出去",不利于中华文化更深度地参与世界文化多元性建构。国内话语研究学者虽已意识到话语研究文化转向的必要性与迫切性,并密切关注中国话语传统之当下观照,但尚未关注到中国经典跨文化诠释与传播的话语特征。

然而,中国传统经学中的经典意义建构具有突出的开放性(Henderson,1991),经典文本往往寥寥数语便建构出一个意义诠释的海洋(Clark,2006),传统经典在不同程度上与当下情境、问题产生关联(Sigurdsson,2004),产生新的现实意义。不同时代的注疏对同一个字、词、句、篇章的诠释可能存在差异,其观点也可能截然不同乃至针锋相对。要对中国经典进行跨文化诠释,首先要考虑的是译介内容,而离开中国传统经学语境中的经典意义及其话语建构特征,或许很难确定中国经典跨文化译介到底应该译什么、介什么。如果脱离相关经学内容讨论典籍翻译理论与方法,就失去了中国本土话语根基,往往落入现代西方学科话语体系,难以真正从中国传统经典的"地方性知识"出发进行跨文化诠释,不足以达成"深度翻译",促进深度跨文化对话。

理雅各《中国经典·诗经》之所以能成为"里程碑"式的学术型经典译本,至少有两个重要原因。其一,理雅各视中国经典为中国人道德、社会和政治生活的基础(Legge,1905:38),聘请儒家学者为顾问,深入了解作为中国经学"地方性知识"的经义及其注疏话语范式。其《中国经典·诗经》除了五章182页绪论,还提供较长篇幅引述中国经学注疏的译文注释,这恰恰是理雅各对《诗经》的跨文化注疏。其二,理雅各了解受众思维范式,熟谙西方话语体系,在注释中提供了大量西方视角下的解读、论述。因能兼顾中国经学传统与西方受众文化,理雅各使中国经学话语与西方现代话语充分对接,"为中西之间的思想对话提供了更直接的线索"(杨慧林,2011:194)。这两个方面的特征如何体现在理雅各《中国经典·诗经》跨文化注疏中,值得深入研究。而这两个特征又以理雅各对中国经典的理解、定位为理念前提,以理雅各所采取的注疏策略为方法保证。本书第三章将系统论述理雅各对中国经典的理解与定位及其中国经典翻译的目的与立场,并介绍本研究选择理雅各《中国经典·诗经·关雎》作为研究对象的因由,为后文理雅各《关雎》跨文化注疏话语特征研究提供更为充分的背景论述。

第三章　作为西儒经注的《中国经典》

理雅各将中国经典理解为中国社会思想、道德、行为的根基，他通过与中国儒家学者合作，深入了解中国经学传统，其中国经典译述具有经注定位。选择理雅各《中国经典》典型文本与中国相关注疏进行比较分析，解读其中国经典译述的话语特征，可为中国经典跨文化诠释提供路向及启发。

3.1　理雅各对中国经典的定位

理雅各说：“我……以哲学的眼光看中国，中国对我来说是伟大的故事，我渴望了解其语言、历史、文学、伦理与社会形态。”(转引自：岳峰，2004b：152)在理雅各看来，中国经典是外国人了解中国的关键所在，因为它是中国人一切行为范式的来源(转引自Ride，2011：10)。理雅各的女儿海伦·理雅各也指出，理雅各将中国经典作为中国思想文化观念的重要载体，认为要理解中国，就必须理解中国经典(Legge，1905：29)。

海伦·理雅各在她写的父亲的传记中引用了理雅各同时期的一个评论：

在汗牛充栋的中国文献中，有九部作品地位尤为突出。有一部据说是孔子所独著，其余也都曾经由他编纂。即便在今天,它们仍有着无限影响,对它们的全面掌握就是中国的最高教育。掌握了它们,人们可以登上诸侯国的最高权位;如若不理解它们,则绝无可能得到哪怕是最低级别的公职。它们为这个国家的统治行为设定基调,并成为评价每一个公共或私人行为的终极标准。一切有思想的人都会情不自禁地对这些在过去2300年中极大地影响了千百万中国知识分子的作品产生浓厚兴趣。这些书曾有过一些或多或少有价值的翻译,但尚无人对这九部作品进行系统翻译,而理雅各博士正致力于完成这一系统工作。

(In the immense literature of China, nine works hold a lofty pre-eminence. One claims Confucius as its sole author, others bear traces of his hand. Their influence even at the present day is unbounded. A complete comprehension of them forms the sum total of the highest education in China. By a knowledge of them men rise to the highest rank of the State, and no official post, however mean, is open to him who has not studied their pages. They supply the keynote to the conduct of the government of the country, and form the criterion by which every action, whether public or private, is finally judged. To all thoughtful minds, works which have exercised so supreme a control over the intellects of the millions of China for three and twenty centuries cannot but be of very great interest. Of some of them translations of more or less value have from time to time appeared, but at the present day no uniform translations of the nine exist. On the completion of such a series, Dr Legge is now engaged.)

(Legge,1905:32)

　　这说明理雅各将中国经典理解为中国社会行为、政府管理的重要准则,还将中国经典理解为中国几千年教育传统中最核心、最高深的内容。

　　与理雅各关系密切的另一位来华传教士兼汉学家艾约瑟①博士对理雅各中国经典英译点评如下,从中也可看出理雅各对中国经典的定位与理解:

　　　　他旨在打开中国的思想领域,展示中国人道德、社会和政治生活的基础。如此伟大的工作极为罕见,也许百年之中也未必能有一次。在此过程中,他觉得自己是真正在为传教士及其他研究中国语言和文献的学者们提供服务⋯⋯因其辽阔紧密的国土疆域、持续不断的人口增长及全民性的勤劳品质,中国是一个十分重要的国家。了解(中国经典)作品有利于我们评价中国人。经由此,欧洲政治家能看到中国民众道德标准之本质。他们所读的历史,他们的楷模,他们的保守主义之根基,都能在这里面得到评估。

　　　　(His object was to unfold the Chinese field of thought and reveal the foundation of the moral, social, and political life of the people. Such a great work is undertaken but rarely, perhaps not more than once in a century. In doing this he felt he was performing a real service to missionaries

----

① 艾约瑟(Joseph Edkins),英国来华传教士,著名汉学家。艾约瑟在 19 世纪西学东渐上有重要贡献。他来华后参与了《圣经》汉译工作,大量翻译西方科学著作,介绍西方经济理论,支持中国女子教育,研究中国语言、宗教、税收、银行等方面的内容。翻译了《圆锥曲线说》《重学》《富国养民策》等书。主编了《中西见闻录》,另有《汉语在文献学中的地位》《中国语言的地位》《汉字研究引论》《汉语学习入门》《中国的建筑》《汉语演进》《汉语官话口语语法》《中国的宗教》《中华帝国的税收》《中国的银行与物价》《汉语文法》《中国语言学》等汉学著作(吴霞,2005)。

and other students of the Chinese language and literature … China is a most important nation on account of the compactness of the national territory，the uniform rate of advance in population，and the industry which is a race-characteristic. To know what the book contains is to be in an advantageous position to judge of the people. Here the European statesman can see the nature of the people's standard of morals. The histories they read，their models of style，the ground of their conservatism can here be estimated.)

（Edkins，1898，转引自:Legge,1905:38)

艾约瑟明确指出,理雅各将中国经典视为"中国思想领域",是"中国人道德、社会和政治生活的基础"。

艾约瑟进一步讨论道:

> 即便现在理雅各已离开我们,这些卷帙浩繁的巨著作为他经年累月辛劳的成果,依然包含着极为丰富的事实。借助这些事实,欧洲和美洲的观察者得以对中国做出如此正确的判断,因为这里有广为流行的箴言,这里有学者和民众奉为圭臬的思想,这里有通行于每一个省份、每一个当地圈子的原则。这些典籍之于中国民众的意义,犹如《圣经》之于基督徒、莎士比亚之于研究英国诗歌的学者、《古兰经》之于伊斯兰信徒。

> (Even now, when James Legge is no longer among us, these volumes, the outcome of his long-continued toil, contain a rich store of facts by which the foreign observer in Europe and America can judge of China so correctly, because

here are the maxims which are popular, here are the ideas that rule in the minds of the scholars and all the people. Here are the principles that sway every native coterie, through all the provinces. What the Bible is to the Christian, what Shakespeare is to the student of English poetry, what the Koran is to the Mohammedan, these books are to the universal Chinese mind.）

（Edkins,1898,转引自:Legge,1905：38-39）

这一评论将"这些典籍（中国经典）之于中国民众的意义"与《圣经》之于基督徒、莎士比亚之于研究英国诗歌的学者、《古兰经》之于伊斯兰信徒"相类比。这一类比虽然具有宗教色彩,但考虑到作者的基督教传教士身份及其宗教研究背景,我们不难理解理雅各及其传教士友人对中国经典作为中国社会思想、道德、行为根基的地位的理解。

基于这样的理解,理雅各也充分意识到了解中国经典、翻译中国经典对于在华传教工作的重要性。理雅各说:

> 儒教不同于佛教、婆罗门教,它和基督教之间不存在对抗性。它不像佛教那样无神论,也不像婆罗门教那样泛神论。不过它作为一个系统,其内容自然有东方局限性、时间局限性。虽然传教士们试图承认其好的地方,试图使用它又不滥用它,但是他们有时也难免显得欲将孔子从崇高地位上拉下来。他们做不到既将福音作为上帝的智慧加以传播、将上帝的力量传递给需被救赎的人、将上帝和耶稣的爱加以散播,同时又不谴责（中国人）深刻罪恶感的缺失、中国圣人门徒身上虔诚光辉的缺失。让他们以基督的精神去四处传教吧,不必挣扎或哭泣,带着温顺谦卑的心——我相信他们在中国的传

教工作比在其他任何地方都更为容易。任何人都应该认识到必须不遗余力地熟习儒家经典,唯有如此在华传教士们才会完全理解自己的工作;他们越是小心地避免驾着马车粗鲁地从夫子坟墓上碾过,就越有可能很快看到人们发自内心地信奉耶稣。

(Confucianism is not antagonistic to Christianity, as Buddhism and Brahmanism are. It is not atheistic like the former, nor pantheistic like the latter. It is, however, a system whose issues are bounded by the East and by time; and though missionaries try to acknowledge what is good in it, and to use it as not abusing it, they cannot avoid sometimes seeming to pull down Confucius from his elevation. They cannot set forth the Gospel as the wisdom of God and the power of God unto salvation, and proclaim the supreme love of God and of Christ, without deploring the want of any deep sense of sin, and of any glow of piety in the followers of the Chinese sage. Let them seek to go about their work everywhere—and I believe they can do so more easily in China than in other mission fields—in the Spirit of Christ, without striving or crying, with meekness and lowliness of heart. Let no one think any labour too great to make himself familiar with the Confucian books. So shall missionaries in China come fully to understand the work they have to do; and the more they avoid driving their carriages rudely over the Master's grave, the more likely are they soon to see Jesus enthroned in His room in the hearts of the people.)

(Legge, 1905:37-38)

由此可以看出,理雅各中国经典翻译以传教为重要目的,但他认为唯有熟习中国经典,才能更好地了解中国和中国人、才有助于传教工作,因此作为虔诚的基督徒和传教士,理雅各更具深入了解中国经典,并将其传达给西方传教士和西方世界的真诚意愿(Ride,2011:10)。

理雅各认为,传教工作可以找到一条更为巧妙的路径,不必横冲直撞地与当地异教发生冲突、对异教所信仰的先师大加贬损(they might find a more excellent way than to 'dash too much into collision with the existing heathen religions, and speak too bitterly of their great teachers')(Legge, 1905:36)。在理雅各看来,熟习中国经典恰是有效推进在华传教工作的重要路径。理雅各希望,《中国经典》带给西方的中国大量相关事实能有助于欧美观察者对中国做出正确判断(Edkins,1898,转引自:Legge,1905:38)。理雅各认为,《中国经典》翻译工作以推进传教工作为重要目标,因此其中国经典译述本身就是一项虔诚侍奉上帝的工作,而且其翻译工作以不影响传教为前提:

> 将这些典籍放到那些面对《孟子》《尚书》不知所措、深感绝望的人手上,就是(对上帝)最为坚定的侍奉、最为实用的(侍奉)成果。在他献身于此期间,他也坚定不移、毫不动摇地将直接传教工作视为首要任务,并主要致力于传教工作。

> (To place these books in the hands of all who look with despair on a page of *Mencius* or the *Book of History* is a service of the most solid kind, and an achievement of a most useful character. While he was engaged in this work he made it a point, from which he would not deviate, to regard direct missionary labours as demanding and receiving his chief attention.)

> (Edkins,1898,转引自:Legge,1905:38-39)

为此,理雅各在 25 年多时间里努力学习汉语、钻研中国文献,将在此期间积累的汉学能力悉数付诸中国经典翻译工作,并相信该工作将惠及传教事业:

> 在这一工作中,我充分利用了 25 年多刻苦钻研所得的汉语学术能力。这一工作是必要的,借此,全世界将得以真正了解这个伟大帝国,同时,我们的在华传教工作也能以充分了解中国为基础,如此才能收到长久成效。我认为,全面翻译、注释、出版儒家经典对未来的传教工作将大有裨益。

> (I have brought to the work a competent Chinese scholarship, the result of more than five and twenty years of toilsome study. Such a work was necessary in order that the rest of the world should really know this great Empire and also that especially our missionary labours among the people should be conducted with sufficient intelligence and so as to secure permanent results. I consider that it will greatly facilitate the labours of future missionaries that the entire books of Confucius should be published with a translation and notes.)

> (转引自:Ride,2011:1)

可见,理雅各深刻认识到中国经典之于中国社会、文化的意义。基于这种认识,他意识到在华传教须以对中国经典的深刻理解为基础,以求顺利推进、收效长远,因此其中国经典翻译一方面具有深刻理解中国文化的意愿,另一方面致力于为在华传教工作做出贡献。

理雅各就任牛津大学汉学教授的就职演讲也足以显示出其对中国经典的尊重:

我们会不时地在其中遇到道德和社会方面的问题，这些正是我们欧洲仍在探索的问题，而你会发现，这些问题已经被他们讨论过了，其冷静和明智令人耳目一新。

（转引自：沈建青、李敏辞，2011：210）

此外，理雅各对中国传统文献之数量众多与保存完整有充分认识，他在牛津大学的任职演讲中说：

现存的中国文献巨著，其历史可以追溯到公元前两千多年；文献上盖有真实可信的印章，这是其他古文献所无法展现的……二十多个王朝的历史事件被连续不断地记载下来，其真实程度和完整性是其他国家的历史记录所无法比拟的。

（转引自：沈建青、李敏辞，2011：210）

理雅各对文献完整性的强调也体现出文献对理雅各理解中国历史、文化、社会的重要意义。

3.2　西儒经注《中国经典》

自利玛窦以来，众多来华西方人士的撰述被收入《四库全书》，足见"西儒述撰之富"（王韬，1994：315）。至清朝嘉庆年间及其后，来华传教士突出者众，在华著述更为丰富，理雅各则是其中的佼佼者：

嘉庆年间，始有名望之儒至粤，曰马礼逊（Robert Morrison）①。继之者曰米怜维琳（William Milne），而理君雅各先生（James Legge）亦偕麦都思（William Medhurst）诸名宿橐笔东游。先生于诸西儒中年最少，学识品诣卓然异人。和约既定，货琛云集，中西合好，光气大开。泰西各儒，无不延

① 括号内英文原名为本书作者加注，下同。

揽名流，留心典籍。如慕维廉（William Muirhead）、禅治文
（Elijah Bridgeman）之地志，艾约瑟（Joseph Edkins）之重学，
伟烈亚力（Alexander Wylie）之天算，合信氏（Hobson）之医
学，玛高温（MacGowan）之电气学，丁韪良（William Martin）
之律学，后先并出，竞美一时。

（王韬，1994：315-316）

众多知名传教士在东西文化交流上主要是"通西学于中国"，
促成西学东渐；而理雅各"独不惮其难，注全力于十三经"，"以中国
经籍之精微通之于西国"（王韬，1994：316），将中学西传。理雅各
是否"独"将中国经籍西传另当别论，但理雅各在中学西传中的重
要地位毋庸置疑。王韬尤以理雅各对"世之谈汉学者……斥为伪
孔"的古文经《尚书》的看重为例，指出理雅各"群经悉有译述"的学
术成就不只是将中学西传，对中国本土学者承继"往圣绝学"①亦
有特殊意义（王韬，1994：316-317）：

呜呼！经学至今日几将绝灭矣。溯自嘉、道之间，阮文达
公以经师提唱后进，一时人士禀承风尚，莫不研搜诂训，剖析
毫芒，观其所撰《国朝儒林传》以及江郑堂《汉学师承记》，著述
之精，彬彬郁郁，直可媲美两汉，超轶有唐。逮后老成凋谢，而
吴门陈奂硕甫先生能绍绝学，为毛氏功臣。今海内顾谁可继
之者？而先生独以西国儒宗，抗心媚古，俯首以就铅椠之役，
其志欲于群经悉有译述，以广其嘉惠后学之心，可不谓难欤？

（王韬，1994：317）

王韬认为，在阮文达（即主持校勘《十三经》阮刻本的阮

---

① 宋儒张载"横渠四句"言："为天地立心，为生民立命，为往圣继绝学，为万世开太
平。"他将历代圣贤传下的经典与道统视为士人当需努力继承、发展的"绝学"。

元^①)继承汉经学、陈奂^②继承毛亨传统之后，经学在海内后继乏人，而理雅各作为一名西方学者，"其志欲于群经悉有译述"，难能可贵，王韬因此对理雅各评价极高，尊其为"西国儒宗"。王韬经学基础扎实，他将理雅各与阮元、陈奂并提，认为理雅各"群经悉有译述"是继承经学，可知王韬认可理雅各《中国经典》译述中的经学学术范式。

此外，理雅各聘请王韬等晚清学者为学术顾问，王韬对《中国经典》翻译起了重要作用。就《诗经》译述而言，理雅各说：

> 《毛诗集释》三十卷仅有手稿，乃吾友王韬为帮助我而专门撰写。他收入了所有能找到的《诗经》相关文本与释义，参考文献多达 124 部。我的《诗经》译述的完整性很大程度上归功于此——其唯一不足是过于偏爱《毛诗》观点。希望王韬能为其同胞国民将这一著作付梓出版。

> (《毛诗集释》三十卷，"Explanations of Maou's She from all sources; in 30 chapters." This work exists as yet only in

---

① 《清史稿·列传一百五十一》载，阮元"身历乾、嘉文物鼎盛之时，主持风会数十年，海内学者奉为山斗焉"(《清史稿》卷三六四)，被称为"乾嘉汉学""乾嘉时期经典考据学"的"殿军"(姜广辉，2010：60)。阮元"推明古训，实事求是而已，非敢立异也"(阮元，1993：自序一)，体现出"恪守汉学正统，以古训求义理"(邓经元，1993：一)的经学方法。同时，阮元并非一味埋头故纸，而是将格物与实践相联系。据《清儒学案·仪征学案上》载，阮元"推阐古圣贤训世之意，务在切于日用，使人人可以身体力行"(《清儒学案》卷一二一)。

② 陈奂继承《毛诗》经学研究的情况见载于《清史稿·列传二百六十九·儒林三》：

> 奂尝言大毛公《诂训传》言简意赅，遂殚精竭虑，专攻毛传。以毛传一切礼数名物，自汉以来无人称引，韬晦不彰，乃博征古书，发明其义。大抵用西汉以前旧说，而与东汉人说《诗》者不苟同。又以毛氏之学，源出荀子，而善承毛者，惟郑仲师、许叔重两家，故于《周礼注》《说文解字》多所取说，著《诗毛氏传疏》三十卷。又以疏中称引，博广难明，更举条例，立表示图，为《毛诗说》一卷。准以古音，依四始为《毛诗音》四卷。仿《尔雅》例，编毛《传》为《义类》十九篇一卷。以郑多本三家《诗》，与毛异，为《郑氏笺考征》一卷。又有《诗语助义》三十卷，《公羊逸礼考征》一卷，《师友渊源记》一卷，《禘郊或问》《宋本集韵校勘记》各若干卷。

> (《清史稿》卷四八二)

manuscript, and was prepared expressly for my own assistance, by my friend Wang T'aou① (王韬；styled 仲韬，and 紫诠). There is no available source of information on the text and its meaning which the writer has not laid under contribution. The Works which he has laid under contribution, —few of them professed commentaries on the She, —amount to 124. Whatever completeness belongs to my own Work is in a great measure owing to this：the only defect in it is the excessive devotion throughout to the views of Maou. I hope the author will yet be encouraged to publish it for the benefit of his countrymen. ②）

（理雅各，2011d：Prolegomena 176）

可见王韬所撰《毛诗集释》为理雅各《诗经》翻译提供了较为全面的经学研究基础。理雅各在私人资助③不再、资金困难的情况

---

① 理雅各《中国经典·诗经》用马礼逊汉英词典中介绍的音译体系标注中文名字和术语（费乐仁，2011：14）。比如 king Wăn 指文王，T'ae-sze 指太姒，Maou 指毛亨，Ch'ing K'ang-shing 指郑康成即郑玄，K'ung Ying-tah 指孔颖达，Yang Hëung 指杨雄，Lëw Heang 指刘向，Yuen Yuen 指阮元，等等。其注音存在前后不一致的情况，如《关雎》中的 T'ae-sz' （理雅各，2011d：3）在《卷耳》中注音为 T'ae-sze（理雅各，2011d：9），但不影响我们确认人名。

② 原文中汉字为繁体形式。本书引用理雅各绪论内容时，汉字采用简体形式。

③ 理雅各《中国经典》的翻译出版受到查顿（Hon. Mr. Joseph Jardine）资助。查顿某次在广东附近和理雅各同坐一艘小船旅行，适逢太平天国起义早期。他们听闻起义军在附近岛上，理雅各说服船夫带他们上岛，因他想和起义军士兵谈谈。查顿听中国船夫说，理雅各汉语说得比船夫自己还好！这一表扬虽不是学术评价，但理雅各对中国语言文化的用心给查顿留下深刻印象。多年后，查顿听说了理雅各的出版经费困境，便主动提出资助，理雅各欣然接受并获得伦敦传道会批准——因为传道会认为理雅各的翻译工作有着重要学术意义，对未来的传教工作也有巨大价值。1861 年《中国经典》第一卷在香港出版时，查顿已去世，未能看到自己慷慨资助的成果，但其兄弟（Sir Robert Jardine）继承诺言，资助了第二、三卷的出版和第四、五卷的准备工作（Ride，2011：10-11）。因此，不难理解当查顿资助不再时，理雅各经费吃紧、捉襟见肘。

下,仍高薪聘请王韬共同释译中国经典(Ride,2011:10),不难发现理雅各在中国经典翻译中高度倚重中国经学研究成果,而不是单凭其西方文化视角推度中国经籍。

理雅各中学西传着眼于"经籍之精微",又"贯串考覆""讨流溯源"(王韬,1994:316),体现出理雅各对中国经学研究方法的重视。这或许与理雅各《圣经》诠释学术背景有重要关联,"……对基督教经文的热爱,使他充满热情,从事长期翻译和诠释工作"(张西平、费乐仁,2011:9)。

> 理雅各的判断标准得益于他在亚伯丁大学和苏格兰大学的拉丁和希腊古典学问素养,以及在英格兰海伯里学院读研究生时期的希腊语和希伯来语的《圣经》学习。
>
> (张西平、费乐仁,2011:8)

但理雅各中国经典跨文化诠释的学术方法显然不光受其《圣经》研究学术背景影响。为更好地把握中国经典文献,将中国经典以他认为尽可能准确的标准传递到英语国家,理雅各聘请王韬等中国学者为经学顾问。王韬(1828—1897)自幼随父熟读"四书""五经",经学基础扎实深厚。1863年王韬到港,应邀和理雅各合作翻译"五经"。王韬悉心研究儒家经典,写成《皇清经解札记》二十四卷,供理雅各《书经》翻译参考;接着撰写《毛诗集释》三十卷,助译《诗经》。后王韬写成《春秋左氏传集释》六十卷、《春秋朔闰考》三卷、《春秋日食辨正》一卷、《春秋至朔表》一卷,为理雅各《春秋》《左传》翻译提供详尽资料。王韬另著有《周易集释》《礼记集释》,助力理雅各翻译工作。由于王韬的经学功底和学术能力,理雅各对王韬十分欣赏。王韬曾于1867年12月应理雅各邀请赴英,在理雅各的家乡杜拉(Dollar)住了两年,并赴欧洲大陆与各国汉学家交往;1870年回中国香港时,王韬可谓是当时汉学知识最为丰富的中国学者(Ride,2011:14)。这对王韬后续帮助理雅各整理出版《中国经典》第四、五卷大有裨益。理雅各认为,王韬对自己的中国经典翻译成就有重要贡献:

> 该学者的经学学问远胜作者所认识的其他中国学者,他于1863年底来中国香港,精挑细选珍贵书籍供理雅各使用。同时,该学者就就业业地投入工作中,有时为理雅各讲解,有时与理雅各争论,不仅为理雅各提供帮助,还为理雅各劳累的一天倍添生机。

> (This scholar, far excelling in classical lore any of his countrymen whom the author had previously known, came to Hong Kong in the end of 1863, and placed at his (Legge's) disposal all the treasures of a large and well selected library. At the same time, entering with spirit into his labours, now explaining, now arguing, as the case might be, he has not only helped but also enlivened many a day of toil.)

(转引自:Ride,2011:14)

如果我们考虑到王韬为助译《中国经典》专门整理的经学文献对理雅各的翻译所发挥的作用(理雅各,2011d:Prolegomena 176),就可以理解理雅各中国经典跨文化诠释的学术态度与方法:

> 其言经也,不主一家,不专一说,博采旁涉,务极其通,大抵取材于孔郑而折衷于程朱①,于汉、宋之学两无偏袒。

(王韬,1994:316)

王韬以“言经”定位理雅各的《中国经典》译述工作,认为理雅

---

① “孔郑”指孔安国与郑玄所代表的汉代经学;“程朱”指程颢、程颐与朱熹所代表的宋明理学。

各在中国经典诠释中"不主一家,不专一说",注重不同观点的共存共现。又指出理雅各经注兼采以孔安国、郑玄为代表的汉代经学成果和以程颢、程颐、朱熹为代表的宋明义理学说,"于汉、宋之学两无偏祖",体现出理雅各对中国历代不同经学研究成果兼收并蓄。

故论及《中国经典》,理雅各不只是传教士汉学家或翻译者,更是一位走进中国经学世界的西方学者。如若"西国儒宗"有溢美之嫌,则"西儒"之称理雅各受之无愧。其"儒"至少可从两个方面加以理解:其一是以"儒"作为中国汉朝以降儒家主流学术传统下对有学问的学者的尊称、泛称,以中国传统文化对"儒"的尊崇来体现对学者的尊崇;其二是对深入研究儒家传统学问的儒学者的尊称。一方面理雅各是富有学问的学者,另一方面其《中国经典》译述体现出他对包括"儒家"学问在内的中国传统文化的深入研究,"西儒"对理雅各而言兼有以上两个方面的意义。

因此,《中国经典》可被视为理雅各作为一名西儒对中国经典的跨文化注疏。这也是本研究选择理雅各的中国经典跨文化重构为"中国经典跨文化诠释与重构"之典型个案的首要原因。理解《中国经典》译述中的理雅各西儒身份特征有助于我们在中国经学范式下重新审视理雅各中国经典跨文化重构的话语特征,帮助我们从话语视角重新思考中国经典及其经注传统的当下意义,尤其是重新思考经义辨识与经义再生对当下中国的意义,重新思考中国经学话语对西方现代性话语困境的意义,重新思考中国经典跨文化传播的路向问题。

3.3 《中国经典·诗经·关雎》作为研究对象

理雅各五卷《中国经典》收入了《论语》、《大学》、《中庸》、《孟子》、《书经》(含《竹书纪年》)、《诗经》和《春秋左传》,这些译述均有长篇巨幅的翻译副文本。除《孟子》以"Advertisement"代替"Preface"外,其他各卷体例与《诗经》体例一致,正文也俱有详细注释。本研究选取《诗经》为研究对象,原因有三:

首先,《诗经》不只是"可以兴,可以观,可以群,可以怨"(《论语·阳货篇》)的有关个人修为与社会交往的教育文本,不只是"不学诗,无以言"(《论语·季氏》)的言说内容与范式的话语资料库,更是"迩之事父,远之事君"(《论语·阳货篇》)、与"家国天下"紧密联系的文化典籍,从而成为历代中国经学教育的核心文本之一。由于《诗经》在中国传统文化中具有独特地位,因此《诗经》跨文化传播在中国经典跨文化传播中具有典型意义。且《诗经》在西方有很高的接受度和辨识度,迄今为止不同语种的《诗经》译本达40多种(马祖毅、任荣珍,1997),从文学、哲学、美学、史学等角度研究《诗经》的西方学者更不在少数,从《诗经》跨文化传播入手考察西方对中国经典的诠释,不失为一个合理入口。

其次,《中国经典》中,《诗经》因其体裁特征,正文篇幅最为短小,语言最为精练,文本提供了很大的意义诠释空间。在中国传统《诗》学中,《诗经》注疏存在方法皆相类似、观点相去甚远的不同学派。要对《诗经》进行跨文化诠释,须对这些不同观点加以比较、选择,故其翻译及注释也更具诠释性。

再次,较之《春秋左传》的叙事、《大学》《论语》《中庸》《孟子》等的观点论述,《诗经》既有叙事、抒情,也有观点表述,叙事、抒情与观点表述密切交织,内容更具包罗性。《书经》也是叙事与观点表述交织,兼有典章制度介绍,内容也颇具包罗性,但《书经》文本较之于《诗经》更为详细,文本意义建构相对而言更具确定性。

因此,较之于《中国经典》其他卷集,第四卷《诗经》的跨文化传播似更具诠释空间。《诗经》原文简短,但理雅各《诗经》注释篇幅尤胜《中国经典》其他卷集。本研究重在解读中国经典西传的跨文化诠释话语特征,《中国经典·诗经》这样的跨文化注疏对理解西方借以解读中国经典的话语特征有重要意义。这也是本研究选取《中国经典》第四卷《诗经》的注释作为研究文本来源的重要原因。

理雅各《中国经典·诗经》以阮元审定的"《毛诗注疏》嘉庆二十年江西南昌府学开雕"本(理雅各,2011d:Prolegomena 172)为原文。理雅各先后完成 3 个《诗经》译本(费乐仁,2011:5),本研究所考察的《中国经典》第四卷最初于 1871 年在中国香港出版,1895 年牛津再版的"是 1871 年发行第一版的重版"(费乐仁,2011:4)。被称为"现代版韵律译文"的第二个理雅各《诗经》译本于 1876 年在伦敦出版。1879 年第三个译本收录于"东方圣书"系列之《中国圣书》第一卷,这一次理雅各重新编排和选摘了涉及"宗教范畴"的诗篇,不以前两版中采用的诗节或诗歌元素的形式加以呈现(费乐仁,2011: 5)。在理雅各 3 个《诗经》英译本中,本研究选其 1871 年译本即《中国经典·诗经》的相关注释为核心文本,是因为其学术型"深度翻译"(thick translation)(Appiah,1993)的"跨文化注疏"特征。

理雅各《诗经》深度翻译特点基于他对中国经典之于中国社会的意义、《诗经》作为经典的理解与定位。理雅各知道,《诗经》形成时期朝廷与诸侯国都有乐官、乐师专门收集当地诗歌作品以呈朝廷(poetical compositions collected in their several regions, to present them to their superior of the royal court)(理雅各,2011d:Prolegomena 15)。这也与朱熹《诗集传》所言一致:

"国"者,诸侯所封之域,而"风"者,民俗歌谣之诗也。谓之风者,以其被上之化以有言,而其言又足以感人,如物因风之动以有声,而其声又足以动物也。是以诸侯采之以贡于天子,天子受之而列于乐官,于以考其俗尚之美恶,而知其政治之得失焉。

(《诗集传》卷一)

可见理雅各对《诗经》在中国传统文化中的政治、教化功能有很好的理解。理雅各该《诗经》正文翻译主要采用直译策略,不求韵律,而对这一译本的争议之一恰是其非韵律形式的处理:许多人认为这使得人们无法感受到古典中文诗的韵味(费乐仁,2011:13)。但理雅各认为,将《诗经》作为中国经典加以翻译,未必非得评估其诗学价值(理雅各,2011d:Prolegomena 114)。他在《中国经典·诗经》的《绪论》中评价前人《诗经》韵体译本:

> 由孙璋①的拉丁语译本转译而来的德语韵体《诗经》译本,再由德语《诗经》韵体译本转译而来的英语《诗经》韵体译本,若未加注释说明其出处,即便是熟悉《诗经》者如我,恐也难以辨其原貌。这样的产出,无论从其诗学角度还是其情感表达,都谈不上什么价值。
>
> (Versified, first in German, from the Latin translation of Lacharme, and again from the German version in English, if the odes from which they are taken were not pointed out in the foot-notes, it would be difficult, even for one so familiar with the Chinese text as myself, to tell what the originals of them were. Such productions are valueless, either as indications of the poetical merit of the odes, or of the sentiments expressed in them.)
>
> (理雅各,2011d:Prolegomena 116)

《绪论》也阐明了正文直译的初衷:

---

① P. Lacharme,中文名孙璋,18 世纪法国来华传教士,完成《诗经》拉丁文散文体译本,该译本于 1830 年被整理出版。理雅各提供的该译本版本信息为 "CONFUCII SHE-KING, sive LIBER CARMINUM. Ex Latina P. Lacharme interpretatione edidit Julius Mohl. Stuttgartiæ et Tubingæ:1830"(理雅各,2011d:Prolegomena 181)。

我旨在尽我所能提供一个呈现原义的译本,不添加、不释译。这一诗集整体来说不值得费神做韵律化处理。但任何有志于此的人基于我的译本都能完成一个"忠于原文的韵律译本"。我本人则倾向于尽可能直译。

(My object has been to give a version of the text which should represent the meaning of the original, without addition or paraphrase, as nearly as I could attain to it. The collection as a whole is not worth the trouble of versifying. But with my labours before him, any one who is willing to undertake the labour may present the pieces in 'a faithful metrical version.' My own opinion inclines in favour of such a version being as nearly literal as possible.)

(理雅各,2011d:Prolegomena 116)

理雅各虽正文直译,但提供了长篇巨幅的翻译副文本,包括前言(Preface)、绪论(Prolegomena)(含附录)、注释(Notes)、索引(Indexes)等,这些副文本是理雅各对中国经典进行跨文化诠释的直接体现。[1]

前言。在前言中,理雅各阐述了《诗经》被翻译到西方的历史与现状,指出《诗经》于 1733 年被孙璋神父译成拉丁语,并于 1830 年被法国汉学家莫赫(M. Jules Mohl)编辑出版。但理雅各引用

---

[1] 理雅各《中国经典·诗经》正文虽是直译,但它带着西方视角诠释中国经典原文,需同时从文化边界的两边(both sides of the border (of cultures))(Bhabha,1994:7)出发,进行文化翻译(cultural translation)(Bhabha,1994:7),在两种文化的中间地带(in-between)(Bhabha,1994:127)建立"融合"(hybridity)(Bhabha,1994:113)的可能。为达成文化翻译的目的,理雅各秉持"以意逆志"策略去解读中国经典,其正文翻译也是对中国经典的跨文化诠释。但由于本研究旨在解读理雅各的译注作为与中国注疏并行的文本所体现的理雅各《关雎》跨文化重构话语策略,故不将理雅各翻译正文作为文本分析对象。

范尚人①的话指出这一拉丁语译本并不令人满意：

> 该作品如此晦涩难懂又枯燥无趣，每一位汉学家都会为
> 之感到羞愧。②
>
> （La production la plus indigest et la plus ennuyeuse dont
> la sinologie ait à rougir.）

（理雅各，2011d：Preface）

理雅各希望自己能提供一个"可靠"译本，为此不遗余力地提供了大量注释和绪论，以臻完美：

> 作者希望其译本能被杰出学者视为对诗歌原文的可靠翻
> 译。为尽其所能使译本臻于完美，他在翻译、注释与绪论中自
> 是不遗余力。
>
> （The author hopes that the Work which he now offers
> will be deemed by competent scholars a reliable translation of
> the original poems. He has certainly spared no labour on the
> translation，or on the accompanying notes and the
> prolegomena，to make it as perfect as he could attain to.）

（理雅各，2011d：Preface）

绪论。理雅各《中国经典》每一卷均有长篇绪论，介绍每一卷所涉中国经典文献的历史及经学研究传统等内容。第四卷《诗经》的绪论五章共 182 页，体现出理雅各的学术态度及翻译立场。第一章正文 13 页、附录 10 页，介绍《诗经》早期历史及现存版本，提供附录介绍《诗经》同期的中国其他诗歌作品样本。第二章正文 11 页、附录 62 页，介绍《诗经》作品来源、中国传统经学对《诗经》

---

① 法国汉学家 Joseph Marie Callery，中文名范尚人。
② 该句原文为法文，浙江师范大学汪琳博士为该句汉译做了指正，谨致谢忱。

的解读和《诗经》主要注疏学者,介绍《诗序》及其权威性。三个附录分别提供《诗序》(《大序》《小序》)及理雅各英译、《诗谱》全文及理雅各英译、《韩诗外传》部分原文及理雅各英译。第三章正文 22 页、附录 10 页,论述《诗经》韵律特征及诗学价值,介绍古汉字发音特征,附录提供中国诗歌的不同类型。第四章正文 16 页、附录 30 页,介绍《诗经》时期中国疆土、政治制度、宗教信仰和社会状态,附录是法国著名汉学家毕欧根据《诗经》所做的中国古代风俗礼仪研究。① 第五章正文 11 页,详细列出理雅各《诗经》翻译所参考的主要文献,包括注疏、《诗经》名物考、辞书等文献的题目及内容简介、已有《诗经》各语种译本版本信息。

在绪论中,理雅各梳理了《诗经》的源起与发展,呈现了《诗经》注疏传统及《诗序》《诗谱》等重要中国《诗》学文本,介绍中国诗歌韵律特征、《诗经》时期的中国社会状态,并列出重要参考文献和其他译本,全景式地为西方读者呈现了理雅各《诗经》诠释的《诗》学"语境"背景。

正文注释。理雅各为每一首诗提供了长篇注释。为便于读者更直观地了解《中国经典·诗经》的正文注释,以及理雅各《诗经》的注释工作量之大,我们以华东师范大学出版社 2011 年影印版《中国经典·诗经·关雎》为扫描来源,以图 3.1、图 3.2、图 3.3、图 3.4 与图 3.5 呈现《中国经典·诗经·关雎》的原文、译文和注释全文。

---

① M. Edouard Biot,法国汉学家,中文名毕欧。理雅各将毕欧的文章译成英语,题为"Researches into the Manners of the Ancient Chinese,according to the She-King",并将其引入《诗经》理译本绪论。毕欧原文发表于《亚洲学报》(*Journal Asiatique*)1843 年 11/12 刊(理雅各,2011d:Prolegomena 142)。毕欧根据《诗经》内容,描写了古代中国的生活习俗。理雅各对毕欧这一文章的引用说明"理雅各已经意识到了他与欧洲汉学传统的联系。同时,他也在发挥自己的学识努力地让欧洲汉学传统变得更加完善"(费乐仁,2011:10)。

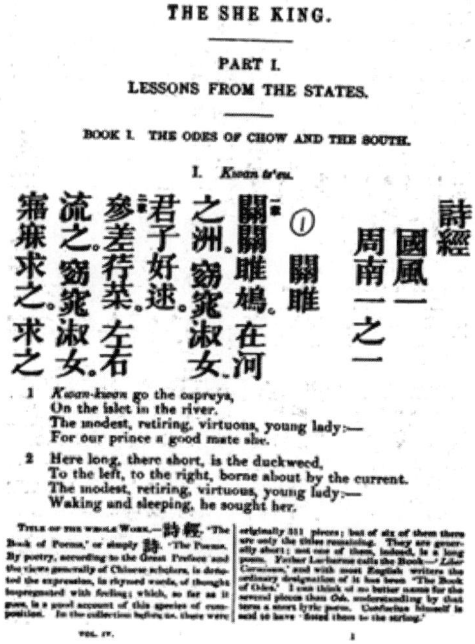

图 3.1 《中国经典·诗经·关雎》第 1 页

图 3.2 《中国经典·诗经·关雎》第 2 页　　图 3.3 《中国经典·诗经·关雎》第 3 页

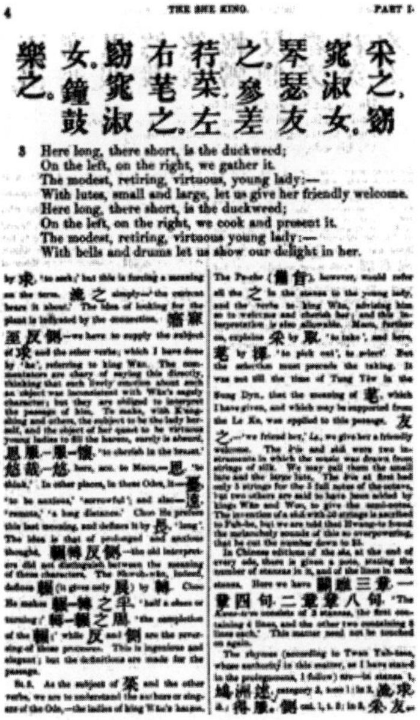

图 3.4 《中国经典·诗经·关雎》第 4 页   图 3.5 《中国经典·诗经·关雎》第 5 页

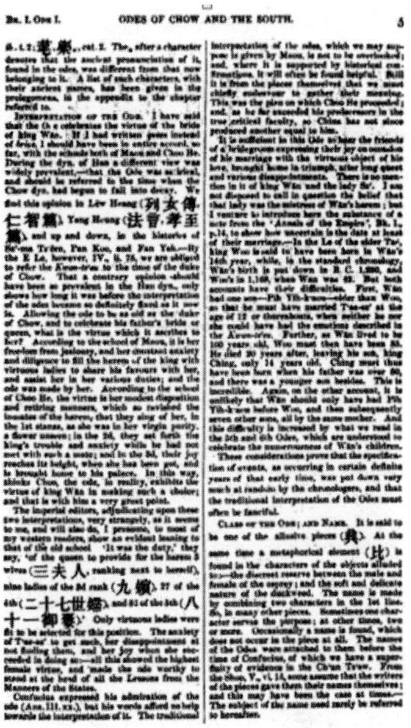

如图 3.1、图 3.2、图 3.3、图 3.4 与图 3.5 所示,《中国经典·诗经·关雎》以当页最大字号竖排繁体字中文原文,译文正文字号稍小,所占篇幅最少,置于原文下方。注释占了绝大部分篇幅,部分页面整页是注释。这种排版方式体现了理雅各的深度翻译对原文做了十分详尽的"呈现"。

长篇翻译副文本的存在,一方面体现出理雅各秉持着了解、理解中国经典文本的真诚愿望,另一方面折射出理雅各对中国经典跨文化传递中可能遇到的沟通障碍的考虑——解释性副文本篇幅越长,越说明理雅各意识到所译内容与目标读者之间的"文化距离"。理雅各充分利用翻译副文本,为尚未对中国经典文本有许多接触的英语世界读者提供了大量文化释读。"理雅各译著中的前言与注释对于学者的研究是必不可少的"(岳峰,2004b:212),而注释又是对《诗经》诗歌最直接的注疏,直接体现理雅各《诗经》跨文化诠释的话语策略。

因而,注释是理雅各《诗经》跨文化诠释的重要文本,从中可考察理雅各《诗经》跨文化诠释与中国经学注疏的互文,也可从正文注释与中国经学注疏的互文来解读理雅各《诗经》跨文化重构的效果,并能从中看到译者所带入的西方话语特征及其对《诗经》跨文化诠释的影响。

综上,理雅各《诗经》注释是适合借以解读中国经典跨文化诠释的话语实践个案:唯有译者对中国经典的本土意义有充分了解,在中学西传中充分重视与中国经学传统的深入对话,才可能在翻译中采取必要策略,尽其所能地呈现中国经学语境中的经典意义及其话语建构特征,以深度翻译策略传递中国经典的"地方性知识"(Geertz,1983)(详参第四章"'地方性知识''深度翻译'与经典跨文化诠释")。

由于本研究的核心目的不在于对《诗经》本身进行研究,也不在于对理雅各《诗经》翻译的整体特征进行研究,而是将理雅各《诗经》注释与中国注疏并置辩读、对比分析,深入剖析理雅各跨文化诠释的话语特征,以求对中国经典跨文化诠释与传播起到可能的路向借鉴,因此可通过对理雅各《诗经》注释典型文本的细致研究,见微知著,深入理雅各经注与中国注疏文本的肌理深处。

《周南》《召南》在《诗经》中具有"卷首"意义,可从中选取理雅各经注的典型文本。孔子说:"人而不为《周南》《召南》,其犹正墙面而立也与?"(《论语·阳货篇》)以此突出强调《周南》《召南》在《诗经》中的重要性。《诗大序》将《周南》《召南》分别系于周公、召公,认为"二南"是"正始之道、王化之基"(《毛诗注疏·诗大序》),更为具体地论述了"二南"的意义。而《关雎》作为《周南》首篇,历代经学研究对其有足够多的经义解读与建构,在《诗经》研究中具有典型意义。理雅各逐字逐句为《关雎》提供了详尽注释(详参附录一"理雅各《中国经典·诗经·关雎》注疏"),大量引用中国传统注疏,因此理雅各《关雎》注释具备作为西儒经注典型文本的特征。

本研究以《中国经典·诗经·关雎》注释为文本个案,以中国相关《诗经》注疏为并行文本,从文化话语角度对两者进行对比解读,以求理解作为中学西传典型个案的理雅各中国经典跨文化"注疏"的话语特征,并思考其当下观照意义。

第四章将论述本研究的理论视角,提出中国经典跨文化诠释及其研究应重视对中国经学注疏"地方性知识"的"深度描写"与"深度翻译";同时,要研究注疏作为中国经典的"地方性知识"是否在理雅各深度学术译释中得到深度表达,还需通过"深度描写"式的话语分析方法。

第四章 "地方性知识""深度翻译"与经典跨文化诠释

中国经典之经义及其话语范式是中国文化区别于他国文化的重要标志之一,是经典跨文化传播的必要组成部分,中国经典跨文化诠释应重视对中国经学注疏"地方性知识"的"深度描写"与"深度翻译"。本章将提出文化人类学中的"当地人视角"(Malinowski,转引自:Geertz,1983:54)与"地方性知识"(local knowledge)(Geertz,1983)、人类学"深度描写"研究方法启发下的"深度翻译"理论对中国经典跨文化诠释的重要启发。本章所梳理的"'当地人视角'与'地方性知识'——'深度描写'与'深度翻译'"理论脉络将为本研究的研究视角、研究方法提供理论指导。

4.1 从"地方性知识"到"深度描写"与"深度翻译"

在殖民扩张时期,更多西方学者有更多机会进入更为众多的"异域"文化,由此引发的人类学研究不在少数。随着殖民扩张和近几十年的全球化过程,西方话语体系逐渐在全球范围内成为主导话语,旨在发现、解读、呈现各地区原生文化的人类学研究也多以西方现代话语体系为取景框与话语手段,从西方视角观察各地区文化形态,难以深度呈现各地区文化的原初模样,不利于呈现多元、丰富的文化生态体系。

随着西方哲学研究"语言学转向"(linguistic turn)对西方现代话语体系的"权力"及其"中心"地位所导致的问题进行深刻反思，并提出将这种"中心"加以"解构"，解构主义、后现代、后殖民等"后"学得以兴起发展，人类学家逐渐意识到现代西方人类学研究的"话语局限性"，意识到既往人类学往往是以外来者视角，用来自研究者自身文化的知识范式，用西方现代人类学概念、术语去表征所考察的"他者"文化，难免带入自己的文化偏见。

在这种背景下，人类学研究借鉴语言学相关理论，提出文化研究应从主位视角(emic viewpoint)而不是客位视角(etic viewpoint)展开：主位视角在系统内部研究其中的行为，客位视角则是从系统外部研究其中的行为(etic viewpoint studies behavior as from outside of a particular system, the emic viewpoint results from studying behavior as from inside the system)(Pike, 1967：37)。马林诺夫斯基进一步提出人类学研究的"当地人视角"(from the native's point of view)(转引自：Geertz, 1983：54)，强调应进入所研究的文化内部对其进行解读：

> 用他者看我们的眼光来看我们自己，会令人眼界大开。视他者为与我们拥有同样天性的人是最起码的风度。将自己混置于他者之中，将自己作为人类地方性生活方式的一个案例，将自己作为众多个案之一、众多世界之一，这要困难得多。但唯有这样做，才会有开阔的思想——没有这样开阔的思想，所谓客观只是自我吹嘘，所谓宽容只是装模作样。

> (To see ourselves as others see us can be eye-opening. To see others as sharing a nature with ourselves is the merest decency. But it is from the far more difficult achievement of seeing ourselves amongst others, as a local

example of the forms human life has locally taken, a case among cases, a world among worlds, that the largeness of mind, without which objectivity is self-congratulation and tolerance a sham, comes.）

(Geertz,1983:16)

格尔茨强调以平视眼光看待他者文化,才能真正做到"客观"视角与"宽容"态度,对他者文化进行尽量原真的呈现与诠释。

"当地人视角"与格尔茨对"地方性知识"(Geertz,1983)的重视联系密切。他指出:

> 文化本质上是一个符号学概念。如马克斯·韦伯所言,人类悬挂在自己编织出来的意义网络之中,文化就是那些"网络"。因此,文化解释不是一种寻求规律的实验科学,而是一种寻求意义的诠释学。我所追求的是解释,解释那些表面看起来谜一样的社会表达。
>
> (The concept of culture … is essentially a semiotic one. Believing, with Max Weber, that man is an animal suspended in webs of significance he himself has spun, I take culture to be those webs, and the analysis of it to be therefore not an experimental science in search of law but an interpretive one in search of meaning. It is explication I am after, construing social expressions on their surface enigmatical.）

(Geertz, 1973:5)

格尔茨引用韦伯的说法,强调文化的意义存在于其"网络"中,文化研究则是解读这种网络所编织出来的"意义"。他认为,文化中的"社会表达"像"谜一样"(enigmatical),这似乎意味着一个文化"网络"内的意义对于"网外人"(outsider)来说绝非不言自明,甚至很难用来自其他文化的概念、语言加以表达。所以,要真正认识一种文化,必须"细致地分析作为符号系统的文化中的各部分的构成、它们之间的意义关联以及构成关系中意义的指向"(段峰,2006:91),对中国经典跨文化诠释的话语分析也必须将经典及其译本置于相对应的文化符号系统中加以解读。

需要注意的是:

> "地方性"……涉及在知识的生成与辩护中所形成的特定的情境(context),包括由特定的历史条件所形成的文化与亚文化群体的价值观,由特定的利益关系所决定的立场和视域等……正是由于知识总是在特定的情境中生成并得到辩护的,因此我们对知识的考察与其关注普遍的准则,不如着眼于如何形成知识的具体的情境条件。
>
> (盛晓明,2000:36)

故地方性知识"告诉我们,离开特定的情境和用法,知识的价值和意义便无法得到确认"(盛晓明,2000:42)。因此,"地方性知识"是"知识"在文化语境中的意义建构,而知识的意义建构又存在于话语实践中。

中国经典作为中国传统文化的重要载体,其意义建构与解读也唯有措置于中国传统经学语境中、措置于相应的历史语境中,才能得到更为"客观""本真"的呈现与诠释。在此意义上,"地方性知识"对我们研究理雅各中国经典跨文化诠释的话语特征具有视角与方法启示。它提示我们:一方面,应考察理雅各是否深入中国经学"文化网络",从中国经学视角去呈现中国经典;另一方面,应进入理雅各所在的"文化网络"去解读其中国经典跨文化诠释话语特征。

　　而对"地方性知识"的表达则强调"当地人视角"与"深度描写"。"深度描写"的英文是"thick description",本意应是"厚度描写",许是它对文化人类学的核心意义在于使文化诠释更为深入,中文惯译为"深度描写"。这一人类学方法由格尔茨借莱尔(Ryle)的说法提出并发展而来,用以深度描写、解释人类学研究中的"文化"研究对象:

> 　　文化由可被解释的符号相互作用而成,它不是一种可用以解释社会事件、行为、机构或过程的权力;它是一种语境,在这种语境中事件、行为、机构或过程等都能用可理解的、厚重的方式加以描写。
>
> 　　(As interworked system of construable signs…, culture is not a power, something to which social events, behaviors, institutions, or process can be causally attributed; it is a context, something within which they can be intelligibly——that is, thickly——described.)
>
> (Geertz,1973:14)

　　从这一论述可看出格尔茨对"语境"(context)的重视。就人类学而言,这种"语境"是符号、语言、事件、行为、机构或过程等根植其中的社会文化背景,"深度描写"则是耐心参与,进行诠释性、语境化的(意义)协商(patient engagement and interpretive, contextualizing negotiation)(Hermans, 2003:386),其要义不在于能否精确描述特定社会文化,而在于它能否让我们看到(文化)异同所在,这些异同又是出于什么角度的观察(Hermans, 2003:386)。作为一种文化研究的"微观"方法(microscopic nature),"深度描写"既写实又思辨(both real and critical),并能以小见大(small facts speak to large issues)(Geertz, 1973:23)。

受"深度描写"启发,阿皮亚(Appiah)提出"深度翻译":

> 通过注解及相关阐释将文本置于丰富的文化、语言语境之中的翻译,我称之为"深度翻译"。
>
> (… translation that seeks with its annotations and its accompanying glosses to locate the text in a rich cultural and linguistic context,… I have called this "thick translation".)
>
> (Appiah,1993:817)

"深度翻译"注重提供各类注释或讨论性翻译副文本,呈现源文本(source text)的历史、文化、语言语境,构建原文意义生成的话语网络,帮助目的语读者"在原文内外文化信息交织而成的网状意义下理解原文,避免因语言的转换而将原文纳入本土文化的思维定式和文化预设中产生误读或曲解"(王雪明、杨子,2012:103)。如理雅各《中国经典·诗经》除了较多地采用"异化"翻译方法,还提供了大量注释、绪论、前言等副文本(详参 3.3《中国经典·诗经·关雎》作为研究对象),达成"深度翻译"。霍克斯《红楼梦》英译的长篇幅学术性、评论性序言及相关附录,萧乾和文洁若《尤利西斯》中译本为数众多的注释也是"深度翻译"的典型例子。

"深度翻译"中的绪论、注释等翻译副文本不仅保留了"异化"翻译策略所强调的源语文化,更有对源语文化的深度诠释。阿皮亚提出:"深度翻译"应尊重原文意图(literal intention)(Appiah,1993:810),将原文置于更丰富、更厚重的语境中(richer or thicker contextualization)(Appiah,1993:812)。"深度翻译"从"后"学语境中的"深度描写"理论与方法发展而来,重视文化特殊性,更重视"差异的细腻",而不是"席卷性的抽象"(it relishes what Geertz calls "the delicacy of its distinctions" more than "the sweep of its abstractions")(Hermans,2003:387),使读者有机会了解、理解这些差异。因此,它"提倡的是一种正视文化差异的阐释意识"(章艳、胡卫平,2011:45)。

"深度翻译"虽然最早针对文学翻译而提出,但其理念与方法对经典跨文化诠释具有重要借鉴意义。对中国经典的意义建构根植于训诂传注疏范式中(详参 4.2"注疏作为中国经典'地方性知识'"),将中国经典放在中国经学语境中,对用以诠释、建构经义的训诂、注疏语境进行细致"深描",并将其进行跨文化诠释与表呈,才能更为充分地将中国经典的意义及其话语范式作为"文化他者"进行"深度描写"。

4.2　注疏作为中国经典"地方性知识"

注疏对经典的意义建构是极富特色的中国传统文化话语现象,是中国经典区别于其他国家与地区经典的重要特征,也是中国经典"地方性知识"的重要组成部分。本节从注疏作为中国经典意义建构的话语范式入手,讨论作为"地方性知识"的中国注疏传统。

中国经注传统"起源于社会转型、'哲学突破'、哲人学者努力解释旧典籍以阐发新思想的春秋时代"(周光庆,2009:150),在孔子时代已讲究"经义"建构的策略:孔子秉持"述而不作"(《论语·述而》)①的态度与策略,将自己围绕《易》《书》《诗》《礼》《乐》所做的文字理解为是为"圣人"做注,体现出对经典文本的尊重以及围绕"经典"进行意义解读与建构的话语策略。这种态度与策略也在后来的经学传统中得以继承、发展。刘勰《文心雕龙·序志》言:"敷赞圣旨,莫若注经",突出"注经"对"圣旨"("圣人意旨")的诠释

---

① 对所引用的《毛诗正义》《礼记正义》《周易正义》《论语》《史记》《文心雕龙》等古籍文本,本书在行文中以注明引文所在古籍具体章节题目或卷数的方式标注引证出处。所引古籍版本信息列于文末参考文献。

与建构。两汉官学重视解经学术活动，形成了以训诂、传、笺等为策略的解经传统，也逐渐形成了张载"横渠四句"所言"为天地立心，为生民立命，为往圣继绝学，为万世开太平"的儒学经义建构传统。

历代经学家围绕经典文本建构经义，经义建构又以"训诂""传""注""疏"等为重要方法与策略。"诂者古也，古今异言，通之使人知也；训者道也，道物之貌以告人也。""传者，传通其义也"（《毛诗注疏》卷第一）。如马瑞辰所言：

> 诂训第就经文所言者而诠释之，传则并经文所未言者而引申之……诂训本为故言，由今通古皆曰诂训，亦曰训诂。而单词则为诂，重语则为训，诂第就其字之义旨而证明之，训则兼其言之比兴而训导之，此诂与训之辨也。毛公传《诗》多古文，其释《诗》实兼诂、训、传三体，故名其书为《诂训传》。尝即《关雎》一诗言之：如"窈窕，幽闲也"，"淑，善；逑，匹也"之类，诂之体也。"关关，和声也"之类，训之体也。若"夫妇有别则父子亲，父子亲则君臣敬，君臣敬则朝廷正，朝廷正则王化成"，则传之体也。而余可类推矣。训故不可以该传，而传可以统训。

（《毛诗传笺通释》卷一）

从马瑞辰这一讨论可知，"诂"与"训"是对言、词的解释，"传"是阐发经文没有明言的义理，训、诂、传意义相互贯通。

汉代在官方支持下，经典意义建构学术活动不断发展，出现了《诗诂训传》（后常称《毛诗传》或《毛传》）、《毛诗传笺》（后常称《郑笺》）等"训诂传"体裁的重要经注作品。汉唐又在"训诂传"基础上有"注"有"疏"，形成"逐层上透的文化经典解释模式"（周光庆，2009：151），形成注疏传统。至宋儒朱熹，"遥接孟子和汉儒，直承王弼①与二程②",引导人们"因圣人之言以见圣人之心,因圣人之心以见天地之理","探求天地之理成为其经典解释的最高目标"(周光庆,2009:152),形成义理诠释;但其写作文体仍保留着训、诂、传逐层上透的基本体式,保持着"文化经典解释学的基本特性"(周光庆,2009:152)。

下文以《诗经》为例,论述注疏对经典意义的话语建构,呈现作为中国经典意义建构话语范式与学术方法的"地方性知识"的经学注疏。

秦朝"焚书",儒家典籍遭毁,西汉流行的儒学经典多靠幸存经师口授相传。汉朝齐人辕固传《齐诗》、鲁人申培公传《鲁诗》、燕人韩婴传《韩诗》,合称三家诗,属今文经学③。西汉时虽曾为三家诗设学官博士,但三家诗如今多已亡佚,仅存《韩诗外传》。另有鲁人毛亨和赵人毛苌所传习的《毛诗传》(下文简称《毛诗》或《毛传》),属古文经,现在通行的《诗经》即由《毛诗》而来。

兼通今古文经学的东汉经学家郑玄撰《毛诗传笺》,常被称为《郑笺》。"笺者,表也,识也。"(《字林》)"郑以毛学审备,遵畅厥旨,所以表明毛意,记识其事,故特称为'笺'。"(《毛诗注疏》卷第一)也就是说,《郑笺》基于《毛传》进一步阐发《诗经》的意义。《郑笺》书成之后,影响渐大,《毛诗》地位日益稳固,"三家诗"逐渐式微。但由于《郑笺》与《毛传》多有异同,郑、毛之异同也成为学界争论热点。

---

① 王弼,经学家,魏晋玄学代表人物之一。

② "二程",北宋著名理学家程颢、程颐。

③ "今文"指汉代的隶书,"古文"指汉代以前的文字(王葆玹,1997:57)。"学人鉴于此,遂以为凡是用汉代隶书抄写的经书传本都是今文经,凡是用汉代以前的文字抄写的经书传本都是古文经。"(王葆玹,1997:57)但也有学者认为,汉儒为便于教授,一般将难读的古文经改写为"今文"隶书本,比如孔安国对古文《尚书》就"以今文读之"(《史记·儒林列传》)。这种"今读"后的"古文经"不叫"古今文经",而叫"今书"(王葆玹,1997:60)。根据焚书历史,"今文经"应是汉武帝元朔五年开始隶写的经文传本,在这之前以及远在此之后的经书传本都不在"今文经"的范围之内(王葆玹,1997:58)。

唐朝孔颖达受命领衔撰《毛诗正义》，在《毛传》《郑笺》基础上进一步诠释《诗经》。孔颖达的"正义"被称为"疏"，亦即"孔疏"。孔颖达说："余经无所遵奉，故谓之'注'。注者，著也，言为之解说，使其义著明也。"（《毛诗注疏》卷第一）明确指出"注者，著也……使其义著明"的疏注目的。孔颖达遵循"疏不破注"原则，取《毛传》《郑笺》，"循其旨意以阐明汉学的同时，又能有意识地吸纳魏晋南北朝时期的《诗经》研究成果"（孙雪萍，2008：115）；"既保存了先秦汉儒以来《诗》学研究的优秀传统，又有自身的时代特点"（孙雪萍，2008：117），"使《诗经》文本及其诠释更加符合政治统治和教育教化的现实需要"（孙雪萍，2008：114），故孔颖达虽然重视"疏不破注"，但由于他综合了多家经解，对《诗经》又有诸多新的意义诠释与建构。《钦定四库全书总目》评论道："其书以刘焯《毛诗义疏》、刘炫《毛诗述义》为稿本，故能融贯群言，包罗古义，终唐之世，人无异词。"说明此书内容取材甚广，在唐代影响甚大。

至孔颖达注疏，《毛诗》发展为《毛诗正义》，又称《毛诗注疏》。其中，《毛传》是第一层次的解读，是毛亨对经义的阐发，在传统经学注疏本中以小于《诗经》原文的字体直接排版在经文之后；《郑笺》是第二层次的解读，是郑玄基于《毛传》的进一步阐发，以"笺云"标识；《孔疏》则是基于《毛传》《郑笺》做进一步阐释的第三层次解读，以"疏"标识。下文谨以理雅各所采用的清嘉庆二十年（1815年）阮元校刻《毛诗注疏》中的"关关雎鸠，在河之洲；窈窕淑女，君子好逑"相关注疏为例，对"注疏"做一图示呈现。从图 4.1 和图 4.2[①]

---

① 示例截图出自刘俊文总纂、北京爱如生数字化技术研究中心研制、黄山书社出版发行的《中国基本古籍库》中的《附释音毛诗注疏卷第一》。据《中国基本古籍库》，该《毛诗注疏》版本为"清嘉庆二十年南昌府学重刊宋本十三经注疏本"，与理雅各所用《毛诗注疏》嘉庆二十年江西南昌府学开雕"本（理雅各，2011d：Prolegomena 172）一致。

可看出，《毛传》《郑笺》《孔疏》分别对“关关雎鸠，在河之洲；窈窕淑女，君子好逑”进行意义解注，使这两句简短诗句的意义不断丰富、发展。这样一层一层发展、丰富的诠释形成了中国传统经学典型的经义诠释与建构的话语范式。

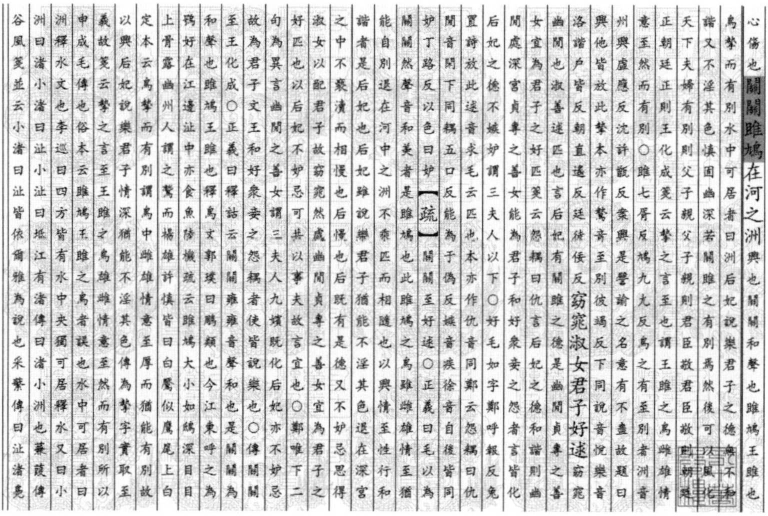

心傷也關關雎鳩在河之洲興也關關和聲也雎鳩王雎也
鳥摯而有別水中可居者曰洲后妃說樂君子之德無不和
諧又不淫其色慎固幽深若關雎之有別焉然後可以風化
天下夫婦有別則父子親父子親則君臣敬君臣敬則朝廷
正朝廷正則王化成箋云摯之言至也謂王雎之鳥雌雄情
意至然而有別○雎七胥反鳩九尤反鳥之有至別者洲音
州興虛應反沈許甑反案興是譬諭之名意有不盡故題曰
興他皆放此摯本亦作鷙音至別彼竭反下同說音悅樂音
洛諧戶皆反朝直遙反廷徒佞反窈窕淑女君子好逑窈窕
幽閒也淑善逑匹也言后妃有關雎之德是幽閒貞專之善
女宜為君子之好匹箋云怨耦曰仇言后妃之德和諧則幽
閒處深宮貞專之善女能為君子和好衆妾之怨者言皆化
后妃之德不嫉妒謂三夫人以下○好毛如字鄭呼報反兔
罝詩放此逑音求毛云匹也本亦作仇音同鄭云怨耦曰仇
閒音閑下同耦五口反能為于偽反嫉音疾徐音自後皆同
妒丁路反以色曰妒【疏】關關至好逑○正義曰毛以為
關關然聲音和美者是雎鳩也此雎鳩之鳥雖雌雄情至猶
能自別退在河中之洲不乘匹而相隨也以興情至性行和
諧者是后妃也后妃雖說樂君子猶能不淫其色退在深宮
之中不褻瀆而相慢也后既有是德又不妒忌思得
淑女以配君子故窈窕然處幽閒貞專之善女宜為君子之
好匹也以后妃不妒忌可共以事夫故言宜也○鄭唯下二
句為異言幽閒之善女謂三夫人九嬪既化后妃亦不妒忌
故為君子文王和好衆妾之怨耦者使皆說樂也○傳關關
至王化成○正義曰釋詁云關關雝雝音聲和也是關關為
和聲也雎鳩王雎也釋鳥文郭璞曰鵰類也今江東呼之為
鶚好在江邊沚中亦食魚陸機疏云雎鳩大小如鴟深目目
上骨露幽州人謂之鷲而揚雄許慎皆曰白鷢似鷹尾上白
定本云鳥摯而有別謂鳥中雌雄情意至厚而猶能有別故
以興后妃說樂君子情深猶能不淫其色傳為摯字實取至
義故箋云摯之言至王雎之鳥雌雄情意至然而有別所以
申成毛傳也俗本云雎鳩王雎之鳥者誤也水中可居者曰
洲釋水文也李巡曰四方皆有水中央獨可居釋水又曰小
洲曰渚小渚曰沚小沚曰坻江有渚傳曰渚小洲也蒹葭傳
谷風箋並云小渚曰沚皆依爾雅為說也采蘩傳曰沚渚裊

图 4.1 《毛诗注疏》嘉庆二十年阮元校刻本中的《关雎》注疏示例 1

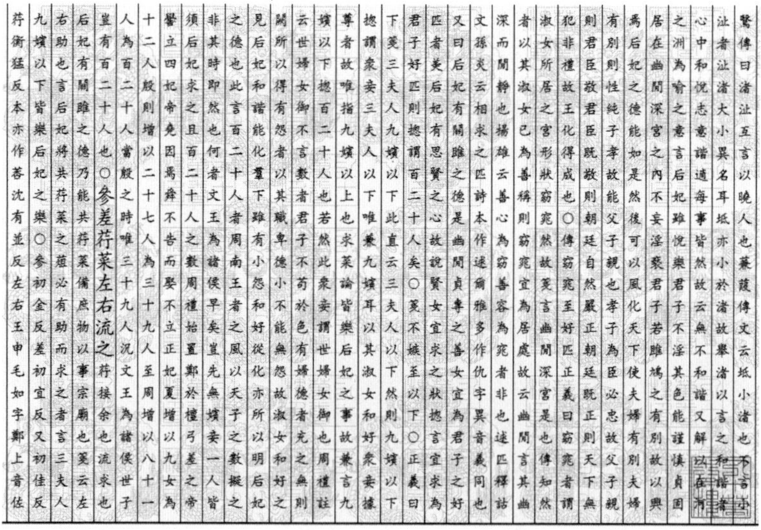

鷖傳曰渚沚互言以曉人也蒹葭傳文云坻小渚也不言小
沚者沚渚大小異名耳坻亦小於渚故舉渚以言之和諧者
心中和悅志意諧適每事皆然故云無不和諧又解以在河
之洲為喻之意言后妃雖悅樂君子不淫其色能謹慎貞固
居在幽閒深宮之內不妄淫褻君子若雎鳩之有別故以興
焉后妃之德能如是然後可以風化天下使夫婦有別夫婦
有別則性純子孝故能父子親也孝子為臣必忠故父子親
則君臣敬君臣既敬則朝廷自然嚴正朝廷既正則天下無
犯非禮故王化得成也○傳窈窕至好匹正義曰窈窕者謂
淑女所居之宮形狀窈窕然故箋言幽閒深宮是也傳知然
者以其淑女已為善稱則窈窕宜為居處故云幽閒言其幽
深而閒靜也揚雄云善心為窈善容為窕者非也逑匹釋詁
文孫炎云相求之匹詩本作逑爾雅多作仇字異音義同也
又曰后妃有關雎之德是幽閒貞專之善女宜為君子之好
匹者美后妃有思賢之心故說賢女宜求之狀揔言宜求為
君子好匹則揔謂百二十人矣○箋不嫉至以下○正義曰
下箋三夫人九嬪以下此直云三夫人以下然則九嬪以下
揔謂衆妾三夫人以下唯兼九嬪耳以其淑女和好衆妾據
尊者故唯指九嬪以上也求菜論皆樂后妃之事故兼言九
嬪以下揔百二十人也若然此衆妾謂世婦女御也周禮註
云世婦女御不言數者君子不苟於色有婦德者充之無則
闕所以得有怨者以其職卑德小不能無怨故淑女和好之
見后妃和諧能化羣下雖有小怨和好從化亦所以明后妃
之德也此言百二十人者周南王者之風以天子之數擬之
非其時即然也何者文王為諸侯早矣豈先無嬪妾一人皆
須后妃求之且百二十人之數周禮始置鄭於檀弓差之帝
嚳立四妃帝堯因焉舜不告而娶不立正妃夏增以九女為
十二人殷則增以二十七人為三十九人至周增以八十一
人為百二十人當殷之時唯三十九人況文王為諸侯世子
豈有百二十人也○參差荇菜左右流之荇接余也流求也
后妃有關雎之德乃能共荇菜備庶物以事宗廟也箋云左
右助也言后妃將共荇菜之葅必有助而求之者言三夫人
九嬪以下皆樂后妃之樂○參初金反差初宜反又初佳反
荇衡猛反本亦作莕沈有並反左右王申毛如字鄭上音佐

图 4.2 《毛诗注疏》嘉庆二十年阮元校刻本中的《关雎》注疏示例 2

因此，训诂、传、注、疏等注疏实践是中国经典诠释、经义建构的重要学术范式。

> "训诂"是一种完整而系统的解释工作。其对象主要是《诗经》等文化经典；其目的主要是阐发出意义，以说明现实问题；其内容主要是释词、析句、概括主题和阐发义理；其方式主要是后世学人总结的"诂""训""传"。
>
> （周光庆，2009：151）

也就是说，经典注解一方面解释字词句，另一方面阐发意义、观照现实。在这种意义指向之下，孔子首倡的"述而不作，信而好古"（《论语·述而》）成为中国经注的重要思想出发点。"述而不作"是"寓作于述，乃解释方式和创新策略"，"信而好古"是"鉴古开今"，通过历史来理解当下、开创未来。孔子围绕经典进行意义阐释与建构，可以被理解为中国早期经注实践：

> （孔子）选取数部文化经典重新加以研究阐释，作为教育弟子的基本教材，作为建构新型思想的主要凭借。其根本理据是它们蕴含着西周礼乐文化和文武周公之道；其根本的目的是阐发出其中的礼乐文化精神和文武周公之道，然后加以损益重构，从而建立起救世的人间秩序和道德精神。
>
> （周光庆，2009：151）

孔子经注通过话语手段对经典有所"损益"，进行意义重构，达到"救世"目的，体现出经注活动的语言范式与现实观照。及至后来《左传》"以事明经"、孟子"知人论世"和"以意逆志"①,都是经典诠释的重要原则与方法(周光庆,2009:151)。

　　这种中华文化经典诠释范式的发展以"经典意识的形成、经典语境的转换、经典主体的改变、民族语言的演进"为直接发展动力:

> 　　所谓"经典意识的形成",就是中华先民在新的历史条件下,基于传承经典文化的需要,而将某些原创性典籍视为"天地之常经,古今之通谊"(《汉书·董仲舒传》),崇奉为"经",以区别于其他典籍。所谓"经典语境的转换",就是文化经典原本是特定作者在特定时空与特定对象为探讨特定问题而创作的,但在传播解释的过程中,却要在另外的时空与另外的对象为另外的问题发挥效用。所谓"经典主体的改变",就是在传播解释的过程中,另外时空的另外对象加入进来,与经典作者结成新的对话主体关系。至于"民族语言的演进",就是在经典文本以当时通行的语言写定之后的漫长历程里,民族语言却已演进,于是,"昔之妇孺闻而辄晓者,更经学大师转相讲授,而仍留疑义"(戴震《尔雅文字考序》)。正是由于有这四个方面的因素,各个时代的学人才会以寓作于述的虔诚态度解读文化经典,努力从中探寻解决现实问题、筹划人生境界的依据和方式;才会进行历史解释,考求文化经典产生的时代与语

---

① 《孟子·万章上》:"故说诗者不以文害辞,不以辞害志。以意逆志,是为得之。""文,诗之文章所引以兴事也。辞,诗人所歌咏之辞。志,诗人志所欲之事。意,学者之心意也。"(《孟子注疏》卷第九上)朱熹对其中的"以意逆志"解读道:

> "'以意逆志',此句最好。逆是前去追迎之意,盖是将自家意思去前面等候诗人之志来。"又曰:"谓如等人来相似。今日等不来,明日又等,须是等得来,方自然相合。不似而今人,便将意去捉志也。……此是教人读书之法。自家虚心在这里,看他书道理如何来,自家便迎接将来。而今人读书,都是去捉他,不是逆志。"

(朱熹,2010:1854)

境,以便"知人论世";才必须"设身处地"以进行心理解释,重建与作者的"主体间性",以便"以意逆志";才必须释词析句以进行语言解释,作好整个解释的先导,以便"逐层上透"。

(周光庆,2009:152)

周光庆先生对经典训诂诠释传统所做的论述恰说明了注疏作为中国文化经典意义建构的话语范式对中国经典的形成与传承有着重要意义。

几千年的注疏话语实践所形成的中国经学具有独特的表征、评价、使用过去的语言方式(Wu,2014a:851)。注疏围绕经典所建构的经义内涵虽历代各有增减,但其基本要义渗透于中华民族的血液,其注疏话语范式也历代传承。经义及注疏话语范式是中华经典、文化区别于他国经典、文化的重要标志之一。因此,中国经典的跨文化传播不应只是经典原文的跨文化传播,还需要重视对这些文化重典在中国传统文化语境中的经义及其话语范式的辨识与诠释,以促成深度文化对话、贡献于世界文化多元性。

4.3 "深度翻译"与中国经典跨文化诠释

本章前两节的讨论表明:作为中国传统文化的重要组成部分,注疏对经典的意义诠释、建构及重构是中国经典十分突出的"地方性知识"。在中国经典跨文化传播中,有必要基于经学研究,提供前言、绪论、注释等学术型、阐释型翻译副文本,实现"深度翻译",对这样的"地方性知识"加以深度跨文化诠释。

此外,意义是话语建构的结果。中国经注传统对中国经典的意义诠释也是一种话语建构,其话语建构范式历经几千年,沉淀下来一种特殊的中国传统文化"基因",其跨文化诠释需要借助恰当的话语,因此,中国经典学术型、阐释型深度翻译还需要注意话语范式问题。安乐哲用"鞋拔子"比喻形象地指出：将中国典籍硬塞到西方学术话语框架之中，无法传达中国哲学，应当用中国语言诠释中国典籍。[①] 如果翻译副文本均以西方话语体系为框架，哪怕其篇幅很长，也难以贴近、呈现经注话语范式对中国经典的意义诠释。因此，中国经典"深度翻译"不仅需要提供学术型阐释，还应以尽量体现中国经学话语范式的语言提供阐释。带着这样的理解去研究中国经典西方传播的话语特征，能更好地分析西方学者中国经典跨文化诠释的得失。理雅各《中国经典》跨文化重构正是这样的"深度翻译"实践的一个典型案例，其话语特征值得深入解读。

　　本章所梳理的从"当地人视角"出发，对中国经注传统的经义话语建构"地方性知识"进行"深度描写"与"深度翻译"的观点，将成为第五、六、七章文本分析与讨论的理论视角。下一节具体陈述在以上理论视角指导下的文本分析方法。

4.4　文本分析方法

　　本章前述理论视角对文本分析的指导体现在两个方面。其一是对文本解读视角选定的指导：我们将分析理雅各注释对中国注疏中的《诗经》意义建构进行"深度描写"和"深度翻译"的话语特征。其二是对文本分析方法与写作风格的指导：将理雅各注释与相关《诗经》传统注疏加以对照辩读，"深度描写"理雅各中国经典跨文化重构的话语特征。为此，我们将综合运用传统经学研究、话语研究、翻译研究和文化人类学研究的视角与方法，对理雅各经注与中国注疏进行互文辩读。

[①] 黄丽娜. 史无前例的中西思想对话 让中国文化讲述自己——首期国际尼山中华文化师资班综述. (2011-8-12)[2014-8-13]. http://theory. people. com. cn/GB/15406342. html.

传统经学研究的训诂、传、注、疏等研究方法将帮助本研究深入中国传统注疏文本,理解经典文本在经学语境中的意义建构及其话语特征,将其作为理雅各经注话语特征解读的"地方性知识"参照系。注疏是中国传统经义建构的重要话语手段,通过历代注疏,中国经典得以与不同时代深入对话,经义得以传承并不断重构、发展。理雅各《诗经》注释能否与中国历代注疏深度互文,这在很大程度上决定了其跨文化诠释能否传递出中国传统《诗》学中的意义建构,因此,我们将把理雅各注释与《诗经》传统注疏进行比较辩读。

依据绪论第五章所列举的重要参考文献①,理雅各首要注疏参考文献为《十三经注疏》之《毛诗注疏》清朝嘉庆年间阮元刻本,其次是《十三经注疏》之《尔雅注疏》,再次是清朝《钦定诗经传说汇纂》。理雅各特别指出朱熹《诗集传》每一条注疏全文被列于《钦定诗经传说汇纂》所引历代注疏之首,且字号大于其他注疏,是《钦定诗经传说汇纂》的重要参考文献。理雅各对所参考的其他经学文献也分别从方法、观点、作者学术地位、文献学术影响等方面做了点评。

话语研究则将使本研究在通过文本细节发现理雅各经注与中国注疏文本的互文与对位特征之余,跳出文本,将其视为福柯与费尔克劳夫视角下的话语实践(Foucault,2002a;Fairclough,1992),解读理雅各《关雎》跨文化诠释中的文化意识形态立场,并从跨文化角度理解这些话语特征。

文化人类学的"当地人视角"和"地方性知识"理论给本研究带来重要方法启示,使本研究明确了对理雅各《关雎》跨文化注疏的话语分析须从中国经学视角出发,将传统《诗》学意义诠释及其话

① 除了3部音韵研究文献、7部《诗经》名物考之外,理雅各还列出重要注疏参考文献共45部,并列出《诗经》各语种译本10部(理雅各,2011d:Prolegomena 172-182)。详参附录三"理雅各《中国经典·诗经》主要注疏参考文献"。

语特征作为理雅各经注话语分析的"地方性知识"参照对象。

本研究也借鉴文化人类学"深度描写"的翻译研究理论与方法，以及受其启发而来的"深度翻译"理论与方法，将理雅各注释文本置于"中国传统经学"这一"文化语境"中，将理雅各《关雎》注疏作为"深度翻译"文本，通过细致的文本分析，对其进行"深度描写"。

综上，本研究将以"文本辩读"（textual reasoning）（杨慧林，2011：192）为着力点，综合运用中国传统经学、话语学、翻译学、文化人类学等不同学科的理论视角与研究方法，深入中国注疏文本，了解《诗经》经学诠释话语特征，以其为理雅各《关雎》注疏话语分析的参照系，先描述、后解读，对理雅各《关雎》跨文化注疏话语特征进行"深度描写"。

首先，结合注疏文本对理雅各注释进行内容解读，确定其引注来源。理雅各提供了大部分注释内容的引用来源，便于我们对比理雅各注释与注疏原文。理雅各对其重要注疏参考文献的介绍、点评（详参附录三"理雅各《中国经典·诗经》主要注疏参考文献"），也是我们确定比较文本的重要依据。理雅各部分注释未注明引用来源，且历代注疏存在相互引用、不同文献对同一字词句给出同一解释的现象，这种情况下我们结合王韬给出详细引述来源的《毛诗集释》来确认理雅各可能参考的文献，并以理雅各参考文献中排序靠前者为对比分析的注疏文本。

本研究采用《中国基本古籍库》为文本检索工具，基于检索结果按图索骥，在相关古籍纸质版本中确认理雅各所参考的具体注疏内容。《中国基本古籍库》的检索功能也为本研究比较不同注疏对同一字、词、句的异同解读提供了便利条件。

其次，将理雅各注释与所引注疏加以对照细读，发现理雅各注释与中国注疏之间的异同并讨论其诠释效果。例如，很多《关雎》注疏文献将"窈窕淑女"解读为"文王的王后大姒"，而理雅各将其解读为"the bride of king Wǎn"——"文王的新娘"。"王后"如果在"婚礼"上当然可译为"新娘",具体所指人物也一致。但"新娘"和"王后"的措辞差异体现出理雅各与《毛诗注疏》等文献的《关雎》解读之间存在意义差异,一词之差可能反映出理雅各对《诗经》所涉中国文化的解读立场。在这种情况下,我们对理雅各所参考的不同时代《关雎》注疏相关意义做一梳理,将其与理雅各注释比较,以求了解理雅各措辞是受某一中国注疏的影响,还是理雅各在了解中国注疏观点的基础上有意选择了不同措辞。基于理雅各注释与中国注疏的对比分析,我们将总结出两者的异同,讨论造成这些异同的可能原因,解读它们对理雅各《关雎》跨文化注疏所产生的效果或影响。

再次,我们将围绕研究问题,讨论文本分析的结果,进行总结提炼(conceptualization),梳理出核心发现、核心观点,并讨论本研究的启发与意义。

在以上理论视角与研究方法的基础上,第五、六、七章将分析理雅各《关雎》注疏的话语特征。第五、六章分析理雅各《关雎》注疏对中国传统注疏的互文倚重及其跨文化诠释效果。其中第五章重点分析理雅各"述而不作"的经义重构话语策略:他通过对中国注疏文本的"剪裁"与"连缀",将中国相关注疏文本加以选择、组合,来建构题解、训诂字词、解释名物、以史证《诗》,达到"多声部赋格"的意义诠释开放性特征;第六章则重点分析理雅各"述而又作"的话语策略:理雅各以中国注疏常见的案语形式点评所引用的注疏文本,并讨论他在其中所观察到的中西文化差异。第七章解读理雅各注释中的西方话语特征及其对《关雎》跨文化诠释的影响。这一章所讨论的西方话语特征与第五、六两章所发现的理雅各注疏话语特征形成中西话语之间的对照差异、话语张力,以及中国经典跨文化传播中的经义疏略。

第五章 西儒注疏之经义呈现：
剪裁连缀

第四章从"当地人视角""地方性知识""深度描写"到"深度翻译"论述了本研究的理论视角,第五、六、七章将围绕第一章所提出的研究问题,对比分析理雅各《关雎》注疏与中国相关注疏,解读理雅各《关雎》跨文化诠释话语特征。

本研究先期文本分析(pilot study)发现,理雅各《诗经》跨文化注释体现出典型的中国传统"注疏"体例,大量引述中国注疏文本来建构题解、训诂字词、释解名物、"以史证《诗》"。这些策略一方面呈现出中国传统经注中的《诗经》意义建构,另一方面向西方读者展示了中国经典诠释的话语范式特征。第五、六章将对理雅各《关雎》注疏与历代中国相关注疏进行对比辩读,"深度描写"理雅各《关雎》跨文化注疏的经学话语特征。

5.1 理雅各注疏体例

理雅各《诗经》注释包括题解、字词解诂、音韵解释、章句训解、案语等内容,其体例编排与中国传统注疏体裁极为相似,体现出其注释对中国注疏体裁的仿拟。

5.1.1 题解

理雅各给每一首诗提供了题解,用以概括该诗内容主题,其体裁特征与理雅各所翻译的《诗小序》(*The Little Preface*)(理雅各,2011d:37-81)原文高度相似,其内容也与《诗小序》深度互文,但又与《诗小序》不完全一致。我们以《周南》前三首诗的"题解"呈现理雅各《诗经》注释中的"题解"概貌:

《关雎》题解:Ode 1.—CELEBRAING THE VIRTUE OF THE BRIDE OF KING WAN, AND WELCOMING HER TO HIS PALACE. [1]

(理雅各,2011d:2)

《葛覃》题解:Ode 2.—CELEBRATING THE INDUSTRY AND DUTIFULNESS OF KING WAN'S QUEEN. It is supposed to have been made, and however that was, it is to be read as it had been made, by the queen herself.

(理雅各,2011d:6)

《卷耳》题解:Ode3.—LAMENTING THE ABSENCE OF A CHERISHED FRIEND. Referring this song to T'ae-sz', Choo[2] thinks it was made by herself. However that was, we must read it as if it were from the pencil of its subject.

(理雅各,2011d:8)

---

[1] 第五、六、七章外文引述若为《中国经典·诗经》的注释文本,则为本研究的文本分析对象,以外文原文为正文行文,不做翻译处理,大小写依据原文。

[2] Choo,或 Choo He,指朱熹。理雅各《中国经典·诗经》用马礼逊所编写的汉英词典的音译体系标注中文名字和术语(费乐仁,2011:14)。

由此三个题解可以看出,理雅各以大写形式提供诗歌主题解读,以小写形式提供部分注疏学者就相关主题与作者问题发表的观点,并融入了理雅各本人的解读,如"However that was, we must read it as if it were from the pencil of its subject"。

5.1.2　随文而释的章句训解

继"题解"后,理雅各随文而释,对每首诗歌逐章、逐句、逐字进行解读注释,其内容包括对字、词、句、章、全诗以及历史背景等的解释。

就《关雎》而言,理雅各《诗经》注疏分为"Stanza 1""St. 2""St. 3"三章。其分章依据出自理雅各参照的清嘉庆年间阮元审定、为《诗》学研究所重视的"《毛诗注疏》嘉庆二十年江西南昌府学开雕"本(理雅各,2011d:Prolegomena 172)。该版本在每一首诗末尾提供该诗"章"数,即理雅各所言"Stanza"数目,以及每一章中的行数。如理雅各所引原文为"关雎三章,一章四句,二章章八句"①(理雅各,2011d:4)。理雅各在《诗经》首篇《关雎》注释中说明了章句数目依据后不赘言(this matter need not be touched on again)(理雅各,2011d:4)。

5.1.3　音韵解释(RHYMES)

理雅各的《诗经》音韵解释以段玉裁研究结果为依据(according to Twan Yuh-tsae, whose authority in this matter, as I have stated in the prolegomena, I follow)(理雅各,2011d:4)。

---

① 就"章章"二字,清朝阮元认为第二个"章"字有误。《毛诗注疏》嘉庆二十年江西南昌府学开雕本中的阮元《关雎》校勘指出:"'章'下例不重'章'字,次'章'字误衍。"(详见:毛亨传.郑玄,笺.孔颖达,疏.龚抗云,李传书,胡渐逵,整理.肖永明,夏先培,刘家和,审定.毛诗正义//李学勤,主编.十三经注疏(标点本).北京:北京大学出版社,1999:27.)

5.1.4　编者案语：对历代注疏的梳理及评论

在中国传统注疏中，编撰者在"以经注经""疏不破注"的基础上，还对某章、某诗给出自己的解释或论述，将其置于前人注疏之后，常冠以"案"字，以区别于引述内容。理雅各的"解读"（INTERPRETATION OF THE ODE）类似中国注疏中的"案"。在这些案语中，理雅各结合历代注疏观点，更为深入地讨论相关诗歌的"意义"诠释与建构。

如在《关雎》的"INTERPRETATION OF THE ODE"中，理雅各首先指出，其题解与《毛诗》学派和朱熹学派存在差异，接着介绍了汉朝流传甚广的《关雎》"刺诗"观点，《毛诗》学派、朱熹《诗集传》、《钦定诗经传说汇纂》这三个重要注疏文献的"美诗"观点以及这三个文献在"美诗"观点上的细微差异，然后提及孔子的解读。此外，理雅各讨论了《毛诗》在《诗经》学史上的重要性、朱熹在经学传统中的独特地位，并考证《关雎》作为"文王及其妻太姒相关历史叙事"之真伪（理雅各为《关雎》所做的"INTERPRETATION OF THE ODE"详参附录一"理雅各《中国经典·诗经·关雎》注疏"）。

除"INTERPRETATION"之外，理雅各也在引用历代注疏时随文而论，形成贯穿注疏引述的西儒案语。

5.1.5　对诗歌类别及命名的解释（CLASS OF THE ODE；AND NAME）

理雅各注释说明了《诗经》各诗歌"赋""比""兴"的意义建构类型，并结合"赋""比""兴"进一步诠释相关诗歌的意义。理雅各也指出，《诗经》多以首句首字或起首若干字命名诗歌，诗中不出现题目相关字词的情况极少见，并以《春秋》文本为其证，指出《诗经》诗歌题目在孔子之前就已拟定(理雅各,2011d:5)。其中对"题目"(NAME)的注释在第一首《关雎》之后极少出现(The subject of the name need rarely be referred to hereafter)(理雅各,2011d:5)。

5.1.6　对每一卷的小结(CONCLUDING NOTES)

在每一卷(Book)最后一首诗之后,如《周南·麟之趾》之后、《召南·驺虞》之后,理雅各分别对《周南》《召南》整卷内容与主题等进行总体评述。

可知理雅各《诗经》注释体例编排与理雅各翻译过程中重点参考的《毛诗注疏》《诗集传》《钦定诗经传说汇纂》等重要《诗经》注疏的体例编排几乎并无二致,从形式上传达了中国传统"注疏"的体裁(genre)特征,体现出了理雅各《诗经》注释体裁的中国传统经学依据,也体现出理雅各努力将中国注疏体裁"地方性知识"加以跨文化呈现。

在这样的体裁特征下,理雅各《关雎》注释的题解、字词训诂、章节解读、以史证《诗》等内容,都体现出对中国注疏文献的深度倚重,其注释通过"剪裁""连缀"手段,大量引用中国历代注疏来呈现中国传统《诗》学的意义诠释。下文从题解、字词训诂、章句解读、以史证《诗》、"多声部赋格"观点共五个方面入手,分析理雅各如何通过对历代注疏文本的"剪裁""连缀",向西方读者呈现中国经注传统中的《关雎》意义诠释及其话语建构特征。

5.2　题解中的中国注疏引述

理雅各的题解内容与中国注疏文献深度互文,我们可以从题解中看到他通过引述传统注疏来编织其《关雎》跨文化诠释。

如本章第一节所引,《关雎》题解如下:

Ode 1.—CELEBRATING THE VIRTUE OF THE BRIDE OF KING WAN, AND WELCOMING HER TO HIS PALACE.

（理雅各，2011d:2）

该题解一方面与中国注疏深度互文，另一方面又因理雅各自身诠释的融入，与中国传统注疏形成一定程度的意义对位。

5.2.1　题解与中国注疏的意义互文

理雅各"celebrating the virtue of…"中的"virtue"一词与位列其主要参考文献之首的《毛诗注疏》[①]之《诗小序》[②]的《关雎》题解呼应：

《关雎》，后妃之德也。

（《毛诗注疏》卷第一）

此中"德"字应是"virtue"措辞的直接源语。理雅各以"virtue"一词向西方读者诠释《关雎》主题，这一措辞对《关雎》的意义建构与《毛诗》以"德"释《关雎》形成意义互文，以其《诗经》首篇主题词的特殊地位，凸显中国《诗经》传统注疏对德性问题的关注。

理雅各还将"德"与"文王新娘"相联系，通过"文王的新娘"（the bride of king Wǎn）这一具体内容，既表达出"窈窕淑女"之德，又表达出与"淑女"相匹配的"君子"之德，将《关雎》主题与文

---

①　在理雅各《中国经典·诗经》的《绪论》第五章列出的重点注疏参考文献中，《十三经注疏》列于首位。《十三经注疏》中又以嘉庆二十年江西南昌府学开雕的阮元校本《毛诗注疏》为第一、以《尔雅注疏》为第二。（理雅各，2011d: Prolegomena 172）

②　汉儒的《诗经》序分《大序》和《小序》。《大序》即放在《关雎》题解之后的《诗经》总序，篇幅颇长；《小序》则是对每一篇诗歌的序言，篇幅短小。《诗序》或《毛诗序》通常指《大序》，也称《诗大序》。

王、文王的新娘、文王新娘之"德"(virtue)三者联系在一起。理雅各这一《关雎》主题诠释与他所参考的《毛诗注疏》、朱熹《诗集传》及严粲《诗辑》的相关注疏形成深度互文。例如,《毛诗注疏》中孔颖达的"疏"对《关雎》题解疏注如下:

> 言后妃之有美德,文王风化之始也。言文王行化,始于其妻。
>
> (《毛诗注疏》卷第一)

"妻"字措辞明确了孔颖达将"淑女"同样理解为"文王的妻子",但不同的是《毛诗》所言的"后妃"可有多人,而"妻"却只有一位。因此较之"后妃",孔颖达的"妻"与"the bride of king Wǎn"在意义上更为接近。且孔颖达将这种"德"解读为"风化之始",并以"文王行化,始于其妻"进一步解释了"风化之始",指出"妻德"与"风化之始"之间的关系。

而朱熹《诗集传》虽同样以"君子"与"淑女"分指"文王"及"太姒",但与孔颖达的"妻"又有所不同:

> 淑,善也。女者,未嫁之称,盖指文王之妃太姒为处子时而言也。君子,则指文王也。
>
> (《诗集传》卷一)

朱熹一方面确认了"淑女"指太姒,其"淑,善也"与《毛诗注疏》中的"德"、理雅各的"virtue"形成对应。另一方面"太姒为处子时"的说法似是理雅各"bride"一词的意义来源——未婚者方可能为新娘。但朱熹并未明陈《关雎》乃文王与太姒婚礼之诗。

被理雅各列为第三种核心参考文献的《钦定诗经传说汇纂》①全文引用朱熹《诗集传》,将其放在历代注疏之首,表明了对朱熹《诗经》解读之权威性的认可。而被理雅各评论为解注《诗经》颇有独到之处、在宋朝《诗经》解读学者中仅次于朱熹的严粲②也提到:

① 《钦定诗经传说汇纂》对《诗经》逐篇逐章训解。经文用大号字。其经解首引朱熹《诗集传》的解释,字形用中字,冠以"集传"二字。再博采汉以来其他诸儒的训解,小字双行书写,冠以"集说"二字。然后引历代学者与"集传""集说"不同的见解,用小字双行注出,冠以"附录"二字。每首诗后引用诸儒对该诗总的论述,用小字变行注出,冠以"总论"二字。编撰者自己对某章、某诗的解释或论述冠以"案"字,放在最后。在这个注疏集子中,朱熹的注疏被视为权威。对此理雅各有很好的了解,并指出《钦定诗经传说汇纂》倚重《诗集传》《毛传》及《诗小序》:

　　附以《诗序》以及朱熹对《诗序》所有详尽考证与讨论。紧跟着经文的是朱熹《诗集传》的相关解注——该解注被编者视为权威,但编者仍在所有可能之处,以自己的"决定"加入与《诗小序》相一致的《毛诗》观点。

　　(... with an appendix containing the Prefaces, and Choo He's examination and discussion of them,—in whole, and in detail. ... Immediately after the text there follows always the commentary of Choo He in his collected Comments on the She (诗集传); and this the editors maintain as the orthodox interpretation of the odes, while yet they advocate, in their own 'decisions,' wherever they can, the view given by Maou in accordance with the Little Preface.)

（理雅各,2011d:Prolegomena 173）

② 理雅各在《中国经典·诗经》的《绪论》第五章将严粲《诗辑三十六卷》列为第十一个参考文献,指出:

　　这出自严粲的著名注疏——我相当频繁地引用了这一注疏……他熟悉所有前人经注,且在他认为有必要的时候,直言不讳,提出自己的观点。……宋朝《诗经》注疏学者中,我认为严粲仅次于朱熹。

　　(This is the famous commentary on the She, by Yen Ts'an (严粲; styled 坦叔,and 华谷), to which I have made very frequent reference... he was familiar with the labours of all his predecessors, and was not afraid to strike out, when he thought it necessary, independent views of his own. ... Among all the commentators on the She of the Sung Dynasty, I rank Yen Ts'an next to Choo He.)

（理雅各,2011d: Prolegomena 174）

　　表现出理雅各对严粲大胆提出不同见解的欣赏,将其列为宋朝仅次于朱熹的《诗经》学者,并说明自己的《诗经》英译经常参考严粲的《诗经》解读(to which I have made very frequent reference)。

大姒①有徽音,故以关关兴之。此窈窕幽闲之善女,足以
为君子之良匹也。言大姒之贤,而文王齐家之道可见矣。

（《诗辑》卷一）

严粲这一解注所说的"齐家之道"明确指出,太姒是文王之"良
匹"——与文王相匹配的好妻子。

从《毛诗注疏》《诗集传》《诗辑》来看,"淑女"被解读为"太姒"
是历代重要注疏将"淑女"与具体人物相对应时的唯一观点,且将
《关雎》与"德"字密切联系也是这些注疏共同的主题建构,因此理
雅各的《关雎》"题解"与注疏文本的意义、文字都有深度互文。

5.2.2　题解与中国注疏的意义对位

理雅各《关雎》题解体现出他对《诗经》不同注疏的熟悉与倚
重,但无论是《毛诗注疏》中"后妃之德"之"后妃",还是朱熹《诗集
传》之"太姒为处子之时",均与"the virtue of the bride"之"bride"
有所不同。相对而言,理雅各题解"新娘"一词与朱熹"未嫁之时"
的解读略更相近:未嫁才会有"被迎入宫"的机会(welcoming her
to his palace)。理雅各充分意识到这一差异:

I've said that the Ode celebrates the virtue of the bride
of king Wǎn. If I had written *queen* instead of *bride*, I
should have been in entire accord, so far, with the schools
both of Maou and Choo He.

（理雅各,2011d:5）

在这一注释中,理雅各指出自己对《毛传》与朱熹《诗集传》注

---

① 《毛诗》卷十九《天作》云:"大,音泰。大王,大祖。"因此"大"也做"太"。《诗经》
注疏中的"太姒""大姒"同义,均指文王王后。

疏内容的认同,又以虚拟语气"If I had written *queen* instead of *bride*…"来表明对《毛传》和《诗集传》"后妃"之说持保留态度。

理雅各将"后妃"翻译为"bride"乃有意为之,并非因为在英语中找不到更贴合"后妃"一词的语汇。我们将在6.2"中西互照下的文化差异论说"中讨论理雅各做此诠释处理的可能原因。

从本节讨论可以看出:理雅各《关雎》题解以历代注疏对《关雎》"后妃"或"文王妻子"之"德"的主题建构为借鉴,将这一历代注疏不断重构的"德"之主题呈现在其注释中,与中国历代注疏形成意义互文,建构了理雅各既倚重历代注疏又有自己视角的《关雎》题解。

5.3　字词训诂中的中国注疏引述

理雅各在《诗经》注释中提供了详细的字词训诂释义,这些训诂大量引用中国历代《诗经》注疏的相关训诂内容,也体现出理雅各对中国经学训诂方法的熟悉。

5.3.1　字词释解中的训诂手段

理雅各在其注释中提供了大量字词训诂,其训诂既有于音得义,也有互训、推原、义界和解释全句等方法(洪诚,2000:169-173)的使用,体现出了音、形、义贯通的字词训诂特点。我们可以从理雅各《关雎》注释文本中了解其训诂内容与方法。

如在对"关关雎鸠"中"关关"的训诂解释中就体现出"于音得义"的原则方法:

關關①are defined to be the 'the harmonious notes of the male and female answering each other.' 關 was anciently interchanged with 管,and some read in the text 管管,with a 口 at the side,which would clearly be onomatopoetic.

(理雅各,2011d:2)

理雅各将"關"字从声音上做了意义训释,指出它是拟声词(onomatopoetic)。而"寤寐思服"的相关训诂则体现出典型的"互训"方法:用意义和用法相同或相近的两个或两个以上的词相互解释(洪诚,2000:169):

思服,一服＝懷,'to cherish in the breast.' 悠哉,一悠,here,acc. to Maou,＝思,'to think.' In other places,in these Odes,it＝憂,'to be anxious,''sorrowful'; and also ＝遠,'remote,''a long distance.' Choo He prefers this last meaning,and defines it by 長,'long'.

(理雅各,2011d:4)

此处理雅各对《毛诗》和朱熹《诗集传》的引证体现出中国注疏中的"互训"方法,如对"服"的训诂中,先引"服,怀"互训,并将其翻译成英文"to cherish in the breast"。又如对"悠哉游哉"的"悠"字,理雅各引入了《毛传》的"悠,思也"和其他文本"悠,忧也""悠,远也"的不同互训,并专门指出朱熹"悠,长也"的训解,在一定程度上体现了理雅各对"悠"的训解选择。理雅各在"窈窕淑女"的解释中提到"淑(has displaced the more ancient form with 人 at the side) is explained in the Shwoh-wăn by 善,'good,''virtuous'"

---

① 为保持理雅各注疏文本原貌,本书在引用理雅各《诗经》注疏文本作为语料时,保留原文繁体格式。

(理雅各,2011:3),也体现出"淑,善也"的互训特点。

而在"君子好逑"的"逑"字训释中,理雅各指出"逑 and 仇(in Ode Ⅶ.) are interchangeable,＝匹,'a mate'",通过"逑"和"仇"的通假,以"仇"字的"匹"义确定"逑"的"mate"释义,体现出根据词的声音线索,推求词义特点的"推原"训诂手法(洪诚,2000:171)。

训诂中有"义界"方法,也就是给词"下定义"(洪诚,2000:172),理雅各训诂也体现出对这一训诂方法的采用。如在"在河之洲""窈窕淑女""辗转反侧"等诗句的相关训诂中理雅各提出:

> 在河之洲(the Shwoh-wǎn has 州 without the 水),—河 is the general denomination of streams and rivers in the north. … 洲 is an islet, 'habitable ground, surrounded by the water(水中可居之地)'.
>
> (理雅各,2011d:3)
>
> 窈窕淑女,—窈 is to be understood of the lady's mind, and 窕 of her deportment.
>
> (理雅各,2011d:3)
>
> 辗转反侧,—the old interpreters did not distinguish between the meaning of these characters. The Shwoh-wǎn, indeed, defines 辗(it gives only 展) by 转. Choo He makes 辗＝转之半,'half a *chuen* or turning;' 转＝辗之周,' the completion of the 辗;' while 反 and 侧 are the reversing of those processes.
>
> (理雅各,2011d:4)

在以上三条训诂内容中,理雅各均以"义界"手法,对相关语词的意义进行"定义",而其"义界"内容则来自《毛诗注疏》等注疏文本,体现出理雅各字词训诂对中国历代注疏的互文倚重。

　　除了于音得义、互训、推原、义界等方法外,理雅各还从解释全句入手,对字词进行训诂。在这些解释中,理雅各融入了语法补充解释,如在解释"寤寐思服""辗转反侧"时,理雅各指出该句主语缺失,当补为"文王":

　　　　寤寐至反侧,——we have to supply the subject of 求 and the other verbs; which I have done by ' he ', referring to king Wǎn.

(理雅各,2011d: 3)

　　而对《关雎》第三章"参差荇菜,左右采之"等句子的解释中,理雅各提出其主语应该是"文王的后妃",并引用《备旨》将"之"解释为"淑女",又指出将句子主语解释为"文王"也是可以接受的训诂:

　　　　St. 3. As the subject of 菜① and the other verbs, we are to understand the authors or singers of the Ode, ——the ladies of king Wǎn's harem. The Pe-che(备旨), however, would refer all the 之 in the stanza to the young lady, and the verbs to king Wǎn, advising him so to welcome and cherish her; and this interpretation is also allowable.

(理雅各,2011d: 4)

　　因此,理雅各在训诂"寤寐思服""辗转反侧"和"参差荇菜,左右采之"等句子中的字词时,都从整个句子语义出发理解具体字词,体现出理雅各"解释全句"的训诂方法,其全句解释的内容则源于历代中国注疏。

　　理雅各这些贯通音、形、义的训诂方法呈现了中国传统训诂方

---

① 　结合下文"and the other verbs",此处"菜"似为"采"之误。

法,这些训诂方法与下文将论述的理雅各训诂内容对中国注疏的互文引述相结合,更全面、深入地呈现出了中国传统注疏的意义诠释方法。

5.3.2　字词训诂中的注疏引述

理雅各《关雎》第一章注释先对"關關"进行训释:

關關 are defined to be the 'the harmonious notes of the male and female answering each other.'

（理雅各,2011d:2）

在这一句字词解诂中,理雅各以"are defined to be"来明确这一意义解诂并非自己创立,而是有所援引。"harmonious notes"在语义上也体现出《尔雅》《毛传》等将"關關"诂为"和声"的做法。《尔雅》:"關關①,噰噰,音声和也。"《毛传》:"關關,和声也。"孔颖达进一步基于《毛传》疏注道,"毛以为關關然声音和美者,是雎鸠也",更为清晰地把"和声"描述为"声音和美"。孔颖达又引《尔雅·释诂》以证《毛传》"關關"解诂:"正义曰:《释诂》云,關關,雍雍,音声和也。是關關为和声也。"由此可知,"harmonious notes"措辞体现出理雅各了解、认同《尔雅》《毛传》《孔疏》等对"關關"的解诂。"harmonious notes of the male and female answering each other"更与朱熹《诗集传》"關關,雌雄相应之和声也"的解诂内容几成字字对译之势。因此,理雅各"關關"解诂体现了汉唐注疏的普遍释义,与宋朝朱熹的解读尤其具有直接对应关系。

"harmonious notes of the male and female answering each other"这一释义在"关关雎鸠"与"君子好逑"两者之间建立了意义

① 因本节所引《尔雅》《毛诗注疏》《说文》《说文解字注》《康熙字典》等对"關關"的释义涉及字形解读,故保留"關關"繁体格式。

联系,而且理雅各放弃更具诠释源头意义的《毛诗》"和声也"简明扼要的意义解读,选择了朱熹"雌雄相应之和声也"这一更能融入"君子淑女"语境的意义解读,将《关雎》主题建构与夫妻关系、男女之义相联系,使西方读者能从"關關"释义联系到题解,加深注疏所建构的"男女和谐"主题印象。如此,理雅各"關關"训诂一方面传递了中国注疏内容,另一方面有利于在西方读者阅读时引起《毛传》所言之"兴"的效果。

如5.3.1节所引,理雅各还提供以下"關關"注疏:

> 關 was anciently interchanged with 管,and some read in the text 管管,with a 口 at the side,which would clearly be onomatopoetic. But we do not find such a character in the Shwoh-wǎn.

(理雅各,2011d:2)

在这一注疏内容中,理雅各说明了"關"与"管"的通假关系,并说明出现在一些经注中的"嚣"字的"口"字旁说明它是拟声词,只是在《说文》中未能查到该字。这一注释说明在解注字词时,理雅各不仅从经注文献中发现"關關"与"管管"的通假意义,而且发现"關"有时写为"嚣",并向《说文》求证。

这一求证过程虽不能充分证明理雅各所列出"關—管—嚣"这三个字的递推联系,但它说明了理雅各在解注"關關"时,借鉴、查阅了若干含有"關關""管管"的注疏,以及《尔雅注疏》《说文》等文献。段玉裁《说文解字注》对"關"的释义还指出:"《毛詩傳》曰:關關,和聲也。又曰:間关,設鞶貌。皆於音得義者也。"《说文》载:"鞶,车轴耑键也。"因此,《说文解字注》中的"間关,設鞶貌"指的是车轴两个头上的"键"。《诗经·小雅·车舝》有"間关车之舝兮,思娈季女逝兮"之句,《毛传》对这一句解注说,"間关,設鞶貌",描述车辇所管的轮子在运转时发出的声音,进而形容行车辗转的样子。"皆於音得義者也","皆"字说明《说文解字注》认为"關關,和聲也"和"間关,設辇貌"的意义都由其读音、声音生发而来。段玉裁指出的中国古代文字"于音得义"特征与理雅各注释中"onomatopoetic"一说也形成直接对应。

因此,理雅各对"關關"二字所做的详细注释体现了《毛诗》《毛诗注疏》《诗集传》《说文解字注》等对"關關"的音、义解读。

至于"雎鸠"鸣叫是否声如"关关",却也有待证实。"關關"是否为象声词也有不同解读。《说文》对"關"的释义是:"以木横持門户也。从門,絲聲。"其意指门闩,会意之处是两手(収)拿横木(一)插于门(門)且系以绳索(丝),由名词义转为动词"關閉"义。段玉裁对《说文》的这一条注解说:

> 以木横持門户也。通俗文作樞。引申之,《周禮注》曰:關,界上之門。又引申之,凡曰關閉,曰機關,曰關白,曰關藏皆是。凡立乎此而交彼曰關。《毛詩傳》曰:關關,和聲也;又曰:間關,設辇貌。皆於音得義者也。从門。絲聲。

> (《说文解字注》第十二)

《说文解字注》将"關關"释为"和声"也是引用《毛诗》,与《毛诗》成循环互释。"關"在《说文解字注》的首义项是"以木横持門户",引申义总结为"凡立乎此而交乎彼曰關"。"關關"到底是"立乎此而交彼曰關"的雎鸠两两依偎站立的亲密形貌所"兴"的"君子淑女"之"和谐"貌?还是作为象声词所"兴"的"和声"之美?仍有待进一步探讨。

邹晓丽在讨论古文献中的"通假借"问题时,以《关雎》作为例子之一指出:

> "窈窕淑女,君子好逑。"……在这里,逑是"雠"的通借字。

雔，金文作二鸟求偶时相向对鸣之形，表配偶义。《说文》："雔，双鸟也。"所以，此句应解为"君子的好配偶"。逑，群纽幽韵；雔，禅纽幽韵。二字叠韵，故可通借。

（邹晓丽，2002：11）

邹晓丽从形、义、声阐释了"逑""雔"二字通假，虽不能直接证明"關關"与二鸟"相向对鸣"意象之间的直接联系，但其讨论通过引证《说文》对"逑"与"雔"叠韵通假的解释，以"雔"的画面形象解释"逑"的"二鸟求偶时相向对鸣之形"的"配偶义"，与《说文》对"關"字"立乎此而交彼"的情深"挚"貌相联通，从这一角度理解"關關"的意象，似也贴近《说文》及《说文解字注》的"關"字主要义项。理雅各以《康熙字典》为重要工具书（费乐仁，2011：16），在《康熙字典》提供的十多个"關"字义项中，"關關，鸟鸣声"被列在后几个当中，其举例"《詩·周南》關關雎鳩。《傳》關關，和聲也"，也与理雅各所引用的《毛诗注疏》中的《毛传》呈循环互释之状，似也难以说明"和声也"是"關關"的普遍意义。

但无论"關關雎鳩"中的"關關"在历代文献中是否以"鸟鸣拟声"为常见意义，无论理雅各的"關關"训诂有无争议性，其"關關"训诂都体现出理雅各重视借鉴历代注疏对这两个字的"经义"建构，"the harmonious notes of the male and female answering each other"一句尤其体现出朱熹《诗集传》的意义解注。

因此，"關關"训诂一方面体现出理雅各在诠释方法上充分倚重中国注疏，另一方面体现出理雅各重视传达经义内容，而且理雅各在《关雎》字词训诂中直接标明的参考文献就包括《说文》《尔雅》《广雅》《埤雅》《备旨》《毛传》《诗集传》等，可见其字词训诂渗透着与《诗经》注疏和其他相关文献的互文。

5.4 名物释义中的中国注疏引述

名物释义是《诗经》诠释的重要内容,《中国经典·诗经·前言》也体现出理雅各充分重视名物释义。他引用《诗经》注疏释解名物,但其名物释义与《诗经》注疏又形成意义"对位"。

5.4.1 对名物释义的高度重视

理雅各《中国经典·诗经·前言》提到:

> 《诗经》翻译者不得不为之大费周章的巨大困难之一是其中丰富的植物、鸟、兽、鱼、虫的名称。若像孙璋神父那样翻译名物,翻译工作量自可大幅度减少,但其结果恐怕令读者失望。

> (One great difficulty which a translator of the Book of Poetry has to contend with is the names of the plants, birds, quadrupeds, fishes, and insects, with which it abounds. To have transferred these to his translation, as Lacharme did, would have greatly abridged the author's labour, but would have been, he conceived, disappointing to his readers.)

> (理雅各,2011d:Preface)

理雅各坦陈名物翻译之艰巨,也说明理雅各充分认识到《诗经》名物翻译之重要性、必要性。另在"雎鸠"训解中理雅各也提到:

> 孔子说借由《诗经》我们得以"多识于鸟兽草木之名"。我们确实充分学习了名物,但许多名物仍有待确认。

> (Confucius says (Ana. XVII. ix) that from the She we

become extensively acquainted with the names of birds，beasts，and plants. We do learn *names* enow, but the birds，beasts，and plants，denoted by them，remain in many cases to be yet ascertained.）

（理雅各，2011d：3）

在此,理雅各引用孔子所言"多识于鸟兽草木之名"(《论语·阳货篇》),说明《诗经》包含大量名物,同时坦陈《诗经》翻译中的名物认定困难重重。

为尽可能准确翻译名物,理雅各充分利用了历代中国学者和其他国家学者所著《诗经》名物考。绪论附录所列的理雅各参考过的《诗经》名物考包括(详参附录三"理雅各《中国经典·诗经》主要注疏参考文献"):

1. 三国时期吴国陆玑的《毛诗草木鸟兽虫鱼疏》二卷。理雅各指出此书原作已失传,他所用版本是当时留存的依据孔颖达的诸多引用所编撰的版本。(This is the oldest Work on the subject with which it is occupied. The original Work was lost and that now current was compiled，it is not known when or by whom，mainly from K'ung Ying-tah's constant quotation of it.)(理雅各,2011d:Prolegomena 179)

2. 北宋蔡卞的《毛诗名物解》二十卷[①]。

3. 北宋陆佃的《埤雅》二十卷。

4. 元代许谦的《诗集传名物钞》八卷。

5. 清朝朱桓的《毛诗名物略》四卷。

6. 清朝徐鼎的《毛诗名物图说》九卷。

---

① 理雅各为所参考的《诗经》名物考都提供了较为详细的介绍,详见附录三"理雅各《中国经典·诗经》主要注疏参考文献"。

7. 日本学者冈元凤的《毛诗品物图考》七卷。

（理雅各，2011d：Prolegomena 178-180）

从理雅各对名物考类著作的参考可以看出：为尽可能精确认定《诗经》名物，理雅各做了大量考证工作。

在参考名物考著作之余，理雅各还向相关学者求证，如：

因此我①努力从中国作者的相关描述中认定各种植物等名物，在此过程中也承蒙横滨的 J.C. 赫本博士鼎力相助。我给赫本博士寄去本书绪论第 180 页所提及的日本学者插图著作②，赫本博士与英国植物学家克莱默先生一起仔细研读了全书，借此认定了此前全凭猜测的诸多动植物。剩下一些仍无法认定的，暂译为《本草》或其他作品所提及的相似物种——这些物种的英译倒是颇为方便。

（He endeavoured, therefore, to make out from the descriptions of native writers what the plants, &c., really were; and in this inquiry he derived great assistance from Dr. J. C. Hepburn of Yokohama. Having sent to that gentleman a copy of the Japanese plates to the Book of Poetry, described on p. 180 of the prolegomena, he was kind enough to go over the whole, along with Mr. Kramer, an English botanist; and in this way a great many plants and animals at which there had been only guesses before have been identified. Where the identification could not be made out, the author has translated the names by some synonym, from the Punts 'aou or other Work, which could

---

① 原文"He"。理雅各《中国经典·诗经·前言》以第三人称自指。

② 指冈元凤《毛诗品物图考》。

conveniently be given in English'.）

（理雅各,2011d：Preface）

饶是如此精益求精,理雅各在评价其名物翻译成效时仍持谨慎态度,自承仍有部分名物有待进一步确认,并提请汉学家予以留意:

> 仍有不少草木名称无法认定。我希望随着汉学家们不断深入中国内地,能在不久的未来将其确认。
>
> （There remain still a few names of plants and trees which he has been obliged to transfer. It is to be hoped that sinologues penetrating to their habit in the interior of the country will shortly succeed in identifying them.）

（理雅各，2011d：Preface）

综上所述,我们可以认为,理雅各在翻译《诗经》名物时参考各家注疏,求证各方学者,付出诸多努力,力求精准,体现出他在处理文本细节时的严谨态度,也足以体现其对《诗经》跨文化诠释的真诚态度。

5.4.2　名物释义中的注疏引述

除了大量参考《诗经》名物考,理雅各名物释义也大量引用中国传统注疏。理雅各对《关雎》"雎鸠"的名物释解就体现出与注疏的深度互文。

为释解"雎鸠",理雅各引用了嘉庆二十年阮元校刻本《毛诗注疏》《尔雅注疏》《左传》、朱熹《诗集传》、宋朝郑樵《通志》卷七十五之《尔雅郑注序》等在内的多个注疏文本。理雅各引述了这些注疏的"关雎"释义,梳理了其中的"雎鸠"释义发展变化,体现出了对《诗经》经义建构发展变化的重视。

首先，理雅各指出《毛传》在《尔雅》基础上添加了"挚而有别"[1]：

> Maou makes it the 王雎，adding 鸟挚而有别 … He followed Urh-ya.

（理雅各，2011d：3）

理雅各指出《毛传》"王雎"基于《尔雅》，但以"adding"一词说明"挚而有别"是《毛传》添加、发展的释义，使《毛传》的"雎鸠"训诂超出了《尔雅》所提供的分类释义、建构了"雎鸠"这一名物在《诗经》中的意义。

其次，理雅各提及《左传》相关记载中"雎鸠"代指"司马"官职：

> This was for many centuries the view of all scholars; and it is sustained by a narrative in the Tso Chuen，under the 17th year of duke Ch'aou，that the Master of the Horse or Minister of War，was anciently styled Ts'eu K'ew（雎鸠氏）.

（理雅各，2011d：3）

此处"this"和"it"指《毛传》将"王雎"释为《尔雅注疏》中的"雕类"，但理雅各没有说明这一动物为何与"司马"相挂钩。《周礼注疏》卷第二载："政典，司马之职，故立其官，曰使帅其属而掌邦政，以佐王平邦国。"《周礼注疏》卷第二十九载："大司马之职，掌建邦国之九法，以佐王平邦国。"从《周礼》这些描述可知，"司马"的职责是"政典""建法""平邦国"，他一方面主兵，另一方面主法制；其职责关乎军事管理、法制管理，具有"威猛"特性。"挚"通"鸷"，以"雎

---

[1] 本小节行文保留理雅各"挚而有别"注疏原文繁体格式，便于梳理相关经义建构变化。

鸠氏"代指"司马",似因为"鸷鸟"的威猛特性。理雅各引用《左传》这一重要文本的相关叙事来说明"雎鸠"属"雕类",以此表明"鸷鸟"释义并非小众。

接着,理雅各指出《郑笺》与朱熹《诗集传》对"雎鸠"进行不同于前人的喻义解读:

> The introduction of a bird of prey into a nuptial ode was thought, however, to be incongruous. Even Ch'ing K'ang-shing, would appear to have felt this, and explains Maou's 挚 by 至, as if his words—'a bird most affectionate, and yet most undemonstrative of desire;'—in which interpretation Choo He follows him.
>
> （理雅各,2011d:3）

理雅各意识到,郑玄"挚之言至"的解释不同于《毛传》"挚而有别"的解读,并将《郑笺》对"挚"的解读"a bird most affectionate, and yet most undemonstrative of desire"作为此句核心解读(理雅各,2011d:3)。

《郑笺》:"挚之言至也,谓王雎之鸟雄雌情意至然而有别"(《毛诗正义卷一》)。理雅各认为朱熹认同郑玄的解读(Choo He follows him)。理雅各引用《通志》指出郑樵认为"雎鸠"是一种"水鸟",且朱熹也采用这种说法:

> Ch'ing Ts'ëaou（鄭樵）, an early writer of the Sung dyn., who makes the bird to be 'a kind of mallard.' Choo He, no doubt after him, says it is 'a water bird, in appearance like a mallard,' adding that it is only seen in pairs, the individuals of which keep at a distance from each other!
>
> （理雅各,2011d:3）

"adding"一词明确了朱熹"生有定偶而不相乱,偶常并游而不相狎,故毛传以为挚而有别"(《诗集传》卷一)的解读不只是对《毛传》展开详解,并且补充了自己的意义诠释。

理雅各对《郑笺》《通志》《诗集传》的引证呈现出两个方面的意义建构:"挚"的"情意至然";"不相狎"的"有别"。这不同于《毛传》中"挚"所代表的"猎食之鸟"(a bird of prey)的凶猛形象,他向读者呈现出不同时代注疏对"雎鸠"的不同意义建构。理雅各还指出,另有他人也对"关雎"进行了物种认定(Other identifications of the *ts'eu k'ew* have been attempted.)。

由上面讨论可以看出:为"雎鸠"一个名物释义,理雅各参考了《毛传》《尔雅注疏》《左传》《毛诗注疏》《诗集传》《通志》卷七十五之《尔雅郑注序》等不同时代的中国注疏。这些名物注释意义来源在王韬《毛诗集释》中也有呈现,说明了理雅各在翻译过程中重视对中国注疏的梳理,并将中国传统经学学术方法充分展示在其《关雎》跨文化注释中。

在多文本呈现中,理雅各以"直译"为主要策略展示注疏原文,辅以中文原文摘录,对中国注疏文本既有"剪裁",也有"连缀",力图从中国注疏文本内部寻求适宜解释,以尽可能详细地传递中国相关文本的信息。

但是,理雅各虽然充分引用中国注疏,所建构起来的"雎鸠"意义却与中国注疏所建构的"雎鸠"意义有所不同。下一节将就此展开讨论。

5.4.3 理雅各释名与中国注疏的意义对位

理雅各"雎鸠"名物诠释与《诗经》历代注疏的意义建构有所不同。我们不妨从朱熹"生有定偶而不相乱"这一句诠释与《诗经》其他诗歌的意义呼应入手,就此问题做一讨论,并从历代注疏对"有别"的讨论入手,进一步探讨理雅各《关雎》跨文化诠释的话语特征。

其一,理雅各对"生有定偶而不相乱"的意义过滤。朱熹《诗集传》提出"生有定偶而不相乱,偶常并游而不相狎",但理雅各在引用这一句时,不知有意还是无意,过滤了"生有定偶而不相乱",只保留了"偶常并游而不相狎",并将"偶常并游"译为"adding that it is only seen in pairs",将"不相狎"译为"the individuals of which keep at a distance from each other"。理雅各以"并游"解释"挚",以"保持距离"解释"有别",这就无法体现出"生有定偶而不相乱"与《诗经》其他诗歌之间的意义呼应——对这些诗歌,理雅各在注释中也多有引用。例如,理雅各对《国风·鄘风·墙有茨》所做的题解是:

THE THINGS DONE IN THE HAREM OF THE PALACE OF WEI WERE TOO SHAMEFUL TO BE TOLD.

(理雅各,2011d:75)

对《墙有茨》的这一题解,理雅各提供了注疏文本依据:

This piece is supposed, on the authority of the 'Little Preface,' to have reference to the connection between Ch'aou-peh, or duke Seuen's son Hwan (頑), and Seuen Këang, which has been mentioned on the 9th ode of last Book.

(理雅各,2011d: 75)

理雅各指出,该题解依据《诗小序》对《墙有茨》所做的权威题解:"墙有茨,卫人刺其上也。公子顽通乎君母,国人疾之,而不可道也。"此处提及的"the 9th ode of last Book"中,"last Book"指的是《墙有茨》所在卷集《鄘风》的前一卷《邶风》,其第九首是《匏有苦叶》(理雅各,2011d:ⅷ)。理雅各《匏有苦叶》题解如下:

Ode 9. Allusive and narrative. AGAINST THE LICENTIOUS MANNERS OF WEI. According to the 'Little Preface,' the piece was directed against duke Seuen, who was distinguished for his licentiousness, and his wife also… According to Tso-she (on p. 5 of the 16th year of duke Hwan)①, his first wife was a lady of his father's harem, called E Këang(夷姜), by an incestuous connection with whom he had a son called Keih-tsze(急子), who became his heir-apparent. By and by he contracted a marriage for this son with a daughter of Ts'e, known as Seuen Këang(宣姜); but on her arrival in Wei, moved by her youth and beauty, he took her himself, and by her he had two sons,—Show(壽) and Soh(朔). … In the next year, the duke died, and was succeeded by Sho, when the court of Ts'e insisted on Ch'aou-peh(昭伯), another son of Seuen, marrying Seuen Këang… When such was the history of the court of Wei, we can well conceive that licentiousness prevailed widely through the State.

(理雅各,2011d:53)

理雅各该题解详细陈述了卫宣公与宣姜不合夫妇之礼、为乱宫廷的历史故事,这与《诗小序》"匏有苦叶,刺卫宣公也。公与夫人并为淫乱"的题解相呼应。根据《诗小序》,《匏有苦叶》《墙有茨》

---

① 《春秋左传正义》卷第七:"(桓公)十六年,……卫宣公烝于夷姜,生急子。夷姜,宣公之庶母也。上淫曰烝。"

这两首诗讽刺了不合夫妇之义、有违"生有定偶而不相乱"的做法。《诗小序》的这些解读都被理雅各引证到对相关诗歌的题解中,这说明理雅各充分了解"生有定偶而不相乱"是《诗经》注疏所建构的夫妇之礼的重要内容,也了解《诗经》对"相乱"现象的讽刺。

但是,如前文指出,理雅各在引用《诗集传》"雎鸠"意义解读时,仅保留了"偶常并游而不相狎"。他以"adding that it is only seen in pairs, the individuals of which keep at a distance from each other"来传递"偶常并游而不相狎",以"only"表达"常",以"in pairs"表达"挚",突出"并游",以"keep a distance from each other"来表达"不相狎",却过滤了"生有定偶而不相乱"这一句,也就过滤了《诗经》注疏所建构的"夫妇之礼"的重要内容。

因此,理雅各的"雎鸠"释义虽然基于大量注疏引用,但他对注疏所建构的经义并非全文传递,而是有所选择、过滤。例如,就"挚而有别"而言,理雅各通过对注疏语句的剪裁、选择,屏蔽了历代注疏对"生有定偶而不相乱"作为"夫妇之义"重要内容的建构,实现其观点选择。

其二,理雅各对"有别"的意义过滤。从《毛传》《郑笺》《孔疏》到《诗集传》,对"雎鸠"的意义建构围绕"挚而有别"展开。"别"在"雎鸠"名物意义建构中具有特殊意义,理雅各将"别"字表述为"keep at a distance from each other",体现出理雅各以朱熹的"不相狎"为"有别"的核心意义。理雅各这一意义诠释与中国历代注疏对"有别"的意义建构是否形成互文或对位呢? 不妨比较一下理雅各所参考的《毛传》《诗集传》的"有别"释义与理雅各"有别"解读有何不同。

"有别"首现于《毛传》:

> 兴也。关关,和声也,雎鸠,王雎也,鸟挚而有别。……后
> 妃说乐君子之德,无不和谐,又不淫其色,慎固幽深,若关雎之

有别焉，然后可以风化天下。夫妇有别则父子亲，父子亲则君臣敬，君臣敬则朝廷正，朝廷正则王化成。

（《毛诗注疏》卷第一）

《毛传》从"鸟挚而有别"过渡到"夫妇有别"，指出"（君子后妃）有别焉，然后可以风化天下"，将"夫妇有别"作为"挚而有别"之"兴"的意义所指。"兴，见今之美，嫌于媚谀，取善事以喻劝之"（《毛诗注疏》卷第一）。也就是说，"兴"是以不显"媚谀"的语言来呈现"今之美"，通过"善事"来"喻劝"天下。《毛传》以"兴也"指出，"挚而有别"的雎鸠意象用以"兴"喻"君子淑女"之间"无不和谐又不淫其色，慎固幽深若雎鸠之有别"的关系，将这种关系定位为"夫妇有别"，且将"夫妇有别"定位为"王化成"的起点：有了夫妇"别"的确立、才有父子"亲"、君臣"敬"、朝廷"正"，最终才能"王化成"。

《毛诗注疏》中，《孔疏》进一步解释说：

> 此雎鸠之鸟，虽雌雄情至，犹能自别，退在河中之洲，不乘匹而相随也……后妃虽说乐君子，犹能不淫其色，退在深宫之中，不亵渎而相慢也。

（《毛诗注疏》卷第一）

《孔疏》以"退在河中之洲"喻指后妃"退在深宫之中"以成"内治"，并进一步论述了《毛传》"夫妇有别则父子亲，父子亲则君臣敬，君臣敬则朝廷正，朝廷正则王化成"的"雎鸠"喻义建构：

> 夫妇有别，则性纯子孝，故能父子亲也，孝子为臣必忠，故父子亲则君臣敬。君臣既敬，则朝廷自然严正。朝廷既正，则天下无犯非礼，故王化得成也。

（《毛诗注疏》卷第一）

孔颖达将"雎鸠"所喻指的"夫妇有别"视为"天下无犯非礼"

"王化成"的根本起点,强调"夫妇有别"的重要性。

朱熹《诗集传》又基于《毛传》对"挚而有别"做如下解释:

> 《毛传》云:"挚字与至通,言其情意深至也。"兴者,先言他
> 物以引起所咏之辞也。周之文王,生有圣德,又得圣女姒氏以
> 为之配。宫中之人,于其始至,见其有幽闲贞静之德,故作是
> 诗。言彼关关然之雎鸠,则相与和鸣于河洲之上矣,此窈窕之
> 淑女,则岂非君子之善匹乎? 言其相与和乐而恭敬,亦若雎鸠
> 之情挚而有别也。后凡言兴者,其文意皆放此云。
>
> (《诗集传》卷一)

朱熹将"君子淑女"直接指向"文王太姒",认为"挚而有别"作
为"兴"的起点,其"挚"与"别"是"善匹"的两个重要特征,喻指"相
与和乐而恭敬"的夫妻相处之道。

朱熹引用匡衡说《诗》来强调"挚而有别"所"兴喻"的"好逑":

> 衡曰:"窈窕淑女,君子好逑,言能致其贞淑,不贰其操;情
> 欲之感,无介乎容仪;宴私之意,不形乎动静。夫然后可以配
> 至尊而为宗庙主。此纲纪之首,王教之端也。"可谓善说诗矣。
>
> (《诗集传》卷一)

匡衡指出,"淑女"品性使其"可以配至尊而为宗庙主",是"纲
纪之首""王教之端"。朱熹称道匡衡"善说《诗》",充分认可匡衡观
点。故朱熹也强调《关雎》一诗对于"王教"——《毛传》所言"王化
成"——的意义建构。

朱熹还引用孔子论《诗》指出《关雎》在《诗经》中的重要意义,
并引用匡衡观点指出"后妃之德"是"万福之原":

> 孔子曰:"《关雎》乐而不淫,哀而不伤。"愚谓此言为此诗
> 者,得其性情之正,声气之和也。盖德如雎鸠,挚而有别,则后

妃性情之正，固可以见其一端矣。……匡衡曰："妃匹之际，生
民之始，万福之原。婚姻之礼正，然后品物遂而天命全。孔子
论《诗》以《关雎》为始，言太上者民之父母，后夫人之行，不侔
乎天地，则无以奉神灵之统而理万物之宜。自上世以来，三代
兴废，未有不由此者也。"

（《诗集传》卷一）

《诗集传》所引的匡衡论述将"后妃之德"作为生民福祉的重要
起点，并将"婚姻之礼正"作为"品物遂而天命全"的前提，指出"三
代兴废"[①]与后妃是否贤德密切相关。因此，朱熹认为"孔子论
《诗》以《关雎》始"不是随意、偶然的选择，而是以其中的"男女有
别"作为天下福祉的重要源头，而这一源头的确立又以《关雎》中的
"淑女之德"为重要前提。

以上注疏文本表明：在理雅各所倚重的注疏中，《毛传》对《关
雎》的意义建构突出"挚而有别"所兴喻的"男女有别"，将其作为
"王化成"的起点，这一意义建构在后世《毛诗注疏》《诗集传》等注
疏中被反复言说，"雎鸠"所比喻的"男女有别"夫妇之礼成为《关
雎》经义建构的重要内容。

但这一意义建构未被纳入理雅各对"挚而有别"的意义诠释之
中，理雅各仅在《周南》小结中提及"model husband and model
wife"，与"王化"意义略相对应（详参 6.2.1"从'后妃'到'新娘'"），
但未将"后妃之德"之于"王化天下"的意义论述纳入其注释。

为什么理雅各"忽略"或"删除"了《毛诗注疏》《诗集传》等注疏
文献对"有别"意义的反复建构，不将其剪裁进自己的"雎鸠"意义
诠释呢？6.2.2"'男女有别'与'妇顺'"将详细讨论这一问题，在此
暂不详述。

---

① "三代"指夏、商、周。

5.5 理雅各"以史证《诗》"与中国注疏的互文

"以史证《诗》"是《诗经》经义建构的重要方法,理雅各《关雎》注释重视这一策略,他大量引述《诗经》注疏,实现"以史证《诗》"。

5.5.1 "以史证《诗》"作为注《诗》方法

孟子说,"王者之迹熄而《诗》亡,《诗》亡然后《春秋》作"(《孟子·离娄下》),将《诗》理解为"王者之迹"、王道教化的历史文本。清代章学诚(1985:1)在《文史通义·内篇·易教上》中提出的"六经皆史也"常被引用以证明"经史一体",但有学者考证源流,认为在西汉时期刘向、刘歆父子就提出了"六经皆史"的观点,并在历代文献中多有论及(田河、赵彦昌,2004)。至章学诚再次论及"古人未尝离事而言理,《六经》皆先王之政典也"(章学诚,1985:1),认为古人"事""理"同言,将"经"理解为"先王"时代的政教典籍和历史文献,以经为史,经史合一(毛宣国,2007:169)。钱穆提出《诗经》"四始"——《关雎》《鹿鸣》《文王》《清庙》①——"皆与文王之德有关"(钱穆,2004:106),也将《诗经》视为历史文本。

在这样的理解之下,对《诗》进行历史化的解读,是汉代《诗经》阐释的基本倾向(毛宣国,2007:169),其中《毛诗序》便有突出的"以史证《诗》"特点。《毛诗序》通过题解和注疏中的历史叙事来阐述各首诗歌的主题与经义。郑玄《诗谱序》亦言:

> 夷、厉已上,岁数不明,太史《年表》自共和始,历宣、幽、平王而得春秋次第,以立斯《谱》。欲知源流清浊之所处,则

① "四始者,《史记》谓:《关雎》之乱,以风为始。《鹿鸣》为小雅始。《文王》为大雅始。《清庙》为颂始。此所谓四始也。"(钱穆,2004:100)

循其上下而省之；欲知风化芳臭气泽之所及，则傍行而观之，此《诗》之大纲也。举一纲而万目张，解一卷而众篇明，于力则鲜，于思则寡，其诸君子亦有乐于是与。

（《毛诗注疏·诗谱序》）

郑玄在此明确了"以史证《诗》"路向，认为《诗》的意旨乃"欲知源流清浊之所处，则循其上下而省之；欲知风化芳臭气泽之所及，则傍行而观之"。孔颖达指出，郑玄这一段话"总言为《谱》之理"。其中"欲知源流清浊之所处，则循其上下而省之"是通过《诗经》解读周朝社会状况，并加以省视反思。孔颖达对此的解读是：

魏有俭啬之俗，唐有杀礼之风，齐有太公之化，卫有康叔之烈。述其土地之宜，显其始封之主，省其上下，知其众源所出，识其清浊也。属其美刺之诗，各当其君君之化。

（《毛诗注疏·诗谱序》）

孔颖达又对其中的"欲知风化芳臭气泽之所及，则傍行而观之"解注道：

傍观其诗，知其风化得失，识其芳臭，皆以喻善恶耳。哀十四年《公羊传》说孔子"制春秋之义，以俟后圣，以君子之为，亦有乐乎此"。

（《毛诗注疏·诗谱序》）

由上可知，毛亨、郑玄、孔颖达都"以《诗》为经"，将《诗经》作为社会教化得失的记载与反映，将其作为后人"省之""观之"的文本对象，并通过"以史证《诗》"策略来诠释这种经义传统。历代有学者把《关雎》解释为刺诗，与"刺商纣之政"或"刺康王晚朝"相联系(邵杰，2014:24)；《毛诗》则把它解释为美诗，与文王后妃之德相联系。这两者虽观点不同，但内容与方法都体现出"以史证《诗》"的诠释范式。

理雅各《关雎》注释也有突出的"以史证《诗》"特征,体现出了理雅各对"以史证《诗》"传统的了解,并在注释中加以呈现。

5.5.2　理雅各"以史证《诗》"对中国注疏的互文倚重

理雅各注释或参考《诗经》注疏,或参考中国传统史学文献,提供对所涉历史背景的谱系梳理、对所涉人物或事件的介绍,体现出理雅各对"以史证《诗》"传统注《诗》策略的深度了解,并将这种《诗经》意义建构策略呈现在其注释中。

首先,理雅各注释中的谱牒梳理。理雅各注释提供了与诸多诗歌相关的谱系考证,这些谱系考证或出自历代中国注疏文献,或出自历代中国史学文献。下文从《关雎》文前的《周南》题解入手讨论理雅各的谱牒梳理。

其一,基于《毛诗注疏》等注疏文献的谱系、渊源介绍。

在《周南》题解中,理雅各首先梳理了"周王族"始于尧舜时期的后稷,止于《诗经》时期的周公旦的谱牒传承(详参附录二"理雅各《中国经典·诗经》之《周南》题解")。理雅各开门见山地指出,"周"是公元前 1325 年"古公亶父"至周文王为止的周王族(The House of Chow)所居住之地:

> By Chow is intended the seat of the House of Chow, from the time of the 'old duke, Tan-foo(古公亶父)', in B. C. 1325, to king Wǎn.

> (理雅各,2011d:2)

《孔疏》对《诗谱序》的解注指出:

> 正义曰:《禹贡·雍州》云"荆岐既旅",是岐属雍州也。《緜》之篇说大王迁于周原,《閟宫》言大王居岐之阳,是周地在岐山之阳也。《孟子》云文王以百里而王,则周、召之地,共方百里,而皆

名曰周,其召是周内之别名也。大王始居其地,至文王乃徙于丰。

(《毛诗注疏》卷一)

《孔疏》在此解释了"周""召"都属"周"国之地,周王族定居"周"始于"大王"(即"古公亶父"①)、止于"文王"。这与理雅各的注释相对应,似可认为理雅各基于《毛诗注疏》等注疏文献考证过周王族在"周"的定居情况。

理雅各指出"古公亶父"对周国发展的影响:

> The family dwelt in Pin for several generations, till T'an-foo, subsequently kinged by his posterity as king T'ae(太王), moved still farther south in B.C. 1325, and settled in K'e(岐), 50 *le* to the north east of the dis. city of K'e-shan(岐山), dep. Fung-ts'ëang(鳳翔).
>
> (理雅各,2011d:2)

理雅各指出:在太王古公亶父之前,周王族祖辈定居豳州(Pin),太王于 1325 年迁居岐。以上未提及"周"。在接下来的注释中,理雅各说明岐地区后称"周",成为崛起中的周王族的中心(head-quarters of the rising house),直至文王迁往丰:

> The plain southwards received the name of Chow, and here were the head-quarters of the rising House, till king Wǎn moved south and east again, across the Wei, to Fung(豐), south-west from the pres. provincial city of Se-gan.
>
> (理雅各,2011d:2)

---

① 班固《汉书》卷六十四上:"臣闻周德始乎后稷,长于公刘,大于大王,成于文武,显于周公。"颜师古注说:"公刘,后稷曾孙也。大王,文王之祖,则古公亶父也。"《毛诗注疏》卷十九《天作》云:"大音泰,'大王'、'大祖'皆同。""古公亶父"被认为"周"的太祖,在有些文献中也称"太王"。

这一历史叙事在《毛诗注疏》中的相对应解读是：

> 周之先公曰大王者，避狄难，自豳始迁焉，而修德建王业。
>
> （《毛诗注疏·诗谱序》）
>
> 文王受命，作邑于丰，乃分岐邦。周、召之地，为周公旦、召公奭之采地，施先公之教于己所职之国。
>
> （《毛诗注疏·诗谱序》）

"The plain southwards received the name of Chow, and here were the head-quarters of the rising House"这句则似与晋代皇甫谧《帝王世纪》中的"南有周原，故始改号曰周"相呼应。

可以看出，理雅各对《关雎》前序《周南》的历史背景介绍多可在《毛诗注疏》等注疏文献中找到相应内容，这说明理雅各在解读《诗经》时，重视参考传统注疏中的历史解注。

基于周王族谱牒梳理，理雅各引导出"周"这一具有时间与地理概念的王国名字，将其与《关雎》所在的《周南》联系起来：

> The pieces in this Book are supposed to have been collected by him in Chow, and the States lying south from it along the Han and other rivers.
>
> （理雅各，2011d：2）

这一周公集诗的历史叙事在《诗谱序》中也有相对应的内容：

> 武王伐纣，定天下，巡守述职，陈诵诸国之诗，以观民风俗。
>
> （《毛诗注疏·诗谱序》）

《诗谱序》还说明了武王以《周南》《召南》的诗歌传诵各国：

> 六州者得二公之德教尤纯，故独录之，属之大师，分而国之。
>
> （《毛诗注疏·诗谱序》）

但《诗谱序》对《周南》《召南》"德教尤纯"的评论并没有进入理雅各注释,理雅各"以史证《诗》"注疏语料集中于"历史陈述"。

可见理雅各对《关雎》所在《周南》卷首的历史解读突出对周王族先祖的谱系梳理,其梳理内容与《毛诗注疏》等注疏文献互为呼应,但未纳入注疏中的"历史评论"内容。

其二,深入《史记》等史学文本的"谱牒"注释。

理雅各对《关雎》所在《周南》的历史介绍参考大量注疏文献,但其内容又不止于《毛诗注疏》等经学文献,而是将触角深入《史记》等中国史学文本,将《史记》对"周"的谱牒叙事作为重要参考,并发表不同于《史记》的观点。

理雅各提到:

> The chiefs of Chow pretended to trace their lineage back to K'e, better known as How Tseih, Shun's minister of Agriculture.
>
> (理雅各,2011d:2)

这就将周王族的谱牒追溯到"尧舜"时期的"农业部长"(Shun's minister of Agriculture)——"后稷",而"后稷"这一"以史证《诗》"的语料在《诗谱序中》也有记录:

> 周自后稷播种百谷,黎民阻饥,兹时乃粒,自传于此名也。……陶唐之末,中叶公刘亦世修其业,以明民共财。
>
> 《毛诗注疏·诗谱序》

对此孔颖达解注说:

> 自此下至"诗之正经",说周有正诗之由。言后稷种百谷之时,众人皆厄于饥,此时乃得粒食。后稷有此大功,称闻不朽,是后稷自彼尧时流传于此后世之名也。《尧典》说舜命后

稷云:"帝曰:'弃,黎民阻饥,汝后稷,播时百谷。'"《皋陶谟》称禹曰:予"暨稷播,奏庶艰食、鲜食,烝民乃粒"。是其文也。

《毛诗注疏·诗谱序》

《诗谱序》的周王族谱系呈现从"后稷"直接到"公刘",而《史记·周本纪》则对周王族谱系有更详细的考证:

> 周后稷,名弃……后稷卒,子不窋立……不窋卒,子鞠立。鞠卒,子公刘立……公刘卒,子庆节立……庆节卒,子皇仆立。皇仆卒,子差弗立。差弗卒,子毁隃立。毁隃卒,子公非立。公非卒,子高圉立。高圉卒,子亚圉立。亚圉卒,子公叔祖类立。公叔祖类卒,子古公亶父立。

以上《史记》的记载与理雅各的注释相呼应:

> Between K'e and duke Lëw (公劉), only two names of the Chow ancestry are given with certainty,—Puh-chueh (不窋) and Kuh (鞠, *al.* 鞠陶).

(理雅各,2011d:2)

理雅各所言在"后稷"与"公刘"之间只提及两个先祖的说法与《史记·周本纪》"周后稷,名弃。……后稷卒,子不窋立。……不窋卒,子鞠立。鞠卒,子公刘立"这一叙事一致。理雅各就"不窋"这一人物还提到:

> In the disorders of the Middle-Kingdom, it is related, he withdrew among the wild tribes of the west and north。

(理雅各,2011d:2)

这一叙事中的"撤至西北蛮夷部落之间"(withdrew among the wild tribes of the west and north)与《史记》"不窋末年,夏后氏

政衰,去稷不务,不窋以失其官而奔戎狄①之间"(《史记》卷四)相吻合。

但就周族在戎狄地区居住至哪一代为止的问题,《史记》认为公刘"自漆沮度渭",而后"公刘卒,子庆节立,国于豳",《史记》指出"公刘过了渭河",但不曾指出公刘定居豳州,而理雅各则直接指出:

In the disorders of the Middle-Kingdom,it is related,he② withdrew among the wild tribes of the west and north;and there his descendants remained till the time of duke Lëw,who returned to China in B. C. 1796,and made a settlement in Pin(豳),the site of which is pointed out,80 *le* to the west of the present dis. city of San-shwuy(三水)in the small dep. of Pin-chow(邠州).

(理雅各,2011d:2)

虽然《史记》不曾指出"自漆沮度渭"是迁居豳州,但《诗经·大雅·公刘》提到:

笃公刘,既溥既长,既景乃冈,相其阴阳,观其流泉。其军三单,度其隰原,彻田为粮。度其夕阳,豳居允荒。

笃公刘,于豳斯馆。涉渭为乱,取厉取锻。止基乃理,爰众爰有。夹其皇涧,遡其过涧。止旅乃密,芮鞫之即。

理雅各对公刘迁居豳州的说法与《诗经·大雅·公刘》的说法相吻合,也与《毛诗》之《豳谱》相吻合,理雅各注释在与《史记》互文

---

① 戎狄是古时候华夏族对西北地区的北狄和西戎的合称,主要分布在今黄河流域或更北和西北地区。

② 指不窋。

的时候,似也利用《诗经》进一步确认、细化自己所引用的《史记》内容。

如前所述,理雅各指出:周族世居豳州,直到古公亶父迁居至岐,而岐的位置是岐山东北50里处,岐平原从此成为崛起之中的周王族的中心地区。《史记》相关记载如下:

> (古公亶父)乃与私属遂去豳,度漆、沮,逾梁山,止于岐下。豳人举国扶老携弱,尽复归古公于岐下。及他旁国闻古公仁,亦多归之。于是古公乃贬戎狄之俗,而营筑城郭室屋,而邑别居之。作五官有司。民皆歌乐之,颂其德。
>
> 《史记·周本纪》

从中可看出理雅各就古公亶父迁岐的注释与《史记》所记相一致。理雅各说:

> Sz'-ma Ts'ëen calls the first K'e's son, but we can only suppose him to have been one of his descendants.
>
> (理雅各,2011d:2)

在这一注疏内容中,理雅各就不窋是否为后稷之子与司马迁持不同观点,认为最多只能确认不窋是后稷的后代之一。理雅各与《史记》虽然就历史细节有不同观点,但理雅各对《史记》的引用可以说明:理雅各就这一问题进行"以史证《诗》"时以《史记》为重要参考,也印证了其注释与《史记》内容吻合的情况。

理雅各还引用《孟子·离娄下》的"文王生于岐周,卒于毕郢,西夷之人也",对"文王出生地"进行细节论证,认为"西夷之人"不应被理解为"是西夷人",而应理解为"居住在临近西夷之地":

> The above historical sketch throws light on Mencius' statement, in Book Ⅳ., Pt Ⅱ. i., that king Wǎn was 'a

man from the wild tribes of the west（西夷之人）.' I have translated his words by 'a man near the wild tribes of the west.'

（理雅各,2011d:2）

以上体现出理雅各"以史证《诗》"重视细节,力求重现从中国文献考证得来的"历史背景"。

此外还有"窈窕淑女"历史考证与中国注疏的互文。理雅各就《关雎》中的"窈窕淑女"进行诸多历史引证。

此外还有《关雎》题解历史疏证。理雅各《关雎》题解提到"CELEBRATING THE VIRTUE OF THE BRIDE OF KING WAN, AND WELCOMING HER TO HIS PALACE"（理雅各,2011d:2）,将《关雎》与具体历史人物相联系;它虽未直接提及"窈窕淑女",但将所涉人物明确为"文王的新娘"。虽然"CELEBRATING THE VIRTUE OF THE BRIDE OF KING WAN"很大程度上引用《毛诗》"后妃之德",但《毛诗》未将"后妃"确指为"文王之后","后妃"较之"文王的新娘"更具泛指意义;而理雅各则通过明确"文王的新娘",以"welcoming her to his palace"将具体事件直接植入《关雎》之中。

其二,对"太姒"作为"窈窕淑女"的历史疏证。在对"窈窕淑女"的注释中,理雅各指出:

The young lady, according to the traditional interpretation, is T'ae-sz'（太姒）, a daughter of the House of Yew-sin（有莘）, whom king Wăn married.

（理雅各,2011d:3）

理雅各比较不同时期、不同学派的观点时,"traditional interpretation"常指《毛诗》《毛诗传笺》及《毛诗注疏》,且在论及

《关雎》是"刺诗"还是"美诗"时,理雅各明确指出"传统解读"指"毛诗"学派(The traditional interpretation of the odes, which we may suppose is given by Maou)(理雅各,2011d:5),故此处与《毛诗》相吻合的"traditional interpretation"应指《毛诗》及其后续相关解读。《毛诗注疏》多次明确"后妃"指"大姒",如《诗谱序》云:"此后妃夫人皆大姒也。"《毛传》对《大雅·大明》"有命自天,命此文王,于周于京,缵女维莘,长子维行"的解读也称"缵,继也。莘,大姒国也。长子,长女也"(《毛诗注疏》卷第十六)。因此,理雅各对"窈窕淑女"的历史解注也与《毛诗注疏》等互文。

其三,"窈窕淑女"之诗义解读的历史疏证。在"INTERPRETATION OF THE ODE"中,理雅各提出:

> The traditional interpretation of the odes, which we may suppose is given by Maou, is not to be overlooked, and, where it is supported by historical confirmations, it will often be found helpful.

（理雅各,2011d:5)

理雅各在此虽未说明《毛诗》解读中的"historical confirmation"内容,但他指出得到历史文献印证的传统《毛诗》学派解读"颇有助益"(helpful),这反映出理雅各认可"以史证《诗》"的传统解《诗》策略。

5.6 多声部赋格的注疏观点并呈

理雅各在引用历代注疏时,不局限于一种注疏观点,而是将关于某一文本的不同意义建构均加以呈现。我们可从理雅各的"刺诗""美诗"讨论中、对"后妃之德"之"德"的讨论中管窥一二。

5.6.1 "刺美"之说

就"美""刺"而言,理雅各题解"CELEBRATING THE VIRTUE OF THE BRIDE OF KING WAN"明确将《关雎》归于"美诗",其训诂、注疏也基本围绕这一题解展开,并以"welcoming her to his palace"叙述出一个"婚礼事件",全诗注疏内容构成"王后之德"的"美诗"主题连贯叙事。

但理雅各《关雎》注释并不仅限于"美诗"说。在"INTERPRETATION OF THE ODE"中,理雅各提出就《关雎》一诗,汉朝学者广泛持有"刺诗"说:

> During the dyn. of Han a different view was widely prevalent, that the Ode was satirical, and should be referred to the time when the Chow dyn. had begun to fall into decay.
>
> (理雅各,2011d:5)

对于这种有别于《毛诗注疏》的观点建构,理雅各引用《列女传》《法言》,以及司马迁、班固、范晔等的作品加以论证:

> We find this opinion in Lëw Heang(列女传,仁智篇),Yang Heung(法言,孝至篇),and up and down, in the histories of Sz'-ma Ts'ëen, Pan Koo, and Fan Yeh.
>
> (理雅各,2011d:5)

理雅各所引的《列女传·仁智篇·魏曲沃负》写道:

> 周之康王夫人晏出朝,《关雎》起兴,思得淑女以配君子。夫雎鸠之鸟,犹未尝见乘居而匹处也。夫男女之盛,合之以礼,则父子生焉,君臣成焉,故为万物始。君臣、父子、夫妇三

者,天下之大纲纪也。

(《列女传》卷之三)

其中"周之康王夫人晏出朝,《关雎》起兴"将《关雎》理解为在讽刺周康王与夫人早上晚起、朝议迟到之事,暗指"夫人"其"德"不全,未能像"雎鸠"那样"合之以礼",故"思得淑女以配君子",要给康王找一个好夫人。

理雅各所引扬雄《法言·孝至篇》云:

> 周康之时,颂声作乎下,关雎作乎上,习治也。齐桓之时缊,而春秋美邵陵,习乱也。故习治则伤始乱也,习乱则好始治也。

(《扬子法言》卷第十三)

对此晋代李轨注解曰:"缊,亦乱也。"(《扬子法言·孝至》)

又如,理雅各提到司马迁在其史学作品中也持"刺诗"观点。《史记·十二诸侯年表》《史记·儒林列传》中可找到"刺诗"相关内容:

> 周道缺,诗人本之衽席,《关雎》作。仁义陵迟,《鹿鸣》刺焉。

(《史记》卷十四)

> 夫周室衰而《关雎》作,幽、厉微而礼乐坏,诸侯恣行,政由强国。故孔子闵王路废而邪道兴,于是论次《诗》《书》,修起礼乐。

(《史记》卷一百二十一)

此处"周道缺""周室衰""幽厉微""礼乐坏"等都道出司马迁将《关雎》以及更大范围的《诗经》《尚书》等经典理解为时代不济、礼乐不兴、"王路废而邪道兴"背景下的"刺时"之作。

理雅各所提到的班固《汉书·杜周传》写道:

> 后妃之制,天寿治乱存亡之端也。迹三代之季世,览宗、宣之缘国,察近属之符验,祸败曷常不由女德?是以佩玉晏鸣,《关雎》叹之。知好色之伐性短年,离制度之生无厌,天下将蒙化,陵夷而成俗也。故咏淑女,几以配上,忠孝之笃,仁厚之作也。……唯将军信臣子之愿,念《关雎》之思,逮委政之隆,及始初清明,为汉家建无穷之基,诚难以忽,不可以遴。
>
> （《汉书》卷六十）

对其中"是以佩玉晏鸣,《关雎》叹之"一句,颜师古引用李奇和臣瓒的解注说:

> 李奇曰:"后夫人鸡鸣佩玉去君所,周康王后不然,故诗人叹而伤之。"臣瓒曰:"此《鲁诗》也。"
>
> （《汉书》卷六十）

也就是说,李奇、臣瓒和颜师古对《汉书》"是以佩玉晏鸣,《关雎》叹之"这一句都从"刺诗"角度加以解读,颜师古通过引用臣瓒"此《鲁诗》也"的判断也引入了《鲁诗》"刺诗"说。

理雅各在这一注释中提及的范晔则在《后汉书·明帝纪》写道:

> 昔应门失守,《关雎》刺世。
>
> （《后汉书》卷二）

范晔"《关雎》刺世"明确"刺诗"观点。对此宋均注解说:

> 应门,听政之处也。言不以政事为务,则有宜淫之心。《关雎》乐而不淫,思得贤人与之共化,修应门之政者也。
>
> （《后汉书》卷二）

在宋均解读中,《关雎》乃针对国君"不以政事为务"也就是"不务正业"的刺谏,希望通过《关雎》刺谏国君,使其从中学习"贤人"之举,"修应门之政",做一个好国君。有学者据此认为,《后汉书》这一记载虽将《关雎》与"刺世"相联系,但旨在以正面行为引领、纠正负面行为,不能据此判断《关雎》为"刺诗"(邵杰,2014)。

无论理雅各所引述的相关"刺诗"论说是否能充分论证《关雎》为"刺诗",我们从理雅各对"刺诗"论说相关文献的引用都可看出:理雅各《关雎》注释除了介绍在汉唐官学背景下被建构起来,并延续至朱熹乃至清朝注解的"美诗"论之外,也重视引入中国经学围绕《关雎》所建构的不同意义、所发出的不同声音。

在此之后,理雅各将笔锋一转:

> By the E Le, however, IV., ii. 75, we are obliged to refer the *Kwan-ts'eu* to the time of the duke of Chow.

> (理雅各,2011d:5)

理雅各此说当是根据《仪礼·乡饮酒礼第四》中的"乃合乐《周南·关雎》《葛覃》《卷耳》《召南》《鹊巢》《采蘩》《采苹》"。他通过引用《仪礼》这一在中国古代经典中较之持"刺诗"观点的文献更具"经典地位"的典籍,将观点表述折回到《关雎》"美诗"论,但仅用"however"一词隐约表达其观点选择。

理雅各没有止于"美诗""刺诗"讨论。他根据"美诗""刺诗"讨论,进一步向西方读者解释:不同观点的盛行说明了《诗经》作为一个经典文本,在中国早期历史上就已引起广泛关注:

> That a contrary opinion should have been so prevalent in the Han dyn., only shows how long it was before the interpretation of the odes became so definitely fixed as it now is.

> (理雅各,2011d:5)

理雅各借此向读者展示不同时期的《诗经》意义解读与建构不一样,提醒读者在了解、理解《诗经》这样的中国经典时,要关注文本意义建构的开放性,关注其与不同历史语境互动所产生的不同意义建构。

5.6.2 "后妃之德"

理雅各《关雎》题解"CELEBRATING THE VIRTUE OF THE BRIDE OF KING WAN"与《毛诗·关雎》题解"后妃之德"相呼应,但理雅各在假设《关雎》确乎描述"文王时代"的前提下,提出了一个"virtue"指什么"德"的问题:

> Allowing the ode to be as old as the duke of Chow, and to celebrate this father's bride or queen, what is the virtue which it ascribes to her?

(理雅各,2011d:5)

为回答这一问题,理雅各引证了《毛诗注疏》、朱熹《诗集传》和《钦定诗经传说汇纂》对"德"的意义解注。

首先,理雅各引述了《毛诗》学派的观点:

> According to the school of Maou, it is her freedom from jealousy, and her constant anxiety and diligence to fill the harem of the king with virtuous ladies to share his favours with her, and assist her in her various duties; and the ode was made by her.

(理雅各,2011d:5)

理雅各所引述的《毛诗》学派观点在《毛诗注疏》可找到互文依据:

《毛传》说:

> 后妃说乐君子之德，无不和谐，又不淫其色，……是幽闲贞专之善女，宜为君子之好匹。
>
> （《毛诗注疏》卷第一）

《郑笺》基于《毛传》进一步解读了"幽闲贞专"：

> 笺云：言后妃之德和谐，则幽闲处深宫贞专之善女，能为君子和好众妾之怨者。言皆化后妃之德，不嫉妒，谓三夫人以下。
>
> （《毛诗注疏》卷第一）

《孔疏》则基于《毛传》与《郑笺》进一步阐释了"后妃之德"：

> 后妃虽悦乐君子，犹能不淫其色，退在深宫之中，不亵渎而相慢也。后妃既有是德，又不妒忌，思得淑女以配君子，故窈窕然处幽闲贞专之善女，宜为君子之好匹也。以后妃不妒忌，可共以事夫，故言宜也。……此诗美后妃能化淑女，共乐其事。
>
> （《毛诗注疏》卷第一）

从《毛传》到《郑笺》到《孔疏》的三层意义解读中，我们可以看到意义建构逐层渗透，确实既表达出了"free from jealousy"（"不嫉妒"），又表达出了"fill the harem of the king with virtuous ladies"（"思得淑女以配君子"），还表达出"share his favours with her, and assist her in her various duties"（"可共以事夫""诗美后妃能化淑女共乐其事"）。因此，理雅各在引用《毛诗》学派观点时，用的虽是"school of Maou"，但显然不单指《毛传》，而是基于《毛传》发展而来的一系列解注。根据以上对《毛诗》《郑笺》和《孔疏》的文本观察，我们可以认为，理雅各所引用的"school of Maou"至少包括《毛诗注疏》这三层意义建构，呈现出了从汉朝到唐朝主流"官学"《诗经》注疏观点的发展变化。

其次,理雅各引用了朱熹对"后妃之德"之"德"的意义解读与建构:

According to the school of Choo He, the virtue is her modest disposition and retiring manners, which so ravished the inmates of the harem, that they sing of her, in the 1st stanza, as she was in her virgin purity, a flower unseen; in the 2d①, they set forth the king's trouble and anxiety while he had not met with such a mate; and in the 3d, their joy reaches its height, when she has been got, and is brought home to his palace. In this way, thinks Choo, the Ode, in reality, exhibits the virtue of king Wǎn in making such a choice; and that is with him a very great point.

（理雅各,2011d:5）

理雅各引述朱熹《关雎》解注时,其"the virtue is her modest disposition and retiring manners"与朱熹《诗集传》对"德"的释义多有对应:

窈窕,幽闲之意。淑,善也。

幽闲贞静之德。

相与和乐而恭敬。

能致其贞淑,不贰其操;情欲之感,无介乎容仪;宴私之意,不形乎动静。夫然后可以配至尊而为宗庙主。此纲纪之首,王化之端也。

（《诗集传》卷一）

《诗集传》"幽闲""贞静""和乐而恭敬""贞淑""情欲之感无介

---

① 理雅各原文如此,"second"缩写为"2d","third"缩写为"3d"。

乎容仪""宴私之意不行乎动静"等说法都与理雅各的"modest"
"retiring"等措辞相对应。"in her virgin purity, a flower unseen"
则与朱熹"女者,未嫁之称,盖指文王之妃大姒为处子时而言也"的
解读相对应,且理雅各还以"a flower unseen"这一朱熹原文中并
没有出现的比喻来诠释"virgin purity",显示出理雅各对"virgin"
一词的突显。

理雅各将《关雎》第一章的朱熹解读引述为"which so ravished
the inmates of the harem, that they sing of her, in the 1st stanza,
as she was in her virgin purity, a flower unseen",这与朱熹原文
"宫中之人,于其始至,见其有幽闲贞静之德,故作是诗"相呼应。
理雅各将《关雎》第二章的朱熹解读引述为"in the 2d, they set
forth the king's trouble and anxiety while he had not met with
such a mate",与朱熹《诗集传》对《关雎》第二章的解读相呼应:

> 此章本其未得而言,彼参差之荇菜,则当左右无方以流之
> 矣。此窈窕之淑女,则当寤寐不忘以求之矣。盖此人此德,世
> 不常有,求之不得,则无以配君子而成其内治之美,故其忧思
> 之深不能自己,至于如此也。
>
> (《诗集传》卷一)

理雅各对朱熹《关雎》第三章的解读引述"in the 3d, their joy
reaches its height, when she has been got, and is brought home
to his palace"所对应的原文如下:

> 此章据今始得而言,彼参差之荇菜,既得之,则当采择而
> 亨芼之矣。此窈窕之淑女,既得之,则当亲爱而娱乐之矣。盖
> 此人此德,世不常有,幸而得之,则有以配君子而成内治,故其
> 喜乐尊奉之意不能自己,又如此云。
>
> (《诗集传》卷一)

最后,理雅各将朱熹《诗集传·关雎》解读归结为对文王的颂美:

> In this way, thinks Choo, the Ode, in reality, exhibits the virtue of king Wǎn in making such a choice; and that is with him a very great point.
>
> (理雅各,2011d:5)

有意思的是,理雅各从《诗集传》对"淑女"之"德"的反复颂美中理解到:朱熹通过"淑女"之"德"来"赞美"唯有"淑女"才能与之相配的"君子",这也与朱熹本人的《诗经》解读理念相符合:

> 读《诗》,只是将意思想象去看,不如他书字字要捉缚教定,《诗》意只是叠叠推上去,因一事上有一事,一事上又有一事。如《关雎》形容后妃之德如此;又当知君子之德如此;又当知诗人形容得意味深长如此,必不是以下底人;又当知所以齐家,所以治国,所以平天下,人君则必当如文王,后妃则必当如太姒,其原如此。
>
> (朱熹,2010:2773)

理雅各通过对《毛诗》学派与朱熹《诗集传》的引述,总结出两者不同的"德"义建构:《毛诗》学派赋予其"不嫉妒",亲自"求淑女"以"共事君子""共乐其事"的"德","淑女"则是"后妃"为"君子"所求的"善匹",将为"后妃"。而《诗集传》赋予"淑女"以"幽闲贞静""不二其操",故"可以配至尊而为宗庙主"的"德",其"后妃"强调"淑女"本人,将其与文王作为"夫妇"并举。

然后,理雅各长篇引述清朝《钦定诗经传说汇纂》对"德"的解读:

> The imperial editors, adjudicating upon these two interpretations, very strangely, as it seems to me, and will

also do，I presume，to most of my western readers，show an
evident leaning to that of the old school．'It was the duty，'
they say，'of the queen to provide for the harem 3 wives（三
夫人，ranking next to herself），nine ladies of the 3d① rank
（九嫔），27 of the 4th（二十七世婦），and 81 of the 5th（八
十一御妻）.' Only virtuous ladies were fit to be selected for
this position．The anxiety of T'ae-sz' to get such，her
disappointment at not finding them，and her joy when she
succeeded in doing so；—all this showed the highest female
virtue，and made the ode worthy to stand at the head of all
the Lessons from the Manners of the States．

（理雅各，2011d：5）

在这一引述中，理雅各首先以"adjudicating upon these two
interpretations"指出，清朝钦定本基于对"毛派"与朱熹《诗经》解
注的对比裁定而编写，而后表示在《注疏》与《诗集传》中，《钦定诗
经传说汇纂》选择了前者的意义建构，令他自己，也会令西方读者
费解：

The imperial editors … very strangely，as it seems to
me，and will also do，I presume，to most of my western
readers，show an evident leaning to that of the old school．

（理雅各，2011d：5）

虽然理雅各对《钦定诗经传说汇纂》的观点选择感到费解
（"strange"），但仍将这一解读详细呈现给西方读者。其所对应的
注疏原文如下：

---

① 原文如此。理雅各将"third"缩写为"3d"。

附录：郑氏康成曰：言后妃之德和谐，则幽闲处深宫贞专之善女，能为君子和好众妾之怨者。言皆化后妃之德，不嫉妒，谓三夫人以下。孔氏颖达曰：《关雎》之篇，说后妃心之所乐，乐得此贤善之女，以配己之君子；心之所忧，忧在进举贤女，不自淫恣其色；又哀伤处窈窕幽闲之女未得升进，思得贤才之人，与之共事君子，劳神苦思，而无伤害善道之心，此是《关雎》诗篇之义也。

（《钦定诗经传说汇纂》卷一）

其中，"后妃心之所乐""所忧"的内容分别与理雅各对《钦定诗经传说汇纂》中"joy"与"anxiety"的内容传达相对应。

在关于"德"的这三个文献、两派观点中，理雅各到此似还未选定其一作为自己的观点，只用"strangely"一词评价《钦定诗经传说汇纂》对《毛诗》观点的认同，似表达出一些态度倾向。但其态度表述并不清晰："strangely"是表示理雅各不认可这种观点选择，是认为《钦定诗经传说汇纂》与《毛诗》学派的理解不合理，还是对清代的《钦定诗经传说汇纂》选择了距其时代更远的《毛诗》学派而没有选择朱熹"宋学"感到奇怪？理雅各并未明言。他接着引用《论语·八佾》"《关雎》乐而不淫，哀而不伤"的孔子说《诗》语句，来说明即便是孔子也难以帮助确认"德"的意义：

Confucius expressed his admiration of the ode (Ana. Ⅲ. ⅩⅩ), but his words afford no help towards the interpretation of it.

（理雅各，2011d：5）

这似乎使得理雅各观点更显"迷蒙难辨"。接着，理雅各又分别肯定了《毛诗》学派和朱熹解读在《诗》学中的重要地位，认为得到历史验证的《毛诗》学派相关解读甚有助益：

The traditional interpretation of the odes, which we

may suppose is given by Maou, is not to be overlooked; and, where it is supported by historical confirmation, it will often be found helpful.

（理雅各，2011d:5）

但理雅各又指出，《诗经》意义解读还是要归依于文本本身，朱熹就遵循这一文本阐释原则；而且朱熹的思辨能力也远超前人，其在中国经学上的地位可谓"无出其右者"。

Still it is from the pieces themselves that we must chiefly endeavor to gather their meaning. This was the plan on which Choo He proceeded; and as he far exceeded his predecessors in the true critical faculty, so China has not since produced another equal to him.

（理雅各，2011d:5）

可以看出，理雅各高度评价朱熹"唯本文本意是求，则圣贤之指得矣"（朱熹，2010:2219）的解经原则，似乎据此可认为在"后妃之德"意义建构观点选择中，理雅各也应倾向朱熹学说，这也可与他将《钦定诗经传说汇纂》选择了《毛诗注疏》而不是《诗集传》的做法描述为"strangely"相呼应，并由此推论"strangely"一词表达的是理雅各对《钦定诗经传说汇纂》在《毛诗注疏》和《诗集传》之间选择了前者感到奇怪。但读者只能通过这样的前后文本来"推测"理雅各对"德"字意义建构的注疏观点选择，理雅各并未直言其观点、立场。

理雅各《关雎》注释将不同学术观点并呈，达到以下跨文化注疏效果：

其一，理雅各对不同《关雎》注疏观点的引证颇有"述而不作"之风格，无论就《关雎》作为"美诗"还是"刺诗"的注疏观点引证，还是将"后妃之德"意义建构中的不同观点加以并呈，理雅各均使不同声音在文本中共存,彼此形成一定的对话或张力,向读者呈现《诗经》作为经典文本的意义"开放性"(Henderson,1991)。

其二,理雅各对不同注疏观点的引证与呈现表现出,理雅各作为一名经学家在解注中国经典意义时,对相关的不同学术观点有综合、全面的了解与把握,体现出其经义注释是基于这种了解与把握的综合选择(informed choice)。

本章文本分析发现:《中国经典·诗经·关雎》注释体现出典型的中国传统经学"疏注"体裁特征,随文而释,大量引述中国注疏,将所引述的中国注疏文本进行剪裁、连缀,以"剪裁+连缀"的话语策略将中国传统《诗》学的"经义诠释"及其话语策略向西方读者做了充分"呈现"。这种"剪裁+连缀"的"呈现"策略颇似"以经注经""疏不破注"的中国传统经学方法,体现出理雅各《关雎》跨文化诠释中"述而不作"的特征。

从这个意义上说,理雅各《关雎》跨文化注疏"意义"与"体裁"形神兼备,向西方读者呈现出中国传统经义及其意义建构的话语特征,同时其注释也体现了中国经注传统的意义开放性特征。

但理雅各在"述而不作"的同时"述而又作",提供大量注疏者案语,对《诗经》给出直接的跨文化论述。下一章将考察这一"述而又作"的案语策略及其话语特征。

第六章　西儒注疏之经典论释:案语旁白

中国传统注疏中,注经者在"以经注经""疏不破注"等经注方法的基础上,还对字、句、章或全诗进行解读,或对前人经解加以论述,常将自己的论述冠以"案"字,放在所引历代注疏内容之后。理雅各也采用了这一做法,其《诗经》解注除大量引述历代注疏,还给出自己的解读与评价,相当于中国传统经注中的注疏者"案"。

理雅各的案语不仅出现在注疏最后,还出现在注疏引述过程中,其案语总体来说起到"点评"作用。但理雅各不同案语的行文功能、目的有所不同:有的案语将不同注疏文献以特定逻辑加以串联,梳理出针对某一字、词、句或整首诗的注疏意义发展脉络;有的案语则对相关注疏内容进行论断式评价,体现出理雅各的意义诠释立场。

6.1　注疏者案语作为释义路标

理雅各大量案语编织在随文释义的注疏细节中,这些案语将不同注疏文献以特定逻辑加以串联,或前后对照,或共时比较,梳理出针对某一字词、句子或整首诗的注疏意义发展脉络,起到"释义路标"的作用,有助于英语读者了解中国相关注疏就同一文本的释义异同及(或)彼此联系。

6.1.1　案语对注疏文献的剪裁连缀

理雅各的案语对所引述的中国注疏文本进行"剪裁"与"连缀",使其形成一个注疏意义发展的脉络。《关雎》"雎鸠"注疏中的案语就是一个典型例子:在"雎鸠"名物注释中,理雅各利用案语,将所引述的历代注疏释义以一定的逻辑串成一条意义发展的脉络。

首先,理雅各案语指出"雎鸠"物种确认颇为不易:

It is difficult to say what bird is intended by 雎鸠.

(理雅各,2011d:2)

接着,理雅各引用孔子所言"多识于鸟兽草木之名"(《论语·阳货篇》)(Confucius says(Ana. ⅩⅦ.ⅸ)that from *She* we become extensively acquainted with the names of birds, beasts, and plants)(理雅各,2011d:3),指出《诗经》名物众多,并以第一人称进行旁白式案语:

We do learn *names* enow, but the birds, beasts, and plants, denoted by them, remain in many cases to be yet ascertained.

(理雅各,2011d:3)

理雅各以"我们"这一人称自指,将读者从文内引到文外,道出"我们"已做足名物认定功课,学到很多(learn names enow),但仍有许多鸟兽草木未能确认。此处"我们"指的是理雅各及其《中国经典》译述合作者,当然主要指的应是理雅各本人。然后,理雅各以案语引出"鸠"在目标读者中可能引起的误解:

The student, knowing *Kew* to mean the wild dove, is

apt to suppose that some species of dove is intended; but no Chinese commentator has ever said so.

（理雅各，2011d：3）

理雅各与目标读者的这一对话式案语有"互动"效果，从西方读者可能的"鸽子"意义猜想开始，将读者带入文内，并以"no Chinese commentator has ever said so"反转读者的预期，牵引出历代"雎鸠"注疏。

理雅各首先引述《毛传》"挚而有别"之"挚"、《尔雅注疏》"雕类""鹗"之说，而后评述此解读几百年来未受质疑，并引用《左传》来证明"雎鸠"是猛禽"鸷鸟"（理雅各"雎鸠"注释详参5.4.2"名物释义中的注疏引述"、5.4.3"理雅各释名与中国注疏的意义对位"）。而后理雅各"案"道：将"雎鸠"释为"鸷鸟""雕类"不符合"婚礼"主题（The introduction of a bird of prey into a nuptial ode was thought, however, to be incongruous. ）（理雅各，2011d：3）。有意思的是，"婚礼"并非中国历代《诗经》注疏所突出的主题，而是理雅各对《关雎》的题解。理雅各以"被认为与婚礼主题不符"（was thought, however, to be incongruous）为由，暂时悬置前述观点。其"however"一词也标识出释义方向的改变，像一个路标，将读者带入另一条路径，指出郑玄不再将"雎鸠"释为凶猛"雕类"，而是泛称为"鸟"，其释义有别于《毛诗》。

然后，理雅各"案"说：

But it was desirable to discard the bird of prey altogether, and this was first done by Ch'ing Ts'ëaou（郑樵），an early writer of the Sung dyn.

（理雅各，2011d：3）

理雅各这一案语暗示郑玄与朱熹的"鸟儿"一说过于模糊，未与《毛传》的"鸷鸟"划清界限,因此提出"应彻底抛弃'雕类'一说",并由此引出郑樵"水鸟"说(a kind of mallard)——"凫类,多在水边"(《通志》卷七十六)。理雅各指出,朱熹也采用郑樵"水鸟"说(a water bird, in appearance like a mallard),与朱熹"水鸟,一名王雎,状类凫鹥"(《诗集传》卷一)相呼应。在"水鸟"基础上,理雅各总结了"雎鸠"释名,认定"雎鸠"乃鱼鹰:

> I must believe that the author of the ode had some kind of fish hawk in his mind.

（理雅各,2011d:3)

在以上"雎鸠"注疏中,理雅各所引述的文本虽都出自中国历代注疏,但他并非简单罗列剪裁出来的注疏内容,而是通过案语,梳理"雎鸠"在不同时代注疏中的释义变化。他结合其《关雎》题解的"婚礼"情境设定,呈现了"雕类""鸟""水鸟"三种意义解释,使西方读者一方面能看到中国注疏文献对"雎鸠"的不同释义内容,便于读者结合原文加以辨识、选择,另一方面又能比较便捷地看到这些释义之间的微小差异。这种释义效果得益于理雅各以文本呈现为"述"、以"案"为"作"("议论")的"述而又作"案语策略。

6.1.2 案语的意义指向

如 5.6"多声部赋格的注疏观点并呈"所指出,理雅各剪裁出持不同观点的历代注疏文本,全面呈现重要注疏文献对《关雎》的多角度意义建构,形成"多声部"赋格。而在"多声部"赋格意义诠释中,理雅各通过案语点评,提亮或暗隐其中一些意义解读,从而在"多声部"赋格中突出了"主旋律"。

例如,5.6.2"'后妃之德'"论及理雅各多角度呈现"后妃之德"

的不同意义建构。在介绍了"毛派"给出的"不嫉妒、充实后宫"的意义解读、朱熹的"贞淑娴静"意义解读后,理雅各对清朝《钦定诗经传说汇纂》的观点选择给出了引导性案语:

> The imperial editors, adjudicating upon these two interpretations, very strangely, as it seems to me, and will also do, I presume, to most of my western readers, show an evident leaning to that of the old school.

(理雅各,2011d:5)

而后,在引述《钦定诗经传说汇纂》关于王后选择嫔妃入宫的注疏内容后,理雅各评论说:

> … all this showed the highest female virtue, and made the ode worthy to stand at the head of all the Lessons from the Manners of the States.

(理雅各,2011d:5)

我们把这两条案语结合起来看:在第一条案语中,理雅各以"令人费解"(strangely)评论《钦定诗经传说汇纂》选择了"毛派"而非朱熹解读的做法。如5.6.2"'后妃之德'"所论,"令人费解"的措辞虽然可能是理雅各认为清朝应选择离它更近的宋朝朱熹解释,而不是更久远时期的"毛派"解释,对这一时间承接问题感到吃惊,但更可能的是他倾向朱熹解读,而《钦定诗经传说汇纂》却做了另一个意义选择。因此,理雅各以"令人费解"间接表达了他在"毛派"、朱熹、《钦定诗经传说汇纂》三者释义中的选择倾向——根据"strangely"这一案语措辞,我们似可推论理雅各选择了朱熹的意义诠释,给读者以意义诠释的选择指向。

但理雅各似乎又力图避免明显的观点"偏倚",比如在对《钦定诗经传说汇纂》选择"毛诗"学派而不是选择"朱熹解读"表示

"strangely"之后,理雅各接着作"案"道:

> The traditional interpretation of the odes, which we may suppose is given by Maou, is not to be overlooked; and, where it is supported by historical confirmation, it will often be found helpful.
>
> （理雅各,2011d:5）

以此指出"毛诗"学派在《诗》学中不可忽视的作用,尤其是其中得到历史研究验证的经义解读。但他又继续"案"道:

> Still it is from the pieces themselves that we must chiefly endeavor to gather their meaning. This was the plan on which Choo He proceeded; and as he far exceeded his predecessors in the true critical faculty, so China has not since produced another equal to him.
>
> （理雅各,2011d:5）

这一案语赞赏朱熹对文本的重视,认为就这一诠释策略而言,中国《诗经》学者中无出其右者,似又显得理雅各倾向朱熹的解读。

综上,这一系列案语表达出理雅各在不同《关雎》注疏文献就"后妃之德"意义建构的选择倾向,充分肯定朱熹对文本的重视,同时又肯定"毛诗"学派有其重要意义。在这一系列案语中,理雅各一方面通过对注疏文本剪裁、呈现、选择,引导读者了解、选择《关雎》的意义诠释,另一方面又对自己未曾采纳的注疏观点予以肯定,体现出对《诗经》注疏意义建构开放性的尊重。

但在另一些案语中,理雅各更为明确地表达了对《诗经》意义诠释观点的选择。如就"窈窕淑女、君子好逑"这一句的"K'ang-shing explains the line by 能爲君子和好眾妾之怨,'who could for our prince harmonize the resentments of all the concubines'""郑

笺"解注,理雅各案语如下:

> He was led astray by the Little Preface.

> （理雅各,2011d:3）

理雅各以"led astray by the Little Preface"直接表达对"窈窕淑女,君子好逑"意义解读的观点选择,直陈不认同"毛诗"《小序》这一释义,指出郑玄因受《小序》影响,对这一句的理解出现"跑偏"(led astray)现象。理雅各没有引述其他注疏来证明这一理解为何是"跑偏",也未在"窈""窕""逑"字词训诂基础上对"淑女"给出更多释义,而是以"义界"——给字词下定义的方法(洪诚,2000:172)直接表达了对"淑女"意义的选择:

> 窈 is to be understood of the lady's mind, and 窕 of her deportment. So, Yang Heung, （楊雄. Died A. D. 18, at the age of 71）, and Wang Suh. 淑（has displaced the more ancient form with 人 at the side）is explained in the Shwoh-wǎn by 善, 'good,' 'virtuous'.

> （理雅各,2011d:3）

而后理雅各以"led astray by the Little Preface"来反对郑玄根据《小序》所做的"窈窕淑女"意义诠释,表达出理雅各对朱熹诠释的认可,做出了明确的释义选择。

类似例子也体现在对"参差荇菜,左右流之"的"流"的训解中:

> —the analogy of 采之、芼之, in the next stanza, would lead us to expect an active signification in 流, and an action proceeding from the parties who speak in the Ode. This, no doubt, was the reason which made Maou, after Urh-ya,

explain the character by 求, 'to seek;' but this is forcing a meaning on the term. 流之 simply = 'the current bears it about.' The idea of looking for the plant is indicated by the connection.

(理雅各,2011d:3-4)

在这一兼带训诂的案语中,虽然理雅各从与"采之""芼之"语义连贯的角度解释了《毛诗》将"流"训为"求"(looking for)的原因,但理雅各直白评论该训解"牵强附会"(this is forcing a meaning on the term),给出了"荇菜随波荡漾"(the current bears it about)的解释,强调紧扣文本进行释义的策略。

因此,理雅各的案语一方面引导读者顺着一定的发展脉络了解不同的《关雎》诠释,另一方面以论断的方式在不同注疏中做出观点取舍,给出释义路标,引导读者在《关雎》注疏中进行观点选择。

6.2　中西互照下的文化差异论说

在对《关雎》进行跨文化注释时,理雅各对所发现的中西文化差异,尤其是他认为可能让西方读者费解的文化差异加以讨论,其讨论多从西方视角出发。我们以《关雎》注释中两处理雅各"西眼看《诗》"的文化差异讨论为例,分析理雅各如何在注释中评论中西文化差异。

6.2.1　从"后妃"到"新娘"

5.2"题解中的中国注疏引述"指出,理雅各结合《毛诗》"后妃之德"主题诠释和朱熹"太姒未嫁之时"的"淑女之德"主题诠释,将《关雎》题解表述为"CELEBRATING THE VIRTUE OF THE

BRIDE OF KING WAN"。理雅各充分意识到这一题解与中国注疏观点之间的差异(详参 5. 2. 2"题解与中国注疏的意义对位")。

他明确了他对《毛传》与朱熹《诗集传》的借鉴,同时以虚拟语气"If I had written *queen* instead of *bride* … "来表达他对《毛传》《诗集传》的"后妃"释义持保留态度,也就是说理雅各将"后妃"译为"bride"是有意为之,而不是因为在英语中找不到更贴合"后妃"的语词。那么,理雅各为何以"bride"来改写"后妃"呢? 这或可从理雅各为《周南》《召南》所做的"结语"(CONCLUDING NOTE)中得到解答。理雅各在《周南》总结中说:

> It is difficult for us to transport ourselves to the time and scenes of the pieces in this book.

> (理雅各,2011d:19)

此处第一人称"us"指的应是英国读者或更大范围内的英语读者,理雅各指出"我们大家"都难以"穿越"回到《周南》所表现的"时代"(time)和"场景"(scenes)。这是事实——任何现代人都不能回到《诗经》时代,但理雅各说的显然不只是一个事实。其措辞"us"似也不是对理雅各时代的中国人说"因为我们都回不到过去,所以我们无法确定《诗经》注疏的意义解释是否正确"。理雅各作为一名对中国经典进行跨文化诠释的西方学者,意识到西方读者恐怕难以理解《诗经》注疏所建构的一些不同于西方文化的思想和意义。

那么,理雅各认为中国注疏的《关雎》或《诗经》意义建构中有什么"time and scenes"让西方读者难以理解呢? 这个问题的答案与理雅各的"新娘"措辞不无关联。

《关雎》是《周南》首篇,理雅各《周南》"结语"(CONCLUDING NOTE)就《周南》注疏所建构的"time and scenes"做了总结:

> The Chinese see in them a model prince and his model

wife, and the widely extended beneficial effects of their character and government.

（理雅各,2011d:19）

理雅各以"model prince and his model wife"表达中国注疏所建构的天子垂范"王化天下"的"风化"意义,并在《召南》"CONCLUDING NOTE"中进一步阐释垂范(model)及其效果(beneficial effects):

The first four odes in this 2d① Book speak of the wives of princes and great officers, and show how at that time princes and great officers had come under the transforming influence of king Wăn, so that they cultivated their persons and regulated rightly their families. The other pieces show how the chief princes among the States spread abroad the influence of king Wăn, and how other princes cultivated it in their families and through their States.

（理雅各,2011d:37）

理雅各以"princes and great officers had come under the transforming influence of king Wăn"来诠释《关雎》及《周南》其他诗歌所建构的"model"意义,并指出这种"model"将在"齐家"和"治国"中产生垂范影响(in their families and through their States)。理雅各进一步讨论了这种垂范对"齐家""治国""平天下"的意义:

One of the Ch'ings says, 'The right regulation of the family is the first step towards the good govt. of all the

---

① 原文如此。理雅把"second"缩写为"2d"。

empire. The two *Nan* contain the principles of that regulation, setting forth the virtues of the queen, of princesses, and the wives of great officers, substantially the same when they are extended to the families of inferior officers and of the common people. Hence these odes were used at courts and village gatherings. They sang them in the courts and in the lanes, thus giving their tone to the manners of all under heaven.'

（理雅各，2011d：37）

理雅各这一论述与《郑笺》相呼应：

> 风之始也，所以风天下而正夫妇也，故用之乡人焉，用之邦国焉……言后妃之有美德，文王风化之始也。言文王行化，始于其妻……用之乡人焉，令乡大夫以之教其民也；又用之邦国焉，令天下诸侯以之教其臣也。欲使天子至于庶民，悉知此诗皆正夫妇也。

（《毛诗注疏》卷第一）

理雅各《中国经典·诗经·绪论》也论及"风化"，讨论了统治者对国民的垂范意义，指出中国传统文化对领导者垂范角色的重视：

> The theory of China is that the lower classes are always conformed to the example of those above them.

（理雅各，2011d：Prolegomena 138）

理雅各"set the tone"一说似也表达出了理雅各对郑玄"诗者，弦歌讽喻之声也"（《六艺论·论诗》）之说的了解。郑樵《通志·总序》言："风土之音曰风，朝廷之音曰雅，宗庙之音曰颂。"《论语·泰伯》言："《关雎》之乱,洋洋乎盈耳哉!"说明《诗经》与礼乐关系密切,且《关雎》被作为"乱",也就是礼乐演奏的"压轴"曲,其受重视程度非同一般。《左传·襄公二十九年》载吴国公子季札到鲁国观乐,其重点考察内容即观摩乐工演奏《诗经》诸篇。孔子自卫返鲁,"恶郑声之乱雅乐也"(《论语·阳货篇》),担心"先闻其声者,其国必削"(《韩非子·十过》),因此《诗经》"三百五篇,孔子皆弦歌之",以求"合《韶》《武》《雅》《颂》之音"(《史记·孔子世家》),"然后乐正,《雅》《颂》各得其所"(《论语·子罕》),使《诗》三百"思无邪"①(《论语·为政》)。理雅各将《诗经》理解为"为天下定调"("giving their tone to the manners of all under heaven"),可以看出理雅各对《诗经》"礼乐"意义的理解。

理雅各也对《诗经》注疏文献所建构、倡导的一些女性品质表示欣赏:

> Where purity and frugality in young lady and wife were celebrated in these pieces, we can appreciate them. The readiness on the part of the wife to submit to separation from her husband, when public duty calls him away from her, is also very admirable.

> (理雅各,2011d:37)

在这一评论中,理雅各欣赏《诗经》注疏所建构的纯贞、节俭的

---

① 《论语·为政》:"《诗》三百,一言以蔽之,曰:思无邪。""思无邪"三字,常作"思想纯正无邪"解。清朝陈奂在《诗毛氏传疏》、俞樾在《曲园杂纂》将"思"理解为语辞或说语助词,不是"思想",但"无邪"解为"纯正无邪"几成定论。但也有学者提出不同解读,如薛耀天(1984)、杨敏(1993)、孙以昭(1998)认为"无邪"是《诗经·鲁颂·駉》中的"无边"之义,"思无邪"是指《诗经》内容广阔无边、包罗万象;杜道明(1999)认为"无邪"是指《诗经》的"中和"之美,而陈霞(2005)则认为其体现孔子《诗经》德教思想。

女性品质,并指出女性支持丈夫为国征战、不惜忍受夫妻分别之苦,值得推崇(very admirable)。

理雅各对《礼记》所载的周朝"天子五年一巡狩"以及"命大师陈诗,以观民风"的社会治理传统也有深入了解(理雅各,2011d:Prolegomena 23)。

综上,理雅各充分了解《诗经》注疏对"天子"(son of Heaven)及"王化""天下礼乐"的意义建构,理解《关雎》所指的文王妻子在中国古代被归为"后妃",高度评价《诗经》所建构的女性品质。

那么,为什么理雅各在《关雎》题解中有意避免"后妃"(queen或者 concubine)而改用"新娘"(bride)呢? 从《召南》结语来看,理雅各虽然呈现了中国注疏对《诗经》的这一经义建构,但对这种意义能否被西方读者理解仍持有顾虑,或者理雅各本人对这一经义建构也持保留态度。理雅各《召南》结语说:

> These glowing pictures do not approve themselves so much to a western reader.
>
> (理雅各,2011d:37)

理雅各认为中国注疏所建构的《周南》《召南》光辉画面中难以引起西方读者共鸣的是什么呢? 这与理雅各以"新娘"代替"后妃"有什么联系呢? 从下面这一句有关"女性""妻子""后妃"的讨论我们可以管窥一二:

> But upon the whole the family-regulation which appears here is not of a high order, and the place assigned to the wife is one of degradation.
>
> (理雅各,2011d:37)

在此,理雅各不讳言《诗经》注疏所建构的家庭规约(family-regulation)模式"并不高级"(not of a high order),换言之是"低级"的。这种"低级"直接体现为"对妻子的角色设定是一种贬低(degradation)"。理雅各此处的讨论不同于 5.6"多声部赋格的注疏观点并呈"所讨论的多元观点共现的诠释策略,而是将文化差异加以是否高级(high)的评价,将与西方文化差异显著的后宫制度评价为"非高级"也就是"低级"制度,难以被西方人,尤其是西方女性接受:

> He[1] cannot appreciate the institution of the harem. Western wives cannot submit to the position of T'ae-sze herself. Western young ladies like to be married 'decently and in order,' according to rule, with all the ceremonies; but they want other qualities in their suitors more important than an observance of formalities.

(理雅各,2011d:37)

在这一论述中,理雅各直言"无法欣赏"(cannot appreciate)《诗经》注疏所呈现的"后宫"制度,似认为"大姒"等"后妃"得到的更多只是"礼仪"形式(rule, ceremonies, observance of formalities),而这些形式并不为西方女性所看重。西方女性更看重求婚者"其他更重要的品质"(other qualities more important)。理雅各未明言"其他更重要的品质"是什么,但这一表述体现出理雅各认为"后妃"在婚姻中并未得到除"仪式"之外的"更重要的品质"。

从本节讨论中我们可以看到,理雅各在介绍"后妃之德"时,先通过引述注疏,以"本地人视角"介绍中国传统文化中的"夫妇之义"、妻子角色建构对家、国、天下的意义,其翻译策略是"深度"意义诠释。但他从西方读者角度对其"深度翻译"的"后妃之德"加以

---

① 指西方读者。

评价,以态度倾向明显的"贬低"一词评价其中的"后妃"身份定位,认为"后宫"制度落后、这种制度中的女性家庭地位"低下",对传统注疏中的中国女性身份建构给出负面评价。

似是因为理雅各对这一中西文化差异的态度立场,其《关雎》题解将"后妃"改译为"bride",并在注疏中补充解释"model husband and wife",弥补其题解改释可能带来的意义流失。这一改释努力体现出理雅各一方面愿意尽可能呈现相关中国注疏意义,另一方面又从西方文化视角对其加以修改,以更好地缩短他所认为的《诗经》注疏意义建构与西方读者理解视域之间的距离。

理雅各对《关雎》历代题解的梳理显示,理雅各明白《诗经》经注是一个不断与时代对话、产生新意义的过程,"经义"贯穿其中,这种经义或是《毛诗》时期对理想天子、国君、后妃的期待,或是《诗集传》时期对男女理想人格的期待。理雅各将其传释到英语世界的时候,主要取《诗集传》观点,但考虑到理雅各所在时期的西方读者,理雅各将这种经义"历史地"改释成了"新娘"。

理雅各对"后妃之德"的改释也与他对中国注疏所建构的"男女""夫妇"之"礼义"理解有内在联系。下一节将讨论理雅各对"夫妇之义"与"妇顺"的跨文化诠释所体现出来的文化立场。

6.2.2 "男女有别"与"妇顺"

前文讨论了理雅各将"后妃之德"改释为"新娘"所体现的文化评论立场,并指出其改释的重要原因是理雅各认为《诗经》注疏所体现的"后宫"制度对女性的"贬低"。这种文化立场与理雅各在《中国经典》第四卷绪论第四章"the low status of woman, and polygamy"这一节的论述遥相呼应:

> The filial piety or duty is the first of all virtues is a well-known principle of Chinese moralist; and at the foundation

of a well-ordered social State they place the right regulation of the relation between husband and wife. Pages might be filled with admirable sentiments from them on this subject; but nowhere does a fundamental vice of the family and social constitution of the nation appear more strikingly than in the She. In the earliest pieces of it, as well as in the latest, we have abundant evidence of the low status which was theoretically accorded to woman, and of the practice of polygamy.

（理雅各,2011d:Prolegomena 138）

其中"at the foundation of a well-ordered social State they place the right regulation of the relation between husband and wife"这一句虽然强调"夫妇之义"(right regulation of the relation between husband and wife)对"理治"(a well-ordered social State)的重要意义,但其笔锋一转,指出很多《诗经》注疏都表明女性地位之低下。绪论引用毕欧基于《诗经·小雅·斯干》中的"乃生男子,载寝之床,载衣之裳,载弄之璋……乃生女子,载寝之地,载衣之裼,载弄之瓦"对《诗经》贬低女性身份角色的论述:

Biot has referred to the evidence furnished by the last two stanzas of II. iv. VI. of the different way in which the birth of sons and that of daughters was received in a family… While the young princes would be splendidly dressed and put to sleep on couches, the ground to sleep on and coarse wrappers suffice for the princess. The former would have scepters to play with; the latter only tiles. The former would be—one of them the future king, the others the princes of the land; the latter would go beyond their province if they did wrong or if they did right, all their work being confined to the kitchen and the temple, and to causing no sorrow to their parents.

（理雅各，2011d：Prolegomena 138）

理雅各在此指出，新生皇子中的一位将成为未来天子，其余将为诸侯，而皇族女儿们的地位都局限于厨房、家庙，以不给父母带来忧虑为要务。理雅各这一讨论基于《斯干》"无非无仪，唯酒食是议，无父母诒罹"这一句。他引用马礼逊对"无非无仪，唯酒食是议，无父母诒罹"的翻译说：

The line which says that it was for the daughters neither to do wrong nor to do good was translated by Dr. Morrison as if it said that 'woman was incapable of good or evil;' but he subjoins from a commentary the correct meaning, —that 'a slavish submission is woman's duty and her highest praise.'

（理雅各，2011d：Prolegomena 138）

在这里，理雅各将《诗经》所建构的女性地位诠释为"a slavish submission"，似与"妇顺"之"顺"字不无关联。而后理雅各引用了《鹊巢》相关注疏来论证这一观点：

In II. i. I.[①] a bride is compared to a dove, but the point

---

① "II. i. I."似为"I. ii. I"之误。根据理雅各《中国经典·诗经》目录，II. i. I 为《小雅·鹿鸣》(The Luh ming)。但从内容看，该论述并非围绕《鹿鸣》展开，而是针对《召南·鹊巢》。理雅各《中国经典·诗经》目录中，《鹊巢》(The Ts'eoh ch'aou)应是 I. ii. I，故理雅各此处"II. i. I."似为"I. ii. I"之误。参见华东师范大学出版社 2011 年版《中国经典·诗经》第 vii 至第 x 页"Contents"。《召南·鹊巢》："维鹊有巢，维鸠居之。之子于归，百两御之。维鹊有巢，维鸠方之。之子于归，百两将之。维鹊有巢，维鸠盈之。之子于归，百两成之。"

of comparison lies in the stupidity of the bird, whose nest consists of a few sticks brought inartistically together. It is no undesirable thing for a wife to be stupid, whereas a wise woman is more like to be a curse in a family than a blessing. As it is expressed in III. iii. X. 3[①].

(理雅各，2011d：Prolegomena 138)

理雅各将"鸠"理解为"鸽子"(dove)，将"维鹊有巢，维鸠居之"解释成"鸠"只能用几根木棍随便搭建窝巢、其做窝"没有艺术性"(a few sticks brought inartistically together)，此是"鸠"之愚笨(stupidity)，致其只能占用"鹊"巢，并将这种"stupidity"与女性"slavish submission"地位相联系。另在《鹊巢》注疏中，理雅各论述道：

The virtue of the bride is thought to be emblemed by the quietness and stupidity of the dove, unable to make a nest for itself, or making a very simple, unartistic one. The dove is a favourite emblem with all poets for a lady; but surely never, out of China, because of its 'stupidity.'

(理雅各，2011d：21)

理雅各再次将"鸠"解释为"鸽子"(dove)，指出"鸽子"是深受诗人钟爱的女性象征，但以鸽子喻指女性之"愚笨"(stupidity)的却仅有中国。

理雅各所引述的西方译者、学者对《斯干》及中国女性地位的讨论皆建构于中国女性"愚昧"一说，将《诗经》及其注疏所建构的"夫

---

① 根据理雅各《中国经典·诗经》目录，III. iii. X. 3 为《大雅·瞻印》第三章"哲夫成城，哲妇倾城。懿厥哲妇，为枭为鸱。妇有长舌，维厉之阶。乱匪降自天，生自妇人。匪教匪诲，时维妇寺"。

妇之义"理解为"妻子对丈夫奴隶般地服从"(a slavish submission is woman's duty and her highest praise)。

那么,理雅各这一诠释与中国注疏有何不同? 这些不同又体现出理雅各什么样的跨文化诠释态度与立场? 要了解理雅各对《斯干》的这一意义诠释是否足以体现中国注疏对《斯干》的意义建构、其注释体现出理雅各对相关文化差异什么样的态度与立场,我们有必要了解历代《诗经》注疏对"乃生女子,载寝之地,载衣之裼,载弄之瓦。……无非无仪,唯酒食是议,无父母诒罹"的意义建构。

《毛传》对"载寝之地,载衣之裼,载弄之瓦"的诠释为:

> 裼,褓也。 瓦,纺塼也。

(《毛诗注疏》卷第十一)

"瓦,纺塼也",指纺车织布用的纺锤,并非理雅各所言"瓦片""瓦砾"("tile")。《孔疏》明确指出"瓦,非瓦砾"(《毛诗注疏》卷第十一),郑玄则做了更为详细的诠释:

> 卧于地,卑之也。褓,夜衣也。明当主于内事。纺塼,习其一有所事也。

(《毛诗注疏》卷第十一)

郑玄将"卧于地"解释为"卑之",将"褓"解释为"主于内事",将"纺塼"解释为"习其一有所事"。孔颖达进一步解释了"褓":

> 侯苞云:"示之方也。"明褓制方令女子方正事人之义。

(《毛诗注疏》卷第十一)

《毛传》对"无非无仪,唯酒食是议,无父母诒罹"的解释是:

> 妇人质无威仪也。 罹,忧也。

(《毛诗注疏》卷第十一)

《毛传》认为女性气质不强调"威仪"特色。

郑玄解释"无非无仪,唯酒食是议,无父母诒罹"这一句说:

> 仪,善也。妇人无所专于家事,有非非妇人也,有善亦非
> 妇人也。妇人之事,惟议酒食尔,无遗父母之忧。

> (《毛诗注疏》卷第十一)

郑玄认为,女性专心于家事,天下有什么"非"或不好之事,并
非妇人所造成,天下有什么"善"或好事,也并非妇人所带来,因为
女性职责在于"议酒食",即安排好家里之事,不给父母添忧虑。

孔颖达进一步解释了《毛传》和《郑笺》对这一句的释义:

> 正义曰:以妇人少所交接,故云"质无威仪",谓无如丈夫
> 折旋揖让棣棣之多。其妇容之仪则有之矣,故《东山》曰"九十
> 其仪",言多仪也。

> (《毛诗注疏》卷第十一)

孔颖达认为 ,"无仪"是因女性不需太多外出,不必像男子一
样"折旋揖让",有诸多往来礼仪。但"无非无仪"并非女性没有相
关礼的要求:

> "仪,善",《释诂》文也。言有非有善,皆非妇人之事者,妇
> 人,从人者也。家事统于尊,善恶非妇人之所有耳。不谓妇人
> 之行无善恶也。

> (《毛诗注疏》卷第十一)

《孔疏》还对《斯干》做了以下论述:

> 寝卧之于地以卑之,则又衣着之以褓衣,则玩弄之以纺
> 塼,习其所有事也。此女子至其长大,为行谨慎,无所非法,质
> 少文饰,又无威仪,唯酒食。于是乃谋议之,无于父母而遗之
> 以忧也。若妇礼不谨,为夫所出,是遗父母以忧。言能恭谨,

不遗父母忧也。

（《毛诗注疏》卷第十一）

《毛传》《郑笺》《孔疏》共同建构的是女性"质文少饰""酒食""纺绩"的"主内"妇礼。理雅各所推崇的朱熹《诗集传》也做了相似诠释：

> 寝之于地，卑之也；衣之以裼，即其用而无加也；弄之以瓦，习其所有事也。有非，非妇人也；有善，非妇人也。盖女子以顺为正，无非足矣，有善则亦非其吉祥可愿之事也。唯酒食是议，而无遗父母之忧，则可矣。《易》曰："无攸遂，在中馈，贞吉。"

（《诗集传》卷十一）

朱熹提出"女子以顺为正"，引用《易经·家人卦》进一步阐释，女子的社会职责是为家里做好积蓄、合理供给，就能使家庭"贞吉"。

对理雅各所引的《鹊巢》"维鹊有巢，维鸠居之"，《毛诗注疏》解注云：

> 鸠，鸤鸠，秸鞠也。鸤鸠不自为巢，居鹊之成巢。笺云：鹊之作巢，冬至架之，至春乃成，犹国君积行累功，故以兴焉。兴者，鸤鸠因鹊成巢而居有之，而有均壹之德，犹国君夫人来嫁，居君子之室，德亦然。

（《毛诗注疏》卷第一）

在《毛诗注疏》这一解注中，"维鹊有巢，维鸠居之"以"鸠"比喻新娘，"鸠居之"是因为"国君夫人"有"均壹之德"，所以能够"来嫁，居君子之室"。《毛诗注疏》还指出"鹊以复至之月始做室家，鸤鸠因成事，天性如此也"（《毛诗注疏》卷第一），并不以"鸠不亲自筑巢"为讽。

综上《毛传》《郑笺》《孔疏》与《诗集传》诠释,可看出其中突出的若干主题语汇是"卑之""主内""顺"。《鹊巢》注疏提及"室",也强调"内"。那么,到底什么是"卑之""主内"以及"顺"?是否马礼逊所言、理雅各所引用的"奴性地顺从是女人之责任,也是其最高德行"(a slavish submission is woman's duty and her highest praise)呢?我们有必要从相关中国注疏中去寻找中国古代对"男尊女卑""妇顺"的意义建构,这也涉及 5.2.2"题解与中国注疏的意义对位"所讨论的理雅各对"挚而有别"之"有别"的诠释与注疏文献诠释颇为不同的重要原因。

为梳理注疏文献对"男尊女卑""男女有别"与"女子以顺为正"的"妇顺"的意义建构,我们不妨从《礼记》对"昏义"的讨论开始。《礼记·昏义》载:

> 夙兴,妇沐浴以俟见。质明,赞见妇于舅姑,执笄、枣、栗、段修以见。赞醴妇,妇祭脯醢,祭醴,成妇礼也。舅姑入室,妇以特豚馈,明妇顺也。厥明,舅姑共飨妇以一献之礼,奠酬,舅姑先降自西阶,妇降自阼阶,以著代也。
>
> (《礼记正义》卷第六十一)

新娘在新婚次日大早沐浴更衣,天蒙蒙亮就带着礼物拜见公婆。公婆以"一献之礼"①酬新妇,以"成妇礼""明妇顺"。公婆从西阶(客位)下,新妇从阼阶(主位)下,由此"以著代",表示媳妇已成为"主"妇,将主理家事、敬奉公婆。在"礼"的过程中,参与者领悟公婆、儿媳的角色、并从此建立"顺"的家庭关系,而在这种关系中,其"妇顺"并非只是简单的"服从"。《礼记》说:

---

① 一献之礼指主人取酒爵致客,称为"献";客还敬,称为"酢";主人把酒注入觯或爵后,自饮而后劝宾客随饮,称"酬",合起来称"一献之礼"。

成妇礼，明妇顺，又申之以著代，所以重责妇顺焉也。妇顺者，顺于舅姑，和于室人，而后当于夫，以成丝麻、布帛之事，以审守委积盖藏。是故妇顺备而后内和理，内和理而后家可长久也。故圣王重之。

男女有别，而后夫妇有义；夫妇有义，而后父子有亲；父子有亲，而后君臣有正。故曰"昏礼者，礼之本也"。

（《礼记正义》卷第六十一）

在此"成妇礼""明妇顺"与"著代"并列，"妇顺"是"顺于舅姑，和于室人，而后当于夫，以成丝麻布帛之事，以审守委积盖藏"，"妇顺"使家庭和美（"和于室人"），与丈夫相匹配（"当于夫"），并能做好丝麻布帛之事，管理好家庭财政，家庭和谐（"内和理"）——也就是前文朱熹《诗集传》所引的《易经·家人卦》所言的"在中馈"，如此才能"贞吉""家长久"。《礼记正义》还通过"男女有别—夫妇有义—父子有亲—君臣有正"的意义推进，将"妇顺"列为"圣王重之"的"礼之本"，将"男女有别"作为天下礼治的重要起点。因此，"妇礼""妇顺"不只是家庭意义建构，更关乎"天下"和谐。"妇礼""妇顺"是社会和谐的开始，而其起点则是"男女有别"。

"男女有别"既然这么重要，那么"别"到底是指什么呢？《广雅·释诂一》云："别，分也。""男女有别"，夫与妇各有其职，夫妇呈并列关系，并不建构从属、上下、高低关系，不是理雅各所引用的"slavish submission"所突出的"奴隶似的顺从"关系，其背后是"夫妻有义"。"有别"确立夫妇在家庭中的角色责任，确立父母与儿子、儿媳的伦理关系，"父子有亲"，才能建立有序的社会关系，使"君臣有正"而社会和谐，实现礼治。婚礼对"别"的处理方式，推及社会就是人与人之间和谐关系的处理方式（吴宗杰、胡美馨，2010:8）。因此，《礼记》通过"妇礼""妇顺"来把握家庭成员、家与社会的关系，在这样的意义解读中，构建"天下"政治关系。对

此,《大学》述评道:

> 古之欲明明德于天下者,先治其国。欲治其国者,先齐其家。欲齐其家者,先修其身。欲修其身者,先正其心。欲正其心者,先诚其意。

(《礼记正义》卷第六十)

也就是说,通过"有别"的身份认同,以达到"正心""诚意",进而达到"齐家""治国""明德",而"妇礼"是重要起点。

因此"男女有别"并非刻意贬低女性。理雅各引用"slavish submission"一词或许也与注疏中"卑之""男尊女卑"的"卑"字有很大关系。那么"男尊女卑"或者说"卑"在中国传统话语中又有什么样的意义建构呢?

《说文解字》:"尊,高称也"。《广雅》:"卑,庳也"。《广韵》则释:"庳,下也。""尊"与"卑"也表示"高"与"低"的差别,如《庄子》提到"是故丘山积卑而为高,江河合水而为大"(《庄子·则阳》)。"尊""卑"在中国传统文本中具有"高""低"之义,但"高低"区别重在"别"而不是现代意义上的"不平等"。这一意义的源头,似可追溯到"天尊地卑,乾坤定矣"(《易经·系辞》)。天尊地卑,天在上而地在下,天地万物各安其位,各遂其生,才能"乾坤定",因此"礼者,天地之序也"(《礼记·乐记》)。但天在上地在下并不强调等级差别,而是天然差异。"男尊女卑"类似"天尊地卑",男女天然差异如同天与地的天然差别;承认并尊重这种差异,男女各安其位,女性"持家"到位,男性方能致力于"天下和谐";而要做到这样的"妇顺",要有《诗经·关雎》所描摹的"窈窕淑女",才能"之子于归,宜其室家"(《诗经·桃夭》)。

综上对《诗经》《礼记》等相关文本的解读,不难看出中国注疏着力建构"男女有别"的夫妇关系,让女性致力于家庭,"内和理"而

"家长久",是基于女性"窈窕淑女""宜其室家"的天然特性。而且注疏还着力建构女性这种身份建构对"家—国—天下"的意义,离开这一身份建构,"天下和谐"就没有了源头力量。对这样的女性身份建构,中国传统注疏话语不做好坏价值判断,而是将其定为"有别"。不明确表达价值判断,将错综复杂、正负莫辨的自然现象和社会现象置于不断转换、相互平衡的话语体系中,这是以《易经》为源头的中国传统话语的典型特征(吴宗杰、胡美馨,2010)。

而理雅各在诠释"男女有别"与"妇顺"时,其"slavish submission"(奴隶似的顺从)措辞表达出他对与西方"男女平等"意义建构大相径庭的"男女有别"的解读态度。该措辞对中国注疏中的"妇顺"意义建构颇有微词,以"男女平等"为参照标准,将"妇顺"诠释为"奴隶般的顺从",影响了西方读者了解非二元对立的"男女有别"意义建构的可能性。因此,理雅各案语虽然对"男女有别"与"妇顺"跨文化诠释起到"意义路标"作用,但这个路标指向"封闭式"的价值判断,是为憾。

从本章讨论我们看到,理雅各通过其案语旁白,一方面梳理了同一文本的众多注疏意义建构之间的差异与联系,帮助读者看清同一文本在不同时代的意义发展脉络,并给出意义选择意向,为读者提供参考,起到释义路标的作用。但另一方面,理雅各从西方文化立场出发,评论其中不同于西方文化的现象,尤其是对女性角色及其社会意义建构进行立场鲜明的评论,其"立场干预"可能影响西方读者对这些文化差异的充分了解。

第七章　西儒注疏之西方话语特征

　　第五、六章的文本分析发现,理雅各《关雎》跨文化诠释体现出中国传统经学注疏话语范式,向读者传递了中国经学话语特征,同时也体现出理雅各作为一名西儒对中国经典进行深度跨文化诠释的真诚意愿。

　　那么,理雅各作为一名西方学者,其《关雎》跨文化诠释是否具有现代西方话语特征呢? 这种话语特征对中国经典跨文化诠释又会产生什么样的影响呢? 本章从福柯话语视角分析理雅各《关雎》注释文本,发现"科学""历史"是其两个较为突出的现代西方话语特征,其中"科学"话语集中表现为理雅各名物注释执着于物种确认,"历史"话语突出对历史真实性的考证,这些话语特征影响了《诗经》经义及其话语建构范式的跨文化诠释。

7.1　名物释义中的科学话语特征

　　5.4.1"对名物释义的高度重视"中提到,理雅各重视《诗经》名物释义。为严谨确认种类繁多的《诗经》名物,他充分选择利用历代中国《诗经》名物考和日本学者所做的《诗经》名物考,并多方求证,以避免误认。在这样的前提下,理雅各倚重历代《诗经》注疏进行名物释义。但其名物释义在"经义诠释"的同时体现出"科学话语"特征,这种"科学话语"与"经义诠释"之间存在张力,在一定程度上遮蔽了中国注疏所建构的《诗经》名物经义。

7.1.1　名物考选用的学科标准

5.4.1"对名物释义的高度重视"论及理雅各在翻译过程中参考使用了大量《诗经》名物考,以求准确认定众多名物。理雅各对这些名物考著作的利用具有高度选择性,显示出其严谨细致的生物学物种认定努力,体现出其名物注释中的科学话语特征。

绪论第五章"本卷主要参考文献目录"(List of the Principal Works Which Have Been Consulted in the Preparation of This Volume)列出了理雅各所参考的《诗经》名物考及其内容概要,对其加以点评,阐述理雅各对各名物考著作的倚重程度(参见附录三"理雅各《中国经典·诗经》主要注疏参考文献")。对这些名物考的简介、评价以及理雅各对其倚重程度,都体现出理雅各重视名物考的"生物学科特点"。

例如,理雅各认为《埤雅》对物体外形的描述不如其意义讨论详尽:

> 作者对名物外形的描写不及其对名物意义的讨论用心。
>
> (He is less careful in describing the appearance of his subjects than in discussing the meaning of their names.)
>
> (理雅各,2011d：Prolegomena 179)

这一点评说明,相较于名物外形描述(describing the appearance of his subjects),《埤雅》更重视名物意义讨论(discussing the meaning of their names)。理雅各"less careful"的措辞将"describing the appearance of his subject"预设为应被更详细陈述的内容,理雅各似认为名物意义解释不及物体外形描述重要。

我们不妨了解一下《埤雅》其书。《埤雅》,宋朝陆佃所著,《说文》以"增也"解释"埤",《埤雅》是对《尔雅》的增补。《埤雅》将草木鸟兽虫鱼等词条加以集中注释,从其"雎鸠"释义可了解其名物释义特点之一二:

> 雎鸠,雕类,江东呼之为"鹗",鸷而有别,《阴阳自然变化论》曰:"雎鸠不再匹。"盖言是也。《诗》曰:"关关雎鸠,在河之洲。"盖关雎和而挚、别而通,习水又善捕鱼,故《诗》以为后妃之比。鸤鸠则一宿均养,又居鹊之成巢,故为夫人之德而已。徐铉《草木虫鱼图》云:"雎鸠常在河洲之上为俦偶,更不移处。"盖鹗性好峙,故每立,更不移处。所谓"鹗立",义取诸此。郯子曰:"少暤氏以鸟名官:凤鸟氏,历正也;玄鸟氏,司分;伯赵氏,司至;青鸟氏,司启;丹鸟氏,司闭;祝鸠氏,司徒;雎鸠氏,司马;鸤鸠氏,司空;鹎鸠氏,司寇;鹘鸠氏,司事。"五鸠,鸠民者也。凤知天时,故以名历正之官;玄鸟,燕也,以春分来秋分去,故司分;伯赵,鵙也,以夏至鸣冬至止,故司至;青鸟,鸧鹒也,以立春鸣立夏止,故司启;丹鸟,鷩雉也,以立秋来立冬去,故司闭;雎鸠,鸷而有别,故为司马主法制。鸤鸠平均,故为司空,平水土;鹎鸠孝,故为司徒,主教民藉,《虞槐赋》曰"春栖教农之鸟",即鹎是也。俗云雎鸠交则双翔,别则立而异处,是谓"鸷而有别",传曰"鸷鸟不双"是也。

(《埤雅》卷七)

《埤雅》这一"雎鸠"释义引用多个来源,包括"鸷而有别"这一与《毛传》"挚而有别"字面略不同、意义相接近的训解,并对"鸷而有别"加以更为详细的解释。该条目引用《阴阳自然变化论》"雎鸠不再匹"和徐铉《草木虫鱼图》"雎鸠,常在河洲之上为俦偶,更不移处"来解读"挚";引用"雎鸠,鸷而有别,故为司马主法制"来解释

"雎鸠"之为"司马"的原因。这些释义虽也用以确认"雎鸠"为什么鸟,但其物种认定以"意义"或者"喻义"为重要指向,相较于物种认定,它更突出对名物的意义建构。由于这样的名物考证特点,它被评价为:

> 其说诸物,大抵略于形状而详于名义。寻究偏旁,比附形声,务求其得名之所以然。又推而通贯诸经。曲证旁稽,假物理以明其义……其诠释诸经,颇据古义,其所援引,多今所未见之书。其推阐名理,亦往往精凿。谓之驳杂则可,要不能不谓之博奥也。
>
> (《四库全书总目》经部四十)

可知,《埤雅》确实"大抵略于形状而详于名义",《四库全书总目》这一评论与理雅各所言"less careful in describing the appearance of his subjects than in discussing the meaning of their names"一致,似为其引用出处。不同的是,《四库全书总目》对《埤雅》这一特征颇为赞赏,而理雅各却因其重名义不重外形而对《埤雅》作为名物考的评价颇低。这说明,理雅各在使用《埤雅》等名物考时,首要看重的并非名物意义建构,而是其对物种确认的重视程度。

这也与理雅各评价徐鼎《毛诗名物图说》的原则相一致:

> 该书十分有助于名物认定。作者给出了大量来源不同的描写,常以自己的观点加以总结——其观点少有新意,也多不可靠。其插图质量糟糕。
>
> (It is a very useful manual on the subject. The author gives a multitude of descriptions from various sources; and generally concludes with his own opinion, occasionally new and reliable. The plates are poor.)
>
> (理雅各,2011d:Prolegomena 179)

理雅各欣赏《毛诗名物图说》广泛引用名物描写的做法,但对徐鼎的个人观点则不以为然,认为鲜有新意,也不可靠。那么徐鼎《毛诗名物图说》之名物释义又有什么特点呢? 我们不妨看看其第一条名物释义——"雎鸠":

> 雎鸠,《尔雅·释鸟》:雎鸠,王雎。郭璞注:雕类,今江东呼之为鹗,好在江渚山边食鱼。师旷《禽经》:鱼鹰也。亦曰白鹭,亦名白鹥。陆玑《草木虫鱼疏》:雎鸠,大小如鸱,深目,目上骨露,幽州人谓之鹫。扬雄、许慎皆曰白鹥,似鹰,尾上白。徐铉曰:雎鸠常在河洲之上,为伴偶,更不移处。严粲《诗缉》:《左传》郑子五鸠,备见《诗经》。祝鸠氏司徒,鹁鸠也,《四牡》《嘉鱼》之雏是也。雎鸠氏司马,《关雎》之鸠是也。鸤鸠氏司空,布谷也,《曹风》之鸤鸠是也。爽鸠氏司寇,《大明》之鹰是也。鹘鸠氏司事,鸴鸠也,非斑鸠,《小宛》之鸣鸠、《氓》食桑葚之鸠是也。杜预《左传注》:雎鸠挚而有别,故为司马,主法则。愚按《毛传》"挚而有别",《列女传》云"未见乘居而匹处",盖生有定偶,交则双翔,别则异处,好在洲渚。其色黄,其目深,云雕类如鸱似鹰者,皆谓挚鸟。挚鸟之性不淫,取以方淑女之德。又据《通志》云:"凫类,多在水边,尾有一点白,故扬雄谓白鹥。但鹥似鹰而非凫。《释鸟》雎鸠,王雎"、"杨鸟,白鹥"各一种。朱《传》亦云水鸟,状类凫鹥。若钱氏《诗诂》为杜鹃,或谓似鸳鸯者,并谬。

(《毛诗名物图说》卷一)

《毛诗名物图说》的"雎鸠"解释引用多个文献,来解释为何"雎鸠"与"淑女之德"能产生意义关联。总体来说,徐鼎的名物解释也重视喻义建构,其喻义建构也通过引证多个注疏文本来实现,体现出中国经学话语特征。但较之于《埤雅》,徐鼎《毛诗名物图说》更重视描写名物外形、确认名物种类。

理雅各认为,徐鼎的书之所以对他大有帮助,正是因为该书提供了不同来源的名物外形描写;而理雅各又对徐鼎的插图比较糟糕(poor)表示遗憾,这同样表现出他重视认定《诗经》物类。

有别于对《毛诗名物图说》糟糕"插图"的遗憾,理雅各认为日本学者冈元凤的《毛诗品物图考》虽然外形描写未超出毛、朱注疏所及(seldom gives any other descriptions than those of Maou and Choo)(理雅各,2011d:Prolegomena 180),但对它予以高度评价:

> 插图常很精细,对任何欧洲木头雕刻家都会有所裨益。该书虽未涵盖《诗经》所有名物,于我而言,却比其他所有名物考加总起来都更有助益。
>
> (The plates are generally exquisitely done, and would do credit to any wood engraver of Europe. The book, though not containing quite all the objects mentioned in the She, has been of more use to me than all the other books of the same class together.)
>
> (理雅各,2011d:Prolegomena 180)

冈元凤以医为业,其《诗经品物图考》"遍索五方,亲详名物"(冈元凤,1985:跋),从其序言及正文名物解释条目看,该书细审毛、郑等多家《诗经》注疏,"采择则汇集诸说,考订则折衷先贤"(冈元凤,1985:自序)。除了追求精确插图,还追求名物意义及其渊源:"溯流穷源,顾名思义,因形象而求义理,因义理而求指归。"(冈元凤,1985:戴兆春序)但理雅各之所以认为冈元凤《诗经品物图考》比其他所有名物考加总都更有帮助,却并非因其重视"义理指归",而是因其精致的插图,这也说明理雅各在使用名物考时更为强调各类名物考对确认名物种类的作用。

或许有人说,一个西方人翻译《诗经》,自然应重视名物确认,而中国人对《诗经》名物有较好了解,不需对名物确认着墨过多,所以中国注疏和《诗经》名物考更重视"意义建构"。但我们也应注意到,名物的名字、意义在不同时代、不同地区的差异不容忽视,中国《诗经》读者、注疏学者未必都知晓种类繁多的《诗经》名物,而且中国历代注疏和名物考确实有大量名物训解,其训解既有品类认定,也有义理建构。从理雅各的述评也可看出,在历代《诗经》名物考中,名物意义建构即使不比物种确认更重要,至少也是两者一样重要。而理雅各对名物考的使用具有高度选择性,其选择以是否有助于确认名物品类为标准,理雅各对名物种类确认的重视似超过对名物意义诠释的重视。

7.1.2　名物释义中的科学话语

5.4.2"名物释义中的注疏引述"与5.4.3"理雅各释名与中国注疏的意义对位"指出:理雅各"雎鸠"释名引述了注疏文献的意义建构,但总体来说,理雅各名物释义不以经义诠释为重点,其名物训诂虽引用大量注疏,但其引用大多以物种确认为目的,体现出科学话语特征。本节我们以理雅各对"雎鸠""荇菜"和"琴瑟"的名物释义为例,讨论其《关雎》名物释义的"科学话语"特征。

一、"雎鸠"

在"雎鸠"注释中,理雅各围绕物种确认这一目的,梳理注疏文本对这一名物所持的不同观点。

理雅各先引用《毛传》《尔雅》及《尔雅注疏》,指出《毛传》的"雎鸠"注释与《尔雅》的"雎鸠,王雎"相一致,并指出:

> Maou makes it the 王雎, adding 鸟挚而有别, which
> means, probably, 'a bird of prey, of which the male and

female keep much apart.' He followed the Urh-ya, the annotator of which, Kwoh P'oh, of the Tsin dynasty, further describes it as 'a kind of eagle（雕類）, now, east of the Këang, called the *ngoh*（鶚）.'

（理雅各,2011d:3）

这一段可谓逐字翻译了《尔雅注疏》中郭璞"雕类也,今江东呼之为鹗,好在江边沚中,亦食鱼"的解释,理雅各据此将"雎鸠"解释为"一种猎食的鸟"(a bird of prey)。

理雅各接着指出,历代注疏对"雎鸠"物种认定有不同观点。在有关婚礼的诗歌中出现一只猎食的鸟儿,这被认为不太协调(incongruous),连郑康成——从其用词来看(as if his words)似乎也感觉到了这一点(Even Ch'ing K'ang-shing, would appear to have felt this),郑玄将《毛传》的"挚"释为"至"(explains Maou's 挚 by 至),认为"雎鸠"是一种重感情但不表现出欲望的鸟(a bird most affectionate, and yet most undemonstrative of desire),这也是朱熹所支持的解读(in which interpretation Choo He follows him)(理雅各,2011d:3)。

理雅各对郑玄的这句引述引出有别于《毛传》"雕类"的解读,并通过引用郑樵《通志》和朱熹观点,进一步指出"雕类"一说有所不妥:

But it was desirable to discard the bird of prey altogether; and this was first done by Ch'ing Ts'ëaou（郑樵）, an early writer of Sung dyn. , who makes the bird to be 'a kind of mallard.' Choo He, no doubt after him, says it is 'a water bird, in appearance like a mallard,' adding that it is only seen in pairs, the individuals of which keep at a distance from each other!

（理雅各，2011d:3）

在比较《毛传》《尔雅注疏》的"雕类"观点与《郑笺》《诗集传》《通志》两个相似又不尽相同的"水鸟"观点后，理雅各结合"a bird of prey"和"mallard"两方面的特征，得出结论：

I must believe that the author of the ode had some kind of fish hawk in his mind.

（理雅各，2011d:3）

根据这个结论，理雅各将"雎鸠"译为"osprey"。"Osprey"，根据词典，是"a large fish-eating hawk (Pandion haliaetus) that is dark brown on the back and mostly pure white on the underside" (*Longman Dictionary of the English Language*,1984:1039)，可知英语中的"osprey"是一种以捕鱼为食的大型鸟类。理雅各在1876 年《诗经》译本中将其改为更通俗易懂的"fish hawk"——"鱼鹰"，直接体现他基于注疏考证所得出的"I must believe that the author of the ode had some kind of fish hawk in his mind"结论。

从以上理雅各对"雎鸠"的物种考证可以看出，理雅各将历代中国注疏作为考证"雎鸠"物种的文献基础，确定"雎鸠"是一种捕鱼为食的鸟类。从中可见，理雅各密切围绕"雎鸠"物种认定梳理历代注疏，呈现出科学态度。

二、"荇菜"

理雅各对《关雎》中的"荇菜"也提供了详细注释。其注释重视描述形貌，对注疏中的"荇菜"意义建构涉及甚少：

荇菜 is probably the *lemna minor*. It is also called 'duck-mallows,' that name being given for it in the Pun-ts'aou and the Pe-ya (埤雅; a work on the plan of the Urh-ya, by Luh Teen (陸佃, of the Sung dyn.),—凫葵. It is described as growing in the water, long or short, according to the depth, with a reddish leaf, which floats on the surface, and is rather more than an inch in diameter. Its flower is yellow. It is very like the *shun*, which Medhurst calls the 'marsh-mallows,' but its leaves are not so round, being a little pointed. We are to suppose that the leaves were cooked and presented as a sacrificial offering.

(理雅各,2011d:3)

此注释绝大部分篇幅用于详细描述"荇菜"形貌,与陆玑"接余,白茎,叶紫赤色,正圆,径寸余,浮在水上,根在水底与水深浅等"(《毛诗草木鸟兽虫鱼疏》卷上)的注释很是相符,仅最后一句提及"一种祭品",完全未提到历代注疏对荇菜的意义建构。而理雅各所参考的注疏文献对"荇菜"多有经义解读。

《毛传》对"荇菜"的物种解释仅"接余也"三字,并从"事宗庙"礼义角度建构"荇菜"的意义:

> 流,求也。后妃有《关雎》之德,乃能共荇菜,备庶物,以事宗庙也。

(《毛诗注疏》卷第一)

《毛传》将"备荇菜""后妃之德"与"事宗庙"关联在一起。
对《毛传》的这两句传注,郑玄笺释说:

> 左右,助也,言后妃将共荇菜之菹,必有助而求之者。言三夫人、九嫔以下,皆乐后妃之事。

(《毛诗注疏》卷第一)

《郑笺》将更多后宫女性纳入"共荇菜之菹"的"事宗庙"之礼中来。

围绕《毛传》《郑笺》的传注,《孔疏》首先解释了"荇菜"的物种特征:

> 《释草》云:"莕,接余,其叶苻。"陆玑《疏》云"接余,白茎,叶紫赤色,正员,径寸余,浮在水上,根在水底与水深浅等。大如钗股,上青下白,鬻其白茎,以苦酒浸之,肥美可案酒"是也。定本"荇,接余也",俗本"荇"下有"菜"字,衍也。
>
> (《毛诗注疏》卷第一)

孔颖达对"荇菜"形貌、用途的描写比《毛传》和《郑笺》更为详尽,但对比其形貌描述与"荇菜"经义建构,则会发现孔颖达对"荇菜"形貌、用途的描述显得很是简要:

> "流,求",《释言》文也,所以论求菜事以美后妃者,以德不和谐,不当神明,则不能事宗庙。今后妃和谐,有关雎之德,乃能共荇菜,备庶物,以事宗庙也。案《天官·醢人》陈四豆之实,无荇菜者,以殷礼。诗咏时事,故有之。言"备庶物"者,以荇菜亦庶物之一,不谓今后妃尽备庶物也。《礼记·祭统》曰:"水草之菹,陆产之醢,小物备矣。三牲之俎,八簋之实,美物备矣。昆虫之异,草木之实,阴阳之物备矣。凡天之所生,地之所长,苟可荐者,莫不咸在,示尽物也。"是祭必备庶物也。此经序无言祭事,知事宗庙者,以言"左右流之",助后妃求荇菜。若非祭菜,后不亲采。《采蘩》言夫人奉祭,明此亦祭也。
>
> (《毛诗注疏》卷第一)

在"荇菜"经义建构中,孔颖达以"若非祭菜,后不亲采"来解释《毛传》将"参差荇菜"与"事宗庙"相联系。孔疏引用《周礼·天官》说:《周礼》未记载"荇菜"作为"四豆之实"之一,这是因为《周礼》所载乃殷时之礼,而《诗经》所载乃《诗经》"当时"之礼,以此来解释未见载于《周礼》的"荇菜"为何可为祭品并与"后妃之德"产生密切关联,又引用《礼记·祭统》解释了采集"荇菜"何以是"祭必备庶物"的要求。

从《毛传》《郑笺》到《孔疏》,《毛诗注疏》这样的《诗经》注疏对"荇菜"这样的名物虽有形貌描述、物种认定,但更多篇幅被用以建构"荇菜"的"意义",这种"意义"与"礼"密切相关,建构《诗经》名物经义。

但《毛诗注疏》所突出的"礼义建构"在理雅各"荇菜"注释中仅体现为一句"据说其叶烹饪后用以祭祀"(we are to suppose that the leaves were cooked and presented as a sacrificial offering)(理雅各,2011d:3),其余理雅各"荇菜"释义均以物种确认为目的,颇具科学话语特色。其科学话语过滤了历代注疏所建构的"荇菜"之"礼义",使得中国传统经学通过"荇菜"赋予《关雎》的经义建构未能被很好地传达给西方读者。

三、"琴瑟"

"琴瑟"是《关雎》注疏中的另一重要名物。"琴瑟"非生物,所以其注释不具物种认定特色,但"琴瑟"注释具有比较明显的技术性科学话语。我们先讨论《诗经》注疏围绕"琴瑟"所建构的意义,并比较理雅各科学话语与"琴瑟"经义建构之间的差异,以了解其科学话语对"琴瑟"跨文化诠释的影响。

理雅各首先说明"琴瑟"属乐器,将其与西方乐器类比,追溯其制作历史:

> The *k'in* and *shih* were two instruments in which the music was drawn from strings of silk. We may call them the small lute and the large lute. The *k'in* at first had only 5

strings for the 5 full notes of the octave, but two others are said to have been added by kings Wǎn and Woo, to give the semi-notes. The invention of a *shih* with 50 strings is ascribed to Fuh-he, but we are told that Hwang-te found the melancholy sounds of this so overpowering, that he cut the number down to 25.

（理雅各，2011d:4）

理雅各介绍了琴瑟制作历史与琴弦数量变化。这一介绍相关内容见载于《尔雅注疏》中邢昺为郭璞的《尔雅注》所做的"疏":

> 《世本》曰:"庖牺作五十弦,黄帝使素女鼓瑟,哀不自胜,乃破为二十五弦,具二均声。"

（《尔雅注疏》卷第五）

> 《琴操》曰:"伏羲作琴。"《世本》云:"神农作琴。"

（《尔雅注疏》卷第五）

《尔雅注疏》所记黄帝将瑟从五十弦改为二十五弦之说也见载于《史记·封禅书》:

> 或曰:"太帝使素女鼓五十弦瑟,悲,帝禁不止,故破其瑟为二十五弦。"于是塞南越①,祷祠太一、后土,始用乐舞,益召歌儿,作二十五弦及空侯琴瑟自此起。

（《史记》卷二十八）

理雅各绪论也提及对许谦《诗集传名物钞》的借重(理雅各,2011d:179)。许谦《诗集传名物钞》卷一云:

> 陈旸《乐书》:"琴或谓伏羲作,或谓神农作,或谓帝俊使晏

---

① "越"是瑟下面的孔。郑玄《仪礼注》:"越,瑟下孔也。"

龙作,其制长三尺六寸六分,象期之日;广六寸,象六合;弦有
五,象五行;腰广四寸,象四时;前广后狭,象尊卑;上圆下方,
象天地;徽十三,象十二律,余一以象闰。盖长三尺六寸六分
者,中琴之度;长八尺一寸者,大琴之度也。"又云:"大琴二十
弦,中琴十弦,小琴五弦。舜弹五弦之琴,或谓七弦。自陶唐
时有之。或谓文王加少宫、少商二弦,或谓文武各加其一。"

(《诗集传名物钞》卷一)

许谦引用的陈旸《乐书》提及伏羲是琴瑟创始人,也提到文王、
武王对琴弦的改造。除此之外,许谦提及琴的形态、制琴的各种数
字对"琴瑟"在"天地人"关系中的象征意义,但理雅各注释没有提
及这些意义建构。

另外,中国注疏的陈述均为主动语态,将相关叙述作为"作者所
信"之事,而理雅各则均采用被动语态,一方面似用以标识对中国经
学文献的引用,另一方面似体现出理雅各以"据说"(are said to)拉开
自己与被引内容的距离,对所引内容并未表现出完全赞同的态度。

此外,我们还需了解《关雎》为何以"琴瑟友之""钟鼓乐之"来
定位男性与女性的关系、夫妇之间的关系、"琴瑟"(以及"窈窕淑
女,钟鼓乐之"之"钟鼓")在《关雎》乃至《诗经》中被赋予什么样的
意义。中国历代注疏对此多有解读,但理雅各仅从琴瑟制作的历
史发展角度加以注释,对经义建构全未涉及。

《关雎》中出现"琴瑟"与"钟鼓"的有"窈窕淑女,琴瑟友之""窈
窕淑女,钟鼓乐之"这两句。《毛传》对于这两句的解读是:

宜以琴瑟友乐之⋯⋯德盛者宜有钟鼓之乐。

(《毛诗注疏》卷第一)

《毛传》的解释非常简洁,指出对"淑女"这样的"德盛者"应"以
琴瑟友乐之""有钟鼓乐之",但未解释其原因,似显得在《毛传》时

代,"琴瑟""钟鼓"的意义是普遍背景知识,不需详细解注。至汉朝晚些时候,《郑笺》对《毛传》这一简洁解释做了更为详细的诠释:

> 同志为友。言贤女之助后妃共荇菜,其情意乃与琴瑟之志同,共荇菜之时,乐必作。……琴瑟在堂,钟鼓在庭,言共荇菜之时上下之乐皆作,盛其礼也。
>
> (《毛诗注疏》卷第一)

郑玄解释道:"友"是"同志"者,突出"志同道合"之义,与理雅各对"友之"的解释"'we friend her', i.e., we give her a friendly welcome"颇为不同。理雅各的"友之"过滤掉了"琴瑟在堂,钟鼓在庭,言共荇菜之时上下之乐皆作,盛其礼也"的"礼义"。结合前文所论"荇菜"注释,"共荇菜之时"指后妃为宗庙祭祀准备祭品,"盛其礼"在《毛传》《郑笺》中皆指祭祀之礼,而不是理雅各《关雎》题解所言"welcoming her to his palace"之婚礼。

实际上,就"婚礼"之"礼乐"而言,《诗经》时期的中国礼制并不赞成在婚礼上奏乐。《礼记·郊特牲》云:

> 婚礼不用乐,幽阴之义也。乐,阳气也。
>
> (《礼记正义》卷第二十六)

《礼记》认为:"婚礼不用乐"是因为乐是"阳气",不利于婚礼所强调的"阴之义"。但《礼记》没有解释为何"阴之义"和"阳气"不能同现于婚礼。对此郑玄注释说:

> 幽,深也。欲使妇深思其义,不以阳散之也。
>
> (《礼记正义》卷第二十六)

郑玄指出:"婚礼不用乐"能使新媳妇安静、深刻地思考其新身份的礼义,若兴奏礼乐,音乐将冲"散"新妇的静思。

《礼记·曾子问》也提到:

> 孔子曰:"嫁女之家,三夜不息烛,思相离也。取妇之家,三日不举乐,思嗣亲也。"
>
> (《礼记正义》卷第十八)

根据《郊特牲》《曾子问》这两处讨论,我们可以认为"琴瑟友之""钟鼓乐之"在传统注疏中并非指"婚礼之乐",也并非理雅各所言"give her a friendly welcome"之义。"琴瑟友之""钟鼓乐之"的意义建构与"琴瑟"名物解释深度关联,《毛传》《郑笺》"祭宗庙"一说对理解传统注疏中的"琴瑟友之""钟鼓乐之"意义建构甚为重要,不容忽视。

孔颖达疏注也直接论及"祭宗庙":

> 知"琴瑟在堂,钟鼓在庭"者,《皋陶谟》云"琴瑟以咏,祖考来格",乃云"下管鼗鼓",明琴瑟在上,鼗鼓在下。《大射礼》颂钟在西阶之西,笙钟在东阶之东,是钟鼓在庭也。此诗美后妃能化淑女,共乐其事,既得荇菜以祭宗庙,上下乐作,盛此淑女所共之礼也。乐虽主神,因共荇菜,归美淑女耳。
>
> (《毛诗注疏》卷第一)

以上《毛传》《郑笺》《孔疏》都将"琴瑟友之""钟鼓乐之"解释为在"祭宗庙"时让"窈窕淑女"参与盛大礼乐。

那么,为什么"祭宗庙"时要让"窈窕淑女"参与如此盛大的"礼乐"呢? 为回答这个问题,我们还需了解中国注疏对"窈窕淑女"与"宗庙之事"也就是"家族之事"之关系的论述。

《诗经·小雅·常棣》:"妻子好合,如鼓琴瑟。……宜尔室家,乐尔妻帑。"郑玄笺释:

> 好合,志意合也。合者,如鼓瑟琴之声相应和也。王与族人燕,则宗妇内宗之属亦从后于房中。
>
> (《毛诗注疏》卷第九)

《郑笺》指出:夫妻之和谐应如"琴瑟之声相应和",才能"宜尔室家,乐尔妻帑"。《孔疏》解释了《郑笺》所言"王与族人"和"宗妇内宗之属"分开设宴的意义:

> 王与族人燕于堂上,则后与宗妇燕于房中。王之族人见王燕其宗族,知王亲之,皆效王亲亲,与其妻子自相和好,志意合和,如鼓瑟琴相应和。于时兄弟既会聚矣,其族人非直内和妻子,又九族和好,忻乐而且湛,又以尽欢也。

> (《毛诗注疏》卷第九)

孔颖达指出:王宴请族人属"亲亲",族人将仿效王的"亲亲"举动,与妻子和合、与九族和合。而"与其妻子自相和好,志意合和"要"如鼓瑟琴相应和",方能做到"内和",然后才能做到"九族和好",也就是说"夫妇和谐"是"内和"与"九族和合"的前提。而要夫妇和合,则需要"盛德"淑女。所以"淑女"的"盛德"是"家内和"与"九族和好"的前提,对宗族和谐有着重大意义,因此孔颖达论及"祭宗庙"才有"乐虽主神,因共荇菜,归美淑女耳"之说。

以上《毛诗注疏》对"琴瑟"的论述突出"夫妇之义",这种经义意象也出现在《郑风·女曰鸡鸣》的"琴瑟在御,莫不静好"中,出现在《小雅·常棣》的"妻子好合,如鼓瑟琴"中,出现在《小雅·车舝》的"四牡骓骓,六辔如琴。觏尔新婚,以慰我心"中。

那么,中国传统注疏为何以"琴瑟"喻指"夫妻和谐",进而指向"家内和"呢?《礼记·明堂位》:"大琴大瑟,中琴小瑟",意指大琴配大瑟,中琴配小瑟,琴瑟相互匹配得当才能"乐和"。陈旸《乐书》对此有更为具体的讨论:

> 《书大传》曰大琴练弦达越,大瑟朱弦达越。《尔雅》大琴谓之离,大瑟谓之洒,琴瑟之器,士君子常御焉,所以导心者也。故用大琴必以大瑟配之,用中琴必以小瑟配之,然后大者

不陵,细者不抑,声应相保而为和矣。

(《乐书》卷七)

根据这一讨论,"琴"和"瑟"的大小、形制需高度匹配,才能"琴瑟和谐",发出和谐的乐声,"琴瑟和谐"也成为"君子"和"淑女"夫妇之间相宜相衬、相得益彰的比喻、象征。

因此,在中国传统经学中,"琴瑟"对《关雎》经义建构具有重要意义:有人认为"琴瑟"喻指夫妇之义,是夫妇和合的象征;有人认为"琴瑟"喻指"事宗庙"礼乐,表明"淑女"对于"宗庙之事"也就是家族和谐的重要意义。

现代学者根据楚简考古所发现的《孔子诗论》[①],还对《关雎》中的"琴瑟"进行更多的意义解读,认为"琴瑟"喻指"礼乐"的教化作用,使一个面对淑女、求之不得、心乱不已的"君子"在琴瑟钟鼓和谐"礼乐"熏陶中修身养性、静心求仁、成为一个温柔敦厚的盛德者(肖琦,2013)[②]。

可见,从古到今的《诗经》解注赋予"琴瑟"至少三个方面的意义:"祭祀""宴飨""男女"。"祭祀"如《小雅·甫田》("琴瑟击鼓,以御田祖,以祈甘雨,以介我稷黍,以穀我士女");"宴飨"如《小雅·鹿鸣》("我有嘉宾,鼓瑟鼓琴。鼓瑟鼓琴,和乐且湛。我有旨酒,以燕乐嘉宾之心")、《国风·车辖》("既见君子,并坐鼓瑟");"夫妇"如《周南·关雎》("窈窕淑女,琴瑟友之")、《国风·女曰鸡鸣》("琴

---

① 《孔子诗论》是《上海博物馆藏战国楚竹书》(一)中的一种,共 29 支竹简、1006字,其中涉及《关雎》的有"《关雎》之改……盖曰终而皆贤于其初者也"(第十简)、"关雎以色喻于礼"(第十简)、"……情,爱也。《关雎》之改,则其思益矣"(第十一简)、"……好,反纳于礼,不亦能改乎?"(第十二简)、"其四章则愉矣以琴瑟之悦,凝好色之愿;以钟鼓之乐……"(第十四简)等。详见:陈桐生.孔子诗论研究.北京:中华书局,2004:263-265.

② 详见:肖琦.琴瑟钟鼓之辩——论音乐在关雎中的作用和地位.美育季刊,2013(6):21-24.

瑟在御,莫不静好")、《小雅·常棣》("妻子好合,如鼓瑟琴")、《小雅·车舝》("四牡騑騑,六辔如琴")等。

所以,"琴瑟"在《诗经》经注中的意义建构绝非只是理雅各所言的"两种丝弦乐器"(two instruments in which the music was drawn from strings of silk)这么简单。理雅各"琴瑟"注释介绍了琴瑟制作技术与发展历史,但没有传达"琴瑟"在《关雎》中的意义建构,使得其"琴瑟"注释缺少"经义",未对"琴瑟"进行深度跨文化诠释,从而影响了理雅各对《关雎》的跨文化诠释。

7.1.3　科学话语与《诗经》经义诠释之间的张力

名物释义是《诗经》诠释的重要领域。孔子言:"多识于鸟兽草木之名。"(《论语·阳货篇》)但孔子"删《诗》",使其"思无邪",绝非仅是希望人们从《诗经》中认识众多名物。《尔雅》以《释草》《释木》《释虫》《释鱼》释鸟》《释兽》《释畜》等篇目首开名物诠释之先河,虽然这些篇章主要是名称解释,但后世对《尔雅》开展注疏的文献逐步超越名物描述,不断建构名物在《诗经》中的意义。考校《诗经》中草木鸟兽鱼虫之名物的《诗经》名物研究"博物学"中,被理雅各列为名物考文献之首的陆玑《毛诗草木鸟兽虫鱼疏》成书最早,它成为后世名物考校的重要参考文献,理雅各对其也极为看重(理雅各,2011d:178)。清朝名物考校著述更多,尤以姚炳《诗识名解》和多隆阿《毛诗多识》以该洽著称(扬之水,2007:3)。另有理雅各列为重要参考文献的徐鼎《毛诗名物图说》和日本人冈元凤《毛诗品物图考》以图文并茂著称,其中徐鼎文字说明更为详细,"博引经、传、子、史外,有阐明经义者,悉捃拾其辞"(《毛诗名物图说·发凡》,转引自:扬之水,2007:3),而冈元凤的插图精致程度更胜一筹。徐鼎和冈元凤的这两本著作被称为此类著述的总结性著作(扬之水,2007:3)。

以上这些名物考的著述目的远不止品物认定。纳兰成德在《毛诗名物解·序》中指出：

> 六经名物之多，无逾于《诗》者。自天文地理，宫室器用，山川草木，鸟兽虫鱼，靡一不具，学者非多识博闻，则无以通诗人之旨意，而得其比兴之所在。

（转引自：扬之水，2007:2）

纳兰成德虽然也指出《诗经》"名物之多"是"六经"之最，但读《诗经》要"多识博闻"的原因却是非此无以"通诗人之旨意，得其比兴之所在"，也就是说理解"比兴""旨意"方是名物识闻的意义所在，由此不难理解《诗经》名物考校以理解"诗人之旨意""比兴之所在"为指归。

自《毛传》始，历代注疏所涉名物颇多，且不乏《毛传》这样离《诗经》源头相对较近、"学有师承，可信者多"（扬之水，2007:4）的注疏。这些注疏中的名物训诂，"不论古今，《诗经》研究，归根结底，都是为了开发诗义"（扬之水，2007:5）。

理雅各将最早的陆玑《毛诗草木鸟兽虫鱼疏》和总结性的徐鼎、冈元凤两部著作都列为重要参考文献，除此之外还有其他多种名物考作品，足见理雅各在考证、解释名物时，充分了解《诗经》名物考以何者在何种意义上为个中翘楚，并堪为其《诗经》跨文化诠释的重要参考。

但我们从理雅各为《关雎》三个名物——"雎鸠""荇菜""琴瑟"——的注释中未看到其对名物经义建构的重视与跨文化传达，其注释以介绍名物形貌、用途、工艺为着眼点。这些内容虽也是《诗经》名物考与注疏所纳入的内容，但历代《诗经》名物考与《诗经》注疏更为重视名物的经义建构，而理雅各对名物经义并未予以必要诠释，这使得传统《诗》学对名物的"意义建构"不能被西方读者所了解,影响了理雅各为其《诗经》英译所设定的中国经典跨文化诠释目标的实现。

7.2 "以史证《诗》"的现代史学话语特征

5.5.2"理雅各'以史证《诗》'对中国注疏的互文倚重"讨论了理雅各"以史证《诗》"话语策略及其与中国经学"以史证《诗》"传统的呼应,指出"以史证《诗》"是理雅各《诗经》注释的经学话语特征之一。但理雅各"以史证《诗》"也带有西方现代史学话语特征,这种话语特征遮盖了中国传统史学观下的历史意义建构,影响了《关雎》的跨文化诠释。

本节将解读理雅各《关雎》诠释中的西方现代史学话语特征。这种解读无意于对中西史学观做出高下之分、优劣之判,因为每一个历史解释策略都受其所在话语传统影响,对历史解释策略进行高下判断是"毫无意义的,也是非历史性的"(怀特,2009:中译本前言 9)。但解读理雅各"以史证《诗》"中的西方话语特征有助于分析《关雎》历史意义建构及其话语特征是否得到"本地人视角"下的"深度表达",分析理雅各的现代西方史学话语特征对《关雎》跨文化诠释又有什么影响。

7.2.1 历史真实性考证

理雅各"以史证《诗》"多处质疑、论证所涉历史的真实性,并以"历史真实性"求证结论作为相关注疏的结语。

一、《周南》历史背景真实性考证

在《周南》背景介绍中,理雅各基于《诗经》注疏和《史记》相关内容梳理了周王族从先祖弃("弃"即"后稷",以"后稷"之名更为人知)、古公亶父、太王、文王到周公的发展历史,解释了"周""召"封

地来历及其与《周南》的关系。其完整叙事脉络基于《史记·周本纪》,但人物叙事较之《周本纪》有较大删减;其史料梳理围绕从后稷到《周南》时期之周公的承继关系及相关迁居、定居地域展开(详参附录二"理雅各《中国经典·诗经》之《周南》题解")。

在这一历史梳理中,理雅各对《诗经》注疏及《史记》相关叙事有诸多存疑,体现出理雅各重视历史真实性考证,及其"以史证《诗》"中的现代史学分析范式。

其一,对"后稷是周王族先祖"的存疑。

理雅各说:

> The chiefs of Chow pretended to trace their lineage back to K'e, better known as How Tseih, Shun's minister of Agriculture.

> (理雅各,2011d:2)

理雅各以"假装"(pretended to)之措辞表明他认为后稷——舜帝的农业部长——并非周王族先祖,并在这一注解的最后再次指出将尧舜时期的官员与周王族建立联系的说法应被"扔出"(thrown out of)可靠史实的范畴:

> The accounts of a connection between the princes of Chow and the statesmen of the era of Yaou and Shun must be thrown out of the sphere of reliable history.

> (理雅各,2011d:2)

理雅各不仅质疑后稷与周王族之间的联系,而且这种质疑是坚决、彻底的:"must"应被理解为表示"确定"而非"推测"的情态倾向,它和"扔出可靠史学范畴"(be thrown out of the sphere of reliable history)连用,表明理雅各毫无保留地怀疑这一关联性,认为这一叙事绝非史实,并将此作为这条注解的结论。

理雅各后续注解进一步呼应这一质疑：

> But according to the records of the Chow dynasty themselves，we see its real ancestor，duke Lëw，coming out from among those tribes in the beginning of the 17th century before our era，and settling in Pin.

（理雅各，2011d：2）

理雅各在此以"其真正祖先"(its real ancestor)暗示后稷并非周族先祖。

其二,对"后稷在尧时期得封地邰"的存疑。

理雅各介绍后稷说：

> K'e was invested，it is said，before the death of Yaou，with the small territory of T'ae（邰），referred to the pres. dis. of Woo-kung（武功）in K'ëen-chow（乾州），Shen-se.

（理雅各，2011d：2）

理雅各用"据说"(it is said)一词间接表达对《史记》所载之后稷封地荣耀的存疑。也就是说,理雅各认为,即便后稷是周王族先祖,他是否得到了"封地"荣耀也堪质疑。"said"是一个中性评价动词,在评价意见表达上没有积极、消极倾向,但"it is said"的插入拉开了作者与文本的距离,表达出作者所持观点不同于被标记小句的内容。

其三,对"不窋是后稷儿子"的存疑。

理雅各说：

> Between K'e and duke Lëw（公劉），only two names of the Chow ancestry are given with certainty,—Puh-chueh（不窋）and Kuh（鞠，al. 鞠陶）. Sz'-ma Ts'ëen calls the first

K'e's son, but we can only suppose him to have been one of his descendants.

(理雅各,2011d:2)

《史记》原文说:

> 后稷卒,子不窋立。不窋末年,夏后氏政衰,去稷不务。不窋以失其官而奔戎狄之间。不窋卒,子鞠立。鞠卒,子公刘立。公刘虽在戎狄之间,复修后稷之业,务耕种,行地宜,自漆、沮渡渭,取材用。

(《史记》卷四)

司马迁的叙事明确了后稷、不窋、鞠、公刘之间的族谱线索,指出了公刘"复修后稷之业",继承、发展先祖伟业。

但理雅各在引用这一内容时指出,只能说不窋是后稷的后人之一:

> ... but we can only suppose him to have been one of his descendants.

(理雅各,2011d:2)

这一注解与《毛诗注疏》之《大雅·公刘》的《孔疏》、唐朝司马贞《史记·索隐》、唐朝张守正《史记·正义》的相关内容似相呼应:

> 又《外传》称后稷勤周十五世而兴。《周本纪》亦以稷至文王为十五世。计虞及夏、殷、周有千二百岁,每世在位皆八十许年,乃可充其数耳。命之短长,古今一也,而使十五世君在位皆八十许载,子必将老始生,不近人情之甚,以理而推,实难据信。

(《毛诗注疏》卷第十七)

索隐：……若不窋亲弃之子，至文王千余岁唯十四代，实亦不合事情。

（《史记·周本纪》索隐与正义）

理雅各对不窋是否为后稷儿子的存疑与《毛诗注疏》《史记》相关内容确有呼应之处，但《毛诗注疏》与《史记》相关解注对此一带而过，理雅各则表达了不同于司马迁"称前者为弃的儿子"①(calls the first K'e's son)的观点并加以详细考证。这体现出理雅各以"史实可靠性"(reliable)为历史写作标准的现代史学话语特征。

二、"文王、太姒"真实性考证

理雅各细心求证《关雎》所涉人物是否为"文王与太姒"，同样体现出以"史实可靠性"(reliable)为历史写作标准的现代史学考证精神。理雅各考证了文王、太姒年龄及其子嗣数量之间的对应关系，最终指出，中国传统经学对《诗经》的历史解读常常是"臆想式"的(that the traditional interpretation of the Odes must often be fanciful)(理雅各,2011d:5)。

理雅各说：

I am not disposed to call in question the belief that lady was the mistress of Wǎn's harem，but I venture to introduce here the substance of a note from 'Annals of the Empire'，Bk. I.，p. 14. to show how uncertain is the date at least of their marriage.

（理雅各,2011d:5）

在这一注解中，理雅各表示，"并非要质疑该女士是否为文王

---

① "前者"指不窋。

后宫中的女子",然后引用《帝王世纪》①(*Annals of the Empire*)相关记载来论证从中无法证实文王和太姒何时成婚。

理雅各基于不同文献,反复论证文王、武王的年龄,其论述体现出严密的逻辑推理特点。首先,理雅各指出,《大戴礼记》和"标准年谱"(standard chronology)均载有文王、武王的年龄。前者认为,文王14岁生了武王,但在"标准编年史"中,文王生于1230年、武王生于1168年,武王出生时文王已62岁,两者不一致。理雅各认为,这两个记录均经不起推敲(But both accounts have their difficulties),并从三方面论证了太姒不可能是文王"后妃":

> First, Wǎn had one son —Pih Yih-k'aou—older than Woo, so that he must have married T'ae-sz' at the age of 12 or thereabouts, when neither he nor she could have had the emotions described in the *Kwan-ts'eu*. Further, as Wǎn lived to be 100 years old, Woo must then have been 85. He died 20 years after, leaving his son, king Ching, only 14 years old. Ching must thus have been born when his father was over 80, and there was a younger son besides. This is incredible. Again, on the other account, it is unlikely that Wǎn should only have had Pih Yih-k'aou before Woo, and then subsequently seven other sons, all by the same mother. And this difficulty is increased by what we read in the 5th and 6th Odes, which are understood to celebrate the

---

① 《帝王世纪》,晋代皇甫谧所著,专述帝王世系、年代及事迹。所叙上起三皇,下迄汉魏。对"周"的相关记载提及:"周,姬姓也。文王始修政,三年而天下二分归之,人为纣三公。年十五而生太子发。文王九十七而崩,太子发代立,是为武王。武王二年,观兵至孟津之上,四年始伐殷,为天子,以木承水,自酆徙都镐。武王崩,年九十三,太子诵代立,是为成王。"(《帝王世纪》卷五)

numerousness of Wǎn's children.

（理雅各,2011d:5）

理雅各首先指出:在生下武王之前,文王已有长子伯邑考,若文王 14 岁生下武王,则文王 12 岁左右就需和太姒结婚、生子,而该年纪的孩子不可能产生《关雎》所描述的情感。文王 100 岁去世之际,武王 85 岁;武王 20 年后去世,其子成王仅 14 岁,意味着武王 80 多岁才有了成王这个儿子,且武王还有比成王更为年轻的儿子,理雅各认为这不可信(incredible)。理雅各还指出在武王之前,文王不太可能仅有伯邑考这一个儿子,而后同母所出接连生 7 个儿子,而且《周南》第五、六首①颂扬文王子嗣众多,这更增加了"文王生这么多孩子"的难度。

基于这个推理,理雅各总结说:

These considerations prove that the specification of events, as occurring in certain definite years of that early time, was put down very much at random by the chronologers, and that the traditional interpretation of the Odes must often be fanciful.

（理雅各,2011d:5）

在这一结语中,理雅各认为,对"文王与太姒"婚姻可能性的推算证明,早期历史事件的年份很可能是编年史学家随意认定的(put down very much at random),而且,中国传统《诗经》解读充满"臆想"(must often be fanciful)。这一论述过程与结论再次显示出理雅各对历史真实性的执着考证。

理雅各的史实考证体现出现代西方史学观下的分析、论证方

---

① 根据理雅各《中国经典·诗经》目录,《周南》第五首为《螽斯》、第六首为《桃夭》。

式,也与中国考据学派的部分做法相类似。但理雅各将《诗经》作为经典向西方传播,旨在将《诗经》作为一个中国文化载体,通过《诗经》向西方传达中国文化(详参 3.1"理雅各对中国经典的定位"),而中国注疏所建构的《诗经》历史意义建构是这种文化的一个重要部分,但理雅各注释没有充分传递这种历史意义建构。那么,中国注疏对《诗经》的历史意义建构与理雅各的史实求证又有什么不同呢? 理雅各的现代史学话语精神与中国传统史学观之间是否存在张力? 这种张力是否影响到中国经典的跨文化诠释? 下一节将就这些问题展开讨论。

7.2.2 历史求证话语与《诗经》诠释之间的张力

如 7.2.1 所讨论的,理雅各"以史证《诗》"重在对《诗经》注疏中的历史叙事进行真伪考证,有别于中国传统史学意义建构。本节将讨论中国传统史学话语的诠释特征,并基于此论述理雅各史实考证与《诗经》意义跨文化诠释之间的张力。

一、中国传统史学话语的诠释特征

《说文》:"史,记事者也;从又持中,中,正也。""史"之本意为"记事者",亦即"史官",要求"史官"能做到"正"。

《礼记·礼运》载:

> 故祭帝于郊,所以定天位也;祀社于国,所以列地利也;祖庙,所以本仁也;山川,所以傧鬼神也;五祀,所以本事也;故宗祝在庙,三公在朝,三老在学,王前巫而后史,卜筮瞽侑皆在左右。王中心无为也,以守至正。
>
> (《礼记正义》卷第二十二)

郑玄对这一段释义说:

此所以达礼于下也。教民尊神,慎居处也。

(《礼记正义》卷第二十二)

郑玄指出,祭祀不只是"王"要学会"尊神""慎居处",而且要"教民",给"民"以垂范,"以礼达于天下"。何谓"尊神"?"祭如在,祭神如神在"(《论语·八佾》),祭祀神灵,就要做到好似神灵就在现场接受祭祀;同理,祭祀祖宗,要做到好似祖宗就在现场接受祭祀。孔子在此并非论述有无神灵,其核心强调要"诚"与"敬"。如何才能做到"诚"与"敬"?《礼记》这一论述提及祭祀之际,"王"周围安排了具有特殊意义的人员,"巫""史""卜筮瞽侑"一直随行王的左右,旨在让王"中心无为,以守至正"。对于"王前巫而后史",孔颖达注疏说:

动则左史书之,言则右史书之,不敢为非也。

(《礼记正义》卷第二十二)

孔颖达又说:

自"宗祝在庙"至"皆在左右",是慎居处也。

(《礼记正义》卷第二十二)

孔颖达指出,《礼记》强调"慎居处",指出"左史记动,右史记言"的史官传统旨在使王"不敢为非也"——把王的一言一行记下来,使王时刻接受监督,不敢做不好的事情。如此才能"以守至正""慎居处",才能做到对天地宗祖之"诚"与"敬",理解自己作为"人君"的责任。

《礼记》这一论述在《史记·孟尝君列传》中也有体现:

孟尝君待客坐语,而屏风后常有侍史,主记君所与客语。

(《史记》卷七十五)

《史记》这一记载体现了中国古代天子之侧,诸侯之旁,盟会之时,燕私之际,皆有史官及时记载,以记录君主的得失。

因此,在传统中国史学观中,"史"具有突出的价值阐释传统,这种传统大量体现在中国传统史学文本写作中,如《春秋》。《春秋》内容经过严格选择,每年记事最多不过二十来条,最少的仅有两条;最长记录不过四十余字,最短仅一字(如《春秋·隐公五年》:螟)。这些简短叙事有着重要的意义建构功能,这一特点被称为微言大义的"春秋笔法"(Wu,2014a:853;杨民,2003:2)。我们不妨以《春秋》的一条"弑君"记录与"西狩获麟"来分析"春秋笔法"中的中国史学价值阐释传统。

其一:

"戊申,卫州吁弑其君完……九月,卫人杀州吁于濮。"

(《春秋公羊传注疏》卷第二)

完是卫国国君,州吁是其同父异母的弟弟。州吁谋弑了完,篡位做了国君。孔子用"弑"突出臣子杀君夺位、弟弟杀哥哥之大逆不道;卫国人却是"杀"州吁,剪除违背君臣之道、兄弟之亲的"乱贼",乃正义之举。一字之差,具有治史者的意义建构与引导功能。孔子将"杀州吁"的主语写为"卫人",而不是一个具体人名,似要表明州吁所为激起公愤,诛杀乱贼州吁是卫国人的共同心愿。孔子没有使用"叛贼""大逆不道"等带有价值判断的语言来表达他的态度,但他用的每一个词都在进行价值引导,试图矫正混乱的社会秩序(吴宗杰、胡美馨,2010:10)。

其二:

"哀公十有四年春,西狩获麟。"

(《春秋公羊传注疏》卷第二十八)

"西狩获麟"是《春秋》的结尾,为后人开辟了巨大的历史意义诠释空间。要理解这四个字的意义,还需从"麟"的符号意义入手。《公羊传》作解如下:

> 何以书？记异也。何异尔？非中国之兽也。然则孰狩
> 之？薪采者也。薪采者，则微者也。曷为以狩言之？大之也。
> 曷为大之？为获麟大之也。曷为为获麟大之？麟者，仁兽也。
> 有王者则至，无王者则不至。有以告者曰："有麕而角者。"孔
> 子曰："孰为来哉！孰为来哉！"反袂拭面，涕沾袍。

（《春秋公羊传注疏》卷第二十八）

在孔子看来，只在明君当政、礼义风行天下时，才是"仁兽"麟
应该出现并能被人们认识、尊崇的时候。哀公十四年，礼义不兴，
秩序混乱，仁兽即便出现，也无人能识，且被误伤，孔子为此伤心涕
下。故而"西狩获麟"是批判当时社会仁义失落。然而《春秋》没有
使用任何批判言词，只通过"微言"达到意义建构的目的：首先，
"狩"是用于王者的"大"词，将其用于樵夫，是为突出"麟"；其次，言
"获麟"而不言麟之不被人识、误被人伤，是想通过"麟"来呼吁社会
礼序的回归(吴宗杰、胡美馨，2010：11)。至于神兽"麟"是否真的
存在，似乎并非《春秋》关切之事，"微言大义"之根本目的不在于强
调所记是否事实，而是为人们反思社会问题、重建和谐礼序提供文
本载体。《春秋公羊传·哀公十四年》对此有很好的论述：

> 君子曷为为《春秋》？拨乱世，反诸正，莫近诸《春秋》。则
> 未知其为是与？其诸君子乐道尧、舜之道与？末不亦乐乎尧、
> 舜之知君子也？制《春秋》之义以俟后圣，以君子之为，亦有乐
> 乎此也。

（《春秋公羊传注疏》卷第二十八）

另外，《春秋》是否纳入某一事件、纳入某一事件时是否纳入其
中的某些细节都具有高度选择性，在许多地方以"不言"而"言"，
"言不言之说"。这些未加言说的内容成为后世不同"传""注""疏"
的阐释对象，成为中国历史诠释话语传统的重要部分(吴宗杰、胡

美馨,2010:11)。但《春秋》要树立的是什么价值观?《春秋》对此从未直接论述。不过《礼记·礼运》载:

> 昔者仲尼与于蜡宾,事毕,出游于观之上,喟然而叹。仲尼之叹,盖叹鲁也。言偃在侧,曰:"君子何叹?"孔子曰:"大道之行也,与三代之英,丘未之逮也,而有志焉。"

(《礼记正义》卷第二十一)

可知,孔子的理想在于"大道之行"的"大同"世界,孔子内心对《春秋》要表达的价值观与意义有着明确理解。然而,孔子的话语策略是"述而不作"——只叙述、不评论,不用概念性的、表征性的抽象语言来评论,但通过措辞用字把自己的价值观编织到历史文本中。这种历史话语也给不同身份的读者留下了比照、自省的对象(吴宗杰、胡美馨,2010:11)。"述而不作"的历史话语策略建立了中国一种尊经为尚、读经为本、解经为事、依经立义的话语言说方式、意义构建方式和话语解读方式,对中国数千年文化产生了决定性的深远影响;"以此为中心而历史地展开的各种人文阐释活动,实际上是古代知识分子在面向现实之际,依托于对传统的确认来争取批判权力的精神行为"(张金梅,2007:47)。

这种史学叙事对于现代人而言似乎并非"正常的"历史写作,如梁启超对《春秋》这样的传统中国史学话语评论道:

> 一条纪一事,不相联属,绝类村店所用之流水帐簿。每年多则十数条,少则三四条……又绝无组织,任意断自某年,皆成起讫……所记仅各国宫廷事,或宫廷间互相之关系,而社会情形一无所及……天灾地变等现象本非历史事项者,反一一注意详记。

(梁启超,1998:12)

梁启超对中国传统史学话语的批判显示出西方现代史学观对

他的影响,认为历史应该是相互"联属"的陈述所构成的知识(解释)体系。梁启超的评论也说明:重于"礼义"和"正名"意义构建的"春秋笔法"在注重因果关系、强调线性联系的西方现代史学话语框架下,未必能得到充分理解(吴宗杰,胡美馨,2010:11)。

"以史证《诗》"的诠释范式在顾颉刚、郑振铎等一些现代学者眼中也有"无中生有""穿凿附会"的嫌疑(转引自:毛宣国,2007:170),当代学者对这种质疑也不无共鸣,如夏传才认为:

> (《诗经·小序》)绝大多数是附会史传、杂说,用的是"以史证《诗》"的穿凿方法,提示的各诗的题旨,有许许多多谬误,歪曲了诗的原义……掩盖了《诗经》的真面目,必须彻底抛开它们,用新的观点和方法作出正确的题解。
>
> (夏传才,2007:66)

这些对"以史证《诗》"诠释方法的批评也隐含着与梁启超对《春秋》的批判、理雅各对《诗经》所涉历史真实性的批判相类似的"史实论证"西方现代史学话语特征。

从史实考证角度出发,"西狩获麟"确实显得不太真实。但"以史证《诗》"的核心关注并非求证《诗》是否"真实记载或还原了历史"(毛宣国,2007:170),徐复观论及《韩诗外传》之《诗》与史的结合时也认为,这种结合是象征意义上的结合,是让历史上具体的人与事成为"普遍性与妥当性的一种象征"(徐复观,2001:5),并非对《诗》作为历史的还原(转引自:毛宣国,2007:170)。"以史证《诗》"意义诠释的核心目的在于实现"微言大义"的意义建构,这也是传统中国史学话语的突出特点。

而理雅各的史实求证未能传达这样的中国传统史学价值观。下文结合理雅各"以史证《诗》"中的史实考证与中国传统史学话语的诠释特征,讨论理雅各历史考证话语对《诗经》跨文化诠释的影响。

二、史实求证话语与《关雎》诠释之间的张力

7.2.1"历史真实性考证"分析了理雅各从"后稷是否周王族先祖""后稷是否得到封地邰""太窖是否后稷儿子"三个方面考证了《诗谱序》《史记》等所叙述的《周南》相关历史之真实性,并通过时间推算等方法证伪注疏所建构的"文王太姒"夫妇关系的真实性,体现出现代西方史学话语的分析与论证范式。那么,这样的西方史学话语特征与中国传统经学的"以史证《诗》"之间存在什么样的张力呢?为此,我们需要了解《诗经》注疏关于周王族族谱、太姒作为文王后妃的意义建构。

首先,中国注疏与史学文献对周王族族谱的意义建构。《诗经》注疏在"美刺"大纲之下,围绕"圣人之化"开展周王族族谱的意义建构,突出"仁贤之行""圣人之化"的家族历史,强调"天子"及诸侯之"德"对"天下"的重要意义。

郑玄笺注《诗谱序》道:

> 欲知源流清浊之所处,则循其上下而省之;欲知风化芳臭气泽之所及,则傍行而观之,此《诗》之大纲也。
>
> （《毛诗正义·诗谱序》）

对郑玄的这一笺注,孔颖达注疏说:

> 此又总言为《谱》之理也。若魏有俭啬之俗,唐有杀礼之风,齐有太公之化,卫有康叔之烈。述其土地之宜,显其始封之主,省其上下,知其众源所出,识其清浊也。属其美刺之诗,各当其君君之化,傍观其诗,知其风化得失,识其芳臭,皆以喻善恶耳。
>
> （《毛诗正义·诗谱序》）

也就是说,《诗经》的"纲"在于记录风化得失,以达到"美刺"

"知源流清浊""以喻善恶"的目的。郑玄认为,理解了《诗经》这一出发点,才能"举一纲而万目张,解一卷而众篇明",才能理解《诗经》的意义。郑玄和孔颖达都将"知源流清浊"的"美刺"视为《诗经》意义建构的核心所在。

在这样的理念指导下,《诗谱序》周王族谱牒叙事也突出"美刺"意义建构,重在对周王族"圣王之化"之"清流"历史的颂美,突出周族列祖"仁贤之行",强调天子诸侯的"德行"。

《诗谱序》对这一"清流"的话语建构始于"后稷":

> 周自后稷播种百谷,黎民阻饥,兹时乃粒,自传于此名也。
>
> (《毛诗注疏·诗谱序》)

《史记·周本纪》的后稷叙事更为详细:

> 弃为儿时,屹如巨人之志。其游戏,好种树麻、菽,麻、菽美。及为成人,遂好耕农,相地之宜,宜谷者稼穑焉,民皆法则之。帝尧闻之,举弃为农师,天下得其利,有功。帝舜曰:"弃,黎民始饥,尔后稷播时百谷。"封弃于邰,号曰后稷,别姓姬氏。后稷之兴,在陶唐、虞、夏之际,皆有令德。
>
> (《史记》卷四)

《诗谱序》与《史记》的"后稷"叙事都突出两个方面的内容:其一是"后稷造福黎民,使其免于饥饿"的仁贤形象,其二是建构了后稷作为周族仁贤始祖的地位,建立起周王族"清流"之始的形象。为突出后稷这一历史功绩,孔颖达引经据典:

> 《尧典》说舜命后稷云:"帝曰:'弃,黎民阻饥,汝后稷,播时百谷。'"《皋陶谟》称禹曰:予"暨稷播,奏庶艰食、鲜食,烝民乃粒"。是其文也。
>
> (《毛诗注疏·诗谱序》)

《尧典》和《皋陶谟》都出自中国早期历史经典文本《尚书》,其经典地位确保了引证内容的权威性,有助于建构"后稷作为周族清流之源"的形象。《诗谱序》在后稷之后接续上了公刘叙事:

> 陶唐之末,中叶公刘亦世修其业,以明民共财。
>
> (《毛诗注疏·诗谱序》)

其中,"亦世修其业"以"其业"将"公刘"与"后稷"直接联系在一起,以"亦"字说明周族始祖"播种百谷"、造福黎民的伟业后继有人,"清流"延续。

孔颖达对此注疏道:

> 公刘者,后稷之曾孙,当夏时为诸侯。以后稷当唐之时,故继唐言之也。中叶,谓中世。后稷至于大王,公刘居其中。《商颂》云"昔在中叶",亦谓自契至汤之中也。《祭法》云"黄帝正名百物,以明民共财"。明民,谓使衣服有章。共财,谓使之同有财用。公刘在豳教民,使上下有章,财用不乏,故引黄帝之事以言之。
>
> (《毛诗注疏·诗谱序》)

孔颖达明确指出,公刘是后稷曾孙,并以《礼记·祭法》黄帝"正名百物、明民共财"来类比公刘造福百姓,使百姓衣食无忧、生活有序的功绩。《史记·周本纪》的公刘叙事与此相似:

> 公刘虽在戎狄之间,复修后稷之业,务耕种,行地宜,自漆、沮度渭,取材用,行者有资,居者有畜积,民赖其庆。百姓怀之,多徙而保归焉。周道之兴自此始,故诗人歌乐思其德。
>
> (《史记》卷四)

《史记》此叙事以"复修后稷之业"强调,公刘和其祖先后稷一样为黎民造福,还明确指出公刘深受百姓爱戴,具有"周道之兴自此始"的意义。

接着,《诗谱序》跳过了《史记》所载的周王族历代祖宗,将叙事"快进"到大王(即古公亶父)、王季(古公亶父之子、文王父亲):

> 至于大王、王季,克堪顾天。
>
> (《毛诗注疏·诗谱序》)

孔颖达对这一句解释道:

> 此《尚书·多方》,说天以纣恶,更求人主之意。云:"天惟求尔多方,大动以威,开厥顾天。惟尔多方,罔堪顾之。惟我周王,克堪用德,惟典神天。"注云:顾,由视念也。其意也天下灾异之威,动天下之心,开其能为天以视念者。众国无堪为之,惟我周能堪之。彼言文王、武王能顾天耳。大王、王季为天所祐,已有王迹,是能顾天也。
>
> (《毛诗注疏·诗谱序》)

至此,《诗谱序》及其注疏话语已建构起周王族"克堪顾天"的形象:不只文王、武王响应天意,其父与祖父大王、王季就已经"有王迹",周响应天意取代殷的征兆早已体现在文王父辈、祖辈身上。对此《史记·周本纪》给出了更为具体的叙事:

> 古公亶父复修后稷、公刘之业,积德行义,国人皆戴之。薰育戎狄攻之,欲得财物,予之。已复攻,欲得地与民。民皆怒,欲战。古公曰:"有民立君,将以利之。今戎狄所为攻战,以吾地与民。民之在我,与其在彼,何异。民欲以我故战,杀人父子而君之,予不忍为。"乃与私属遂去豳,度漆、沮,逾梁山,止于岐下。豳人举国扶老携弱,尽复归古公于岐下。及他旁国闻古公仁,亦多归之。于是古公乃贬戎狄之俗,而营筑城郭室屋,而邑别居之。作五官有司。民皆歌乐之,颂其

德。……公季修古公遗道，笃于行义，诸侯顺之。

（《史记》卷四）

《史记》以"复修后稷、公刘之业"将古公亶父与后稷、公刘并归"仁贤"之列，详叙古公亶父宁将领地让给为百姓争地而前来侵犯的戎狄，自己迁居豳地。因其"仁"，"豳人举国扶老携弱，尽复归古公与岐下"，而且"及他旁国闻古公仁"，也"多归之"，建构起出古公亶父的"仁贤"形象，与《诗谱序》"已有王迹""克堪顾天"的说法遥相呼应。

接着，《诗谱序》对文王、武王及其后成王、周公的叙事如下：

> 文、武之德，光熙前绪，以集大命于厥身，遂为天下父母，使民有政有居。其时《诗》，《风》有《周南》《召南》，《雅》有《鹿鸣》《文王》之属。及成王，周公致太平，制礼作乐，而有颂声兴焉，盛之至也。本之由此风雅而来，故皆录之，谓之《诗》之正经。

（《毛诗注疏·诗谱序》）

《诗谱序》认为，文武二王"集大命于阙身"，天赋使命，才有《诗经》的"风""雅"相关作品。至武王的儿子成王时期，"周公制礼作乐"，有了《诗经》的"颂"。这一方面说明了《诗经》由来，另一方面更为重要的是建构出周朝文、武、成王在位期间的盛大"周道"，"制礼作乐"，成为后世楷模，进一步突出"仁贤"意义建构。

《史记·周本纪》文王关于的相关叙事如下：

> 公季卒，子昌立，是为西伯。西伯曰文王，遵后稷、公刘之业，则古公、公季之法，笃仁，敬老，慈少。礼下贤者，日中不暇食以待士，士以此多归之。伯夷、叔齐在孤竹，闻西伯善养老，盍往归之。太颠、闳夭、散宜生、鬻子、辛甲大夫之徒皆往归之。

（《史记》卷四）

《史记》以"遵后稷、公刘之业""则①古公、公季之法"建构文王对仁贤先祖后稷、公刘、古公、公季之德的传承意义,因其仁、敬、慈且礼贤下士,名士"皆往归之"。该叙事继续建构仁贤"周道",有"以诸侯而行王道"(《毛诗注疏·诗谱序》)之风范,更为直接地表达出"周道"在"天下民心"中的重要地位。

《诗谱序》《史记》是汉朝作品,《毛诗注疏》中的《孔疏》是唐朝作品,这些文本虽不是出于同一个时代,其内容也各有侧重,但都围绕"仁贤周道"主题反复言说,赋予《周南》《召南》"颂美周道"的意义建构。在这样的"以史证《诗》"话语之下,才有了《周南召南谱》对《周南》《召南》经义建构的定位:

> 其得圣人之化者谓之《周南》,得贤人之化者谓之《召南》,言二公之德教自岐而行于南国也。

(《毛诗注疏·周南召南谱》)

前文已指出,根据注疏所载,周族率众迁居到岐的是古公亶父,故"自岐而行于南国"表达了周公、召公继承先祖"周道",以之风化天下,且将风化之义系于圣人之化,突出《诗谱序》周族谱牒梳理所建构的"仁贤"经义。

无论是《史记》《诗谱序》,还是《毛诗注疏》中的"传""笺""疏",其周王族谱牒追溯均突出"圣人之化""百姓怀之""皆往归之""民皆歌乐之,颂其德"的"周道""王化之道"。至于其所记是否为"事实",司马迁、郑玄、孔颖达都未加考证。

因此,中国传统经史文献中的"以史证《诗》"重在经义建构,而理雅各所论述的"后稷"是否周王先祖则是"真假"命题论证,其答案限于"是"或"否"。实际上,许多中国史学文本若加以现

---

① "则"原意为"模仿",引申为"学习"。

代史学范式下的逻辑推论,可能暴露出的不只是某某是否某某先祖这样的问题,还可能导致更多的"科学性"质疑,如后稷母亲脚踩巨人脚印后孕育"后稷"的历史叙事①。这种例子在中国传统史学文本中并不罕见,如若"麟"是一种神兽,那么《春秋》终笔"西狩获麟"是否纪实? 但是,如前所述,它具有"微言大义"的礼义建构。《史记·屈原贾生列传》中屈原投江前与渔父长篇对话后做长篇《怀沙赋》,并当着渔父的面抱石投江而未被渔父所救,是否纪实? 其"真实性"未必经得起推敲,但它具有特别的意义建构②。

其次,注疏对"文王太姒"经义的话语建构。《关雎》通过比兴手法,传达出一位女性如澄澈的清水般美丽善良又遥远深邃的"窈窕淑女"魅力(张祥龙,2009),而《诗经》这样一个"迩之事父,远之事君"(《论语·阳货篇》)的文本,何以把描写夫妇关系的《关雎》作为开篇呢?

郑玄对"太姒"的意义建构直言"贤妃之德":

> 初,古公亶父聿来胥宇,爰及姜女。其后,大任思媚周姜,大姒嗣徽音,历世有贤妃之助,以致其治。
>
> (《毛诗注疏·诗谱序》)

孔颖达对这一句解注道:

> 此事皆在大雅也。郑言此者,以二国之诗以后妃夫人之德为首,《召南》夫人虽斥文王夫人,而先王夫人亦有是德,故

---

① 《史记·周本纪》载:周后稷,名弃。其母有邰氏女,曰姜原。姜原为帝喾元妃。姜原出野,见巨人迹,心忻然说,欲践之,践之而身动如孕者。居期而生子,以为不祥,弃之隘巷,马牛过者皆辟不践;徙置之林中,适会山林多人,迁之;而弃渠中冰上,飞鸟以其翼覆荐之。姜原以为神,遂收养长之。初欲弃之,因名曰弃。

② 《史记·屈原贾生列传》"屈原与渔夫的对话"意义建构解读详参:吴宗杰、余华.《史记》叙事范式与民族志书写的本土化.广西民族大学学报,2011(1):70-77.

引诗文以历言。

（《毛诗注疏·诗谱序》）

孔颖达指出，《周南》《召南》都以叙写"后妃夫人之德"开头，而且郑玄列举了周朝历代"贤妃"：古公亶父的正妃太姜、古公亶父之子季历的正妃太任、周文王的正妃太姒，指出"历世有贤妃之助，以致其治"，建构了"贤妃"对于"天下大治"的重要意义。

郑玄在"历世有贤妃之助，以致其治"后紧接着说：

文王刑于寡妻，至于兄弟，以御于家邦。

（《毛诗注疏·诗谱序》）

《说文》：刑，"从井从刀。《易》曰：井，法也。""刑于寡妻"说的是(天子)先治理好家庭，才能"至于兄弟"也就是处理好家族关系，进而才能"御于家邦"、四海来归。那么，这其中又有什么样的意义建构呢？要理解这一点，就需了解后妃或妻子对天子"正其家"的意义。

《毛传》认为："《周南》《召南》，正始之道，王化之基。"（《毛诗注疏·诗大序》）也就是说，在《毛传》致力建构的《诗经》经义中，"王化"是重要内容；而《周南》《召南》又是"王化"意义建构的基础。对《毛传》这一意义建构，孔颖达疏注道：

高以下为基，远以近为始。文王正其家而后及其国，是正其始也。化南土以成王业，是王化之基也。

（《毛诗注疏》卷第一》）

《孔疏》认为：文王要教化天下，须先"正其家"。这与《老子》所言"修之家，其德乃余。修之邦，其德乃丰。修之天下，其德乃普"所表述的"自狭至广"（《毛诗注疏·诗谱序》）之意相同。由这些论述可看出，中国传统经学着力建构"家"之于"天下"的重要意义。

那么,在"正其家"作为"王化之始"的话语建构中,"后妃之德"又被赋予什么样的意义呢?

> 天子听男教,后听女顺;天子理阳道,后治阴德;天子听外治,后听内职。教顺成俗,外内和顺,国家理治,此之谓盛德。

(《礼记正义》卷第六十一)

《礼记正义》在此指出:"教顺成俗,外内和顺",方可"国家理治",达致"盛德"。《说文》:"教,上所施下所效也。"《毛诗注疏·诗谱序》将"教"论述为"施化之法,自上而下,当天子教诸侯,教大夫,大夫教其民",指出天子的一言一行是诸侯、大夫、平民效仿的对象,故天子"垂范"对教化天下极为重要。

而"后妃之德"与天子之"教"关系密切。《礼记正义·曲礼下》云:

> 天子立官,则先从后妃为始。所以然者,为治之法,刑于寡妻,始于家邦,终于四海,故删《诗》则以后妃为首。若论气先阴后阳,故此言"天子有后"也。谓之为后者,后,後也,言其後于天子,亦以广後胤也。

(《礼记正义》卷第四)

《礼记正义》直陈"《诗》则以后妃为首"的原因是"终于四海"必须始于"刑于寡妻":要治理好天下,先要处理好夫妻关系,妻子需能完成其角色任务。6.2.2"'男女有别'与'妇顺'"也曾论及后妃、妻子在"天下理治"中的作用,指出"妇礼"与"妇顺"对天下和谐的重要意义。

有出土楚简记载,"《关雎》以色喻于礼"(黄怀信,2004:23),传统中国经学认为《关雎》倡导淑女德行,最终指向"礼"。"礼"以"仁"为本,"仁"又以"孝悌"为本(《论语·学而篇》)。孝悌即亲情,故亲子之爱是"礼的源头"(张祥龙,2009:188)。亲子之爱源于家,家首先在于"夫妇",因而"夫妇"在中国传统文化中具有重要意义。《礼记》云:

> 夫妇之愚,可以与知焉。及其至也,虽圣人亦有所不知焉……诗云:"鸢飞戾天,鱼跃于渊。"言其上下察也。君子之道,造端乎夫妇;及其至也,察乎天地。

> (《礼记正义》卷第五十四)

《礼记》认为,夫妻是上下相交、二对而生成的关系,其理解之所至,圣人也未必能达到。而"夫妇"必以天然阴阳差异为基础。所以中国古代对女性身份的期待与设计突出"男女有别",突出女性"阴"性特征,并将其与"家"紧密联系,如《诗经·桃夭》的"宜其室家"。因此,《诗经》从"淑女"始,《毛传注疏》等传统经学文本的《诗》义建构从"后妃之德"始,并非偶然。

第三,理雅各"以史证《诗》"与中国传统史学意义建构之间的张力。理雅各"以史证《诗》"话语有别于中国传统历史话语。因其篇幅不太长,差异看似不突出,但两者的"历史"意义建构却存在明显差异。

在中国传统经学的"历史"意义建构中,

> 在以彰善瘅恶、予夺褒贬、申以劝诫为主旨的《春秋》经学统摄和指引下,实录所录史事并非客观历史真相,而是善恶之实和褒贬之实,并以之作为载道、明道的基础,体现出鲜明的经学取向。在一定意义上说,中国传统史学中的实录观念,一半是经学,一半是史学,以经为体,以史为用,与近代史学客观理性和实证精神有较大差异。这种把善恶褒贬注入史事的史学撰述形式,反映了《春秋》经学对于传统史学的统摄和史学对于经学依归。

> (李传印,2014:132)

　　而理雅各的"以史证《诗》"将"历史真实性"放在突出位置,通过各种方式求证《诗经》注疏和中国史学文献中的《关雎》相关历史叙事之真实性,并得出真假结论,影响了《关雎》经义诠释的开放性。

　　如前文所提及的"The chiefs of Chow pretended to trace their lineage back to K'e, better known as How Tseih, Shun's minister of Agriculture"(理雅各,2011d:2),该注释仅指出周族将祖先追溯至大舜时期的"农业部长",并以"假装"(pretend)一词暗示该内容并非史实。理雅各后文虽以"司马迁"(Sz'-ma Ts'ëen)说明所引内容出自《史记》,但未曾引述《史记》所载"及为成人,遂好耕农,相地之宜,宜谷者稼穑焉,民皆法则之。帝尧闻之,举弃为农师,天下得其利,有功"(《史记》卷四)的叙事,使读者无从了解《史记》所建构的"后稷"对"为生民谋福"的"周道"的奠基意义,也就无法帮助读者了解《史记》将周王族谱牒追溯至后稷的意义建构指归。此外,理雅各以"农业部长"这样的现代西方政治体制中的术语来标识后稷,也可能使西方读者以看待现代政客的眼光看待"后稷",无法突出"仁贤"形象。而《史记》叙事中的"后稷"是"周道"之源头:一则突出"圣贤"之"道"足以为君子、公侯之法则,二则尧舜时期被视为"大道之行"的经典时期,对尧舜时期的叙事无论虚实,其叙事都暗含"周道"对尧舜"大道"的传承。后稷是否为周王族先祖?《周南》所在的周国或周公旦、《毛诗注疏》就《关雎》等诗歌所做的周文王意义建构与"后稷"是否存在谱系传承关系?《史记》与《毛诗注疏》似乎并不关注这些问题的真实性、客观性,而是重视"后稷"及其所带入的"尧舜"对经义建构的意义。因而,理雅各"以史证《诗》"对"历史真实性"的求证难以传达出中国传统史学话语的经义指归。

　　此外,理雅各所论证的"太姒"人物真实性在《毛诗注疏》等经学文献中也不是重点。《毛诗注疏》的《关雎》经义建构虽以"文王与太姒"为典型人物,但其经义更具泛指意义。在"窈窕淑女"意义建构中,"太姒"只是一个能指符号,她可以是"太姒",也可以是其他任何女性的名字;最核心的不是该人物到底是谁,而是该人物被历代注疏所赋予的意义,是"太姒之德"为后妃榜样、为天下女性之榜样、为家国天下理治所应起到的作用。但理雅各注释集中关注的却是"迎娶"这一"历史事件"。

这种差异体现出两者"以史证《诗》"策略中的史学观差异。《诗经》注疏与中国史学文献通过历史叙事建构"后妃之德"对"家—国—天下"的教化意义;而理雅各"以史证《诗》"则落实在具体事件采写上,突出分析、考证,而不是突出"太姒"作为能指符号在《关雎》意义建构中的"所指意义"。故理雅各对"窈窕淑女"进行跨文化诠释时,未能充分表达传统《诗》学对《关雎》的意义建构。

怀特认为,在分析历史领域的诗学行为中,作者"既创造了他的分析对象,也预先确定了他将对此进行解释的概念策略"(怀特,2009:序7),而历史想象及其解释策略都是某一话语传统中的一个节点(怀特,2009:序10)。理雅各对《关雎》的历史诠释体现出的现代史学话语范式对中国传统史学价值建构的跨文化诠释有所不足。

本章的分析表明,理雅各的中国经典跨文化诠释不期然地带入现代西方学科话语视角,集中表现为其《诗经》名物释义突出了"物种认证"的西方现代科学话语,其"以史证《诗》"中的"史实求证"突出了西方现代史学分析性话语特征。这些求证虽然体现出理雅各作为一名学者的严谨态度,但影响了以经义建构为核心的中国经学话语范式的跨文化诠释与表达。

第八章 理雅各西儒经注的当下观照

本书第五、六、七章结合中国传统经学、话语学与文化人类学等领域的理论视角与方法，将理雅各《关雎》注释与中国传统注疏与史学文本加以比较辩读，分析了理雅各《关雎》注释对中国经典进行经义辨识与跨文化重构的话语特征。本章将对第五、六、七章文本分析所发现的理雅各《关雎》跨文化诠释话语特征做一小结，并讨论理雅各《关雎》西儒经注话语特征的当下意义。

理雅各《关雎》注疏详细呈现经义之"神"，其体裁充分体现出中国传统注疏之"形"，其文本辩读诠释方法"述而不作"与"述而又作"并举，其诠释视角在"中国注疏话语"与"西方现代话语"之间有所切换。

其一，经注定位，经义之"神"与体裁之"形"兼备。

理雅各《关雎》注疏从内容、体裁上都体现出中国经典跨文化诠释的经注定位。其内容重视传达历代注疏围绕《关雎》所建构的国家治理、道德、礼义等方面层次丰富的经义，梳理不同注疏对同一文本的不同意义诠释及其前后发展关系，体现出中国传统注疏的"多声部"赋格特征，尊重中国经典诠释的"意义开放性"。

其体例与中国《诗经》注疏体例高度相仿。其诠释策略深度倚重对中国注疏与史学文献的互文引用，通过逐字逐句、随文释义的"以经注经"体裁模仿，呈现中国传统注疏所建构的经义及其经学话语特征,向西方读者呈现作为"文化他者"的中国经典。因此,理雅各《关雎》跨文化重构更应被理解为对中国经典的跨文化"经注实践",而不只是"翻译实践";理雅各本人则是为中国经典做跨文化注疏的西儒经学家。

其二,文本辩读,"述而不作"与"述而又作"并举。①

理雅各虽然也通过一些逻辑推论的方法解释文本,但其首要意义诠释路径是文本辩读。他大量引述中国注疏,通过对中国注疏文本的"剪裁""连缀",向西方读者展现中国传统注疏对《关雎》的经义建构及其话语范式。这种"剪裁连缀"颇似"以经注经""疏不破注"的中国传统经学方法,体现出理雅各《关雎》跨文化诠释"述而不作"的话语策略特征。

理雅各还通过案语进行讨论,其讨论主要起到三个作用:首先,梳理不同时期的注疏对同一文本的不同意义诠释及其前后发展联系,呈现经义诠释的历史发展脉络;其次,比较不同注疏在同一文本释义上的观点差异,在不同意义诠释之中进行选择,或将其全部否定,给出自己的诠释;再次,就《关雎》注疏所建构的不同于西方价值观的经义进行中西文化比照,并从西方视角给出(通常是消极的)评价。这些注疏者的旁白案语体现出理雅各"述而又作"

---

① 《论语·述而》载:"述而不作,信而好古"。"述,传旧而已。作则创始也。"(蔡节,《论语集说》卷四)。亦即"述而不作"重在诠释经典文本,而不是创新观点。从《春秋》等文本看,即便只是基于经典进行"裁剪连缀"的"传旧"工作,孔子的每一措辞均富含"微言大义"的意义新"作"或"论说",只是在行文形式上体现为对"旧"文本的剪裁、连缀。因此,本研究对"述而不作"与"述而又作"的区分重在行文形式,将"述而不作"的核心特点理解为孔子对"旧"文本的剪裁与重组,它在内容上富含意义建构。基于这一理解,我们将理雅各"剪裁""连缀"中国注疏文献的话语策略称为"述而不作",将其通过"案语旁白"进行论述的话语策略称为"述而又作"——"作"是在行文上体现了论述特征。但就理雅各注疏内容而言,无论是"述而不作"还是"述而又作",都是跨文化经义重构,都可被视为跨文化的意义诠释之"作"。

的中国经典跨文化诠释策略。但理雅各极少使用西方理论概念与术语,也极少使用中国理论概念与术语,这避免了西方读者熟悉的西方术语对《诗经》意义产生干预,也避免了中国术语因为不符合西方读者熟识的话语范式而难以引起共鸣、导致理解模糊。

其三,中西兼顾,"传统注疏"与"现代语码"切换。

理雅各对中国注疏文献的大量引用、剪裁、连缀呈现了中国传统经学注疏"述而不作""疏不破注"的特征,其案语旁白又体现出"述而又作"的特征,体现出中国传统注疏话语范式。

与此同时,理雅各《关雎》跨文化注释又不期然地带入现代西方学科话语特征,集中体现于两个方面:其《诗经》名物释义突出"物种认证"的西方现代科学话语;其"史实求证"突出西方现代史学分析性话语特征。这些求证体现出理雅各的严谨态度,但影响了以经义建构为核心的中国经学话语范式的跨文化诠释与表达。

理雅各《关雎》跨文化诠释话语特征对中国经学如何在当下重新焕发意义、对现代西方理性话语困境的出路思考、对中国经典跨文化传播都有积极启示。

8.1 经义"辨识"与"再生"的当下意义

历史性、情境化、对话性的意义诠释是中国经典意义建构的重要特征,经典在不同时代被赋予与前人诠释紧密联系,又与注疏者所处历史语境深入对话的新的经义建构。以《诗经》为例,其成书时代被设定为"天下有道,则礼乐征伐自天子出"(《论语·季氏》)的东周初期,其编写被众多经学者认为是"孔子圣裁"。自《毛传》始,汉笺唐疏、宋明义理、清代考据中虽不乏训解和义理阐述,但无不围绕"经义"这一源头阐发(郭万金,2010:61);"晚清以降,经学失尊,再及'五四',纯为文学"(郭万金,2010:68),"千余年的经学积淀在特定的政治文化生态中成为被现代科学精神所阻隔的遥远传统"(郭万金,2010:61)。但"'诗三百'曾是'经',这是汉唐明清毋庸置疑的历史真相",而作为"中国文化稳定载体"的经学能"传承几千年","决定其价值意义的乃是这一文化生态的历史选择",而不是圣人之说或帝王权威(郭万金,2010:68)。晚清以降的《诗经》"学科定位"变化也是最近一百多年来中国传统经学"学科经历"的缩影。但相较于受西方现代学科话语体系深刻影响的最近一百年,晚清以前两千多年间传统经义诠释对中国文化传统的形成与发展发挥了更大的、文化塑形的基因型作用。

然而,中国传统经义及其话语建构范式在经学传统凋敝百年后的当下,并不具有经学兴盛的两千年间所具有的修身行事、通经致用、治国安邦的意义建构力量。而今的"当下"一方面是全球化背景下西方现代话语体系困境,另一方面是西方话语霸权现状与中华文化"走出去"既定战略下,国家领导充分认识到中国传统经典的重要性,百姓对"国学"也有越来越强烈的需求,但还没有经学传统中统治者奉经典为治国安邦的法宝、士大夫以通经致用为终身抱负、平民百姓以经典为修身行事之彝训(《十三经注疏》整理工作委员会,1999:1)的共识。在当下中国,"经典"不再被奉为指导公共行为和私人行为的圭臬。有学者认为,当下中国还面临"双重失语症"危机,即对内无法表述现实,对外充当西方话语体系"复印机",于是呼吁自觉开发中国学界自己的话语(郑杭生、黄家亮,2012)。

在这样的"当下",中国经学话语可成为"自己的话语"的丰富源泉。"儒家六经是中国文化的源头活水","后世许多思想都可以从中找到最初的原型,由此而形成中华民族认识世界和把握世界的思维方式"(姜广辉,2005:1)。中国经典诠释具有突出的历史对话性,经典意义建构或重构与不同时期的"当下"语境深度对话,

"当下"是经典意义重构的指向,因此"一部经典诠释的历史,即反映一个社会共同体文化思想新陈代谢的历史"(姜广辉,2005:1)。故而,中国经典"不是死的古籍,而是中华文化生生不息、以古为新的话语资源"(吴宗杰,张崇,2014:4),它与不同时期的"当下"对话,不断产生新的意义,使我们能"接续中华文化几千年流淌过来的源流,并使其成为富有生命力的当代文化资源"(吴宗杰、张崇,2014:17),也能为当下中国社会提供意义引导与话语资源,为中国与世界的深度对话提供文化基因式的中国智慧及话语范式。

而要使经义重新被激活并给社会提供意义引导,则需要能够让当下世界与中国经典深度对话的话语范式。理雅各的《关雎》跨文化诠释用现代英语对古代中国经典进行跨文化重构,这启发我们可用当代汉语对《诗经》这样的文化重典进行"深度描写"式的当代诠释与重构,使中国传统经义观照当下社会的意义建构与引导。

8.2 经学话语对突破现代性话语困境的启发

在全球化不断深入各个领域、世界日益一体化的当下,世界面临着话语转型,而理雅各的中国经典跨文化诠释话语特征则为这一转型提供了一种可能的话语路向。

要讨论这一问题,我们需从西方现代启蒙运动以来的理性话语体系及其所导致的话语单一性说起,并以语言学转向的哲学研究对西方理性话语体系的反思与解构为背景,思考中国经学话语范式对世界话语多元性的意义。

一、现代性话语体系及话语单一性

全球化时代在世界范围内占据统领地位的话语体系主要在西方思维方式下产生,以定义、逻辑、推理、论证等为突出特点,其"知识范式"很大程度上源自 18 世纪欧洲启蒙运动所建构的、以"科学""进步"等话语为突出符号的现代理性话语体系。这一话语体系随殖民主义全球扩张逐渐传播到世界各个地区,形成强大的"话语霸权"(Foucault,2002b)。其强大之处在于,它慢慢地在殖民主义所及之处将这种思维范式推广成"主流思维范式",有意也罢,无意也罢,将各地原住民传统文化形态逐渐弱势化、边缘化,使多样化的原生文化形态"被沉默",由政治殖民与经济殖民带来了文化殖民、话语殖民。后续对非洲、亚洲等地区的人类学研究虽旨在呈现各地文化原生形态,却大多以西方话语体系为载体,从西方视角解读、表征所观察到的被殖民地区的文化形态。随着经济全球化的风生水起与日益深化,具有先发优势的欧洲、美洲经济体在全球范围内不断扩展其影响力。与经济全球化同步的则是全球范围内不同地区之间的文化交流与对话,但这种交流与对话往往以经济强势的文化带着优越感主动扩张、后发地区(或曰"落后地区")主动或被动地接受为模式,成为另一种形式的"文化话语殖民"。这种情况发生在美洲,发生在非洲,也发生在亚洲,中国概莫能外。

在这种相互权势关系不对称的跨文化互动中,被动一方的"话语体系"逐渐被强势一方的"话语体系"所"殖民",慢慢形成强势一方所带来的西方现代理性思维方式独霸的局面,其结果是各地区由于本土话语体系被压抑,在跨文化互动中自觉、不自觉地以对方,或更确切地说,以西方现代话语体系发声,导致全球话语与文化多样性受到影响。以中国为例,晚清"师夷长技以制夷","五四"深刻批判许多传统文化,呼吁引进西方政治经济科技。改革开放以来跨国经济文化互动越来越广泛,这些所带来的西方现代话语体系逐渐在政治、教育、文化等诸领域将中国传统话语推挤到角落里。

西方知识体系、思维范式及其话语体系不只是在跨国政治、经济、文化互动中大行其道,也在中国国内各领域活动中占据突出地位。试举一例:《诗经》在中国教科书里不是作为传统经学视域下带有深刻"经义"建构的文本出现,而是作为"文学"作品出现。再举一例:中国中小学历史教材中的历史故事不是传统中国史学视野中"以史为鉴""鉴古开今"的意义诠释,而是从原始社会到社会主义社会依次演进的线性因果关系分析模式下的达尔文进化论式、马克思唯物史观下的历史叙事。以上两例并非要就中西话语体系做孰是孰非、孰优孰劣的对比论断,只是用以说明当下中国学生自小浸润其中的教材背后的知识体系、话语体系源自西方现代启蒙运动以来的知识体系、话语体系——"文学"等学科概念、进化论等科学术语皆源于欧洲现代启蒙运动思维体系,中国传统经学中的《诗经》意义诠释及其话语建构范式、中国传统史学之于"君子修身"与"家国天下"的"道德数据库"(data bank for moral lessons)(Lee,2002:176)意义并不在其中。这样的"话语挤压"虽不是由于任何个体的主观意愿而发生,但这类教材作为教育文本之"理所当然"的"合法性"却深入人心,并且由于其"理所当然"而遮盖了教育界吸收、容纳其他话语体系的可能性。

这种"话语挤压"不只发生在中国,也不只发生在教育领域,而是与不断扩展、不断深化的经济全球化同步扩展、深入到世界各个地区的政治、教育、经济、文化、医学、管理、音乐、传播等各个领域的话语实践中,其后果是世界范围内的"话语体系"丰富性、多元性不断受到挤压。全球各领域话语体系丰富性的丧失不可避免地导致"知识范式"丰富性的缺失,导致文化思维多元性的丧失,形成西方现代理性思维方式"独大"的态势,并在很长一个时期内主导全球各领域的话语实践,导致思维范式单一性及全球文化多样性危机。

在这样的背景下,西方哲学家以"语言"为入口对西方"真理"传统进行思辨,以此"重新思考西方乃至人类思想史的走向"(童明,2012:91)。

尼采讨论了真理的"喻说"(metaphor)性质,指出"真理"是反复言说的结果,现代理性话语体系带来的是一个从属关系明确、边界严格清晰的规则、特权"新世界",具有规约性、指令性(the creation of a new world of laws, privileges, subordinations, and strict boudaries… and therefore as the regulative and imperative one)(Nietzsche, 2007:455),提出应代之以多视角思维(perspectivism)。继尼采之后,福柯探究了"知识"与"真理"的"话语建构"(Foucault,2002a),他通过知识考古(Foucault,2002b),指出特定时期统领着知识产生、分布及表达的知识范式由话语所建构,它约束或统领人们的思想和行为,并具有建构社会认知的"权力"(biopower)(Foucault,2002a)。福柯提出应深刻思辨启蒙所建构的宏大叙事"讹诈"(the "blackmail" of the Enlightenment)(Foucault,1984)。

此后,德里达提出"解构"(deconstruction)(Derrida,2007),深刻思辨西方经典思想(classical thought)"真理"的本体论(ontology),揭示经典思想是稳定"真理"的超验语义所依赖的"逻各斯中心的结构"(logocentric structure)之症结所在,主张走出此种"中心"的禁锢(童明,2012:91)。解构主义思想推动了后现代主义、后殖民主义等"后学",对欧洲启蒙运动所形成的科学、理性思维进行深刻内省(童明,2012:90),对现代理性思维方式及其话语建构机制等元叙事进行深刻质疑(*postmodern* as incredulity toward metanarratives)(Lyotard,1984:xxiv),旨在解构欧洲启蒙运动以来的现代性知识、话语体系,对世界思维方式进行"再启蒙"。

尼采所提倡的多视角思维、福柯对话语权力的揭示、德里达对"中心"的解构,莫不体现出对话语多样性的倡导。然而,西方思想家虽然深刻意识到西方现代理性话语单一性的危机,但由于他们来自西方话语体系,要跳出盒子去思考(think out of the box)、从自己的话语体系中寻找到扭转"现代理性思维方式"及其话语体系的"另一种话语",却绝非易事。他们的论述也好,解释也好,批判也好,往往只能借助现有西方话语体系。如德里达所言:

> 无论就句法而言还是就词法而言,我们都没有不同于这个(西方经典思想)[①]历史的语言;我们所提出的任何一个解构性命题表述,都早已落入其抗议对象的形式、逻辑和隐性概念之窠臼。
>
> (We have no language—no syntax and no lexicon—which is alien to this history; we cannot utter a single destructive proposition which has not already slipped into the form, the logic and the implicit postulations of precisely what it seeks to contest.)
>
> (Derrida,2007:917)

再者,如海德格尔所言,从古希腊语发展到现代西方语言,语言在转换过程中逐渐失去了原初(primordial)的经验意义。"语言向欲望和交易投降,成为支配存在的工具",海德格尔称之为离根:

> 然而,从希腊语到拉丁语的翻译过程并非人们迄今所认为的那么单纯、无害。在看似逐字逐句忠于原文的翻译中,其实隐藏着将希腊经验转换成另一种思维方式的跨译。罗马思想接纳了希腊词语,却没有在希腊词语到来之前本已具有的、(与希腊经验)对等的真实经验。西方思想的无根状态即始于这一翻译。

---

① "(西方经典思想)"补译处理参考了童明(2012:103)的翻译。另见本书第2页脚注①。

(However, this translation of Greek names into Latin is in no way the innocent process it is considered to this day. Beneath the seemingly literal and thus faithful translation there is concealed, rather, a *translation* of Greek experience into a different way of thinking. *Roman thought takes over the Greek words without a corresponding, equally authentic experience of what they say, without the Greek word*[①]. The rootlessness of Western thought begins with this translation.)

(Heidegger, 1971:23)

现代西方话语体系这一现状提出了寻求"其他"(alternative)话语的需求。理雅各的中国经典跨文化诠释话语特征恰向西方呈现了一个重要的话语"他者":不间断地传承两千多年的中国传统经学话语具有突出的本地化、情景化(locally situated way)(Wu, 2014a:851)等意义建构特征,有别于西方现代话语范式的意义建构范式(non-western approach to meaning-making),使中国传统话语成为一种颇具可能性的"其他"话语方式(Popkewitz, 2013)。

二、中国话语对世界文化多样性的意义

中国"疏不破注""以经注经"的经学传统延续两千多年,形成中国话语的"诠释传统"(吴宗杰、胡美馨,2010:7),和一种独特的表征、评价、使用过去的语言方式(Wu,2014a:851)。"五四"以来,随着中国书面语不断接受西方语言体系的影响,中国经历了巨大的话语转型,逐渐形成了中国语言的现代性(Chinese linguistic modernity)(Chuang,2003:iv)。在这一转型过程中,中国话语的

---

① 原文斜体。

"诠释传统"在很多领域里逐渐隐退,西方现代话语体系逐渐占据主导地位。但由于两千多年不间断的注疏文献代代相传,中国经学话语传统的影响力渗透在中国现代话语实践的各个角落,直到今天,仍处处可见这一传统对中国当下话语实践的观照(吴宗杰、胡美馨,2010)。有别于现代西方理性思维范式及其话语体系的中国传统话语恰蕴含着"其他话语可能性"(alternatives)(Popkewitz,2013),可为世界提供"另一种思维方式"。

理雅各《关雎》跨文化注疏显示出有别于西方现代话语体系的中国传统话语范式:这种经学话语具有突出的意义开放性、历史对话性与情境生成性,其诠释传统对思考现代理性话语危机、促进当下世界的话语多元性具有积极启示。

8.3　西儒经注对中国经典跨文化传播的启示

"讲好中国故事,传播好中国声音"①,这既是中国国家发展战略需求,也是全球文化多样性保护与发展的需求,中国经典作为中国传统文化的重要内容,其跨文化传播在当下具有重要意义。因此,理雅各中国经典跨文化注疏的话语策略经验值得借鉴,其不足之处也值得我们在中国经典跨文化传播中注意规避。基于理雅各的经验与不足,中国经典跨文化传播需立足中国传统经学,重视"文本辩读"学术释译,兼蓄差异以"参彼己",超越学科协同创新。

一、立足中国传统经学

中国经典之于中国文化的意义很大程度上在于传统经学范式下的经义建构及其话语范式。经义承载着中国传统文化的意义基因,而经义建构的话语范式则体现了从中国经典及其注疏发展而

---

① 　2013 年 8 月 19 日习近平同志在全国宣传思想工作会议上的讲话。

来的中国传统语言哲学。这种意义及其话语范式是中国经典富有特色的"地方性知识"的重要组成部分。

为深度介绍这种"地方性知识",中国经典跨文化传播不应只是对经典原文进行跨语际语码转换,还需要重视对这些文化重典在中国传统文化语境中的经义及其话语范式的诠释与传播,以达成深度文化翻译,促成深度文化对话,为全球文化多元性做出更深刻的贡献。而中国经典的"文化基因"意义根植于先秦经典文本与汉唐宋元明清围绕经典文本发展而来的经学注疏等经学成果。因此,中国经典跨文化传播应以传统经学研究为根基,立足经学研究成果,方能更好地进行中国经典跨文化诠释与传播。

二、"文本辩读"学术释译

中国传统经学重视基于文本进行经义诠释与建构,对经典文本字字句句加以解读,随文而释,因文为训,虽有宋明义理论说,但经学传统对文本的细致辩读并未间断。这种文本的"纹理"使文本意义呈开放性,也使后来学者能基于前人经学研究成果、结合所在历史语境对文本做"当下"意义建构。这种话语范式作为中国经学传统的重要特征,有必要在中国经典跨文化传播与研究中得到"深度翻译"。

宇文所安认为,"从文本中抽取观念,考察一种观念被哪位批评家所支持,说明哪些观念是新的,以及从历史的角度研究这些观念怎样发生变化","容易忽视观念在具体文本之中是如何运作的";"而各种观念不过是文本运动的若干点,不断处在修改、变化之中","不会一劳永逸地被纯化为稳定的、可以被摘录的'观念'"(宇文所安,2003:1-3),因此提出了中西比较文学研究中"文本化"的重要性。宇文所安认为,"文本化"可以避免术语、文类、文学思想基本结构等差异所带来的中西对话隔阂(转引自:韩军,2009:174)。这一思想对中国经典跨文化诠释具有积极启发:基于经学传统对中国经典跨文化传播的重要性,中国经典翻译需重视"文本化"学术型释译,使经典翻译既能对中国经典的"地方性知识"进行跨文化诠释与表呈,又能以恰当的话语方式与目的语文化深度对话。

理雅各是中学西传史上以中国经学话语范式诠释中国经典的代表性人物,其《诗经》注疏是文本辩读学术释译的典型个案。理雅各长篇注疏对《诗经》开展逐字逐句的随文释义,通过对中国注疏文本的"剪裁""连缀"式翻译,实现"疏不破注""以经注经"式的跨文化注疏,从经义内容与语类形式两方面呈现中国文化经典的"地方性知识"特色,对《诗经》经义及其话语建构范式均有"深度翻译",足可成为有志于从事中国经典复译的学者的榜样。

开展学术型、研究型的经典翻译在中国典籍翻译研究学者中虽已有共识,但"深度翻译"的学术型译本并不多见,理雅各西儒经注式的中国经典跨文化重构则更为少见。海外汉学界往往在理论层面、基于西方学科话语体系解读中国经典,重论证而不重文本辩读,基于文本辩读进入文化研究的也甚为鲜见。理雅各"文本辩读"策略对中国经典跨文化传播具有重要启发,无论是中国学者的典籍外译还是海外汉学界的中国经典研究,都有必要像理雅各一样,以文本辩读为基础,在呈现中国经典文本之中国文化意义的基础上做进一步研究。

三、兼蓄差异以"参彼己"[1]

中国经典是中国文化的源头性、基因性文本,中国传统经学所建构的中国文化与其他文化之间的差异不可避免,也恰是不同文化之间的差异才是世界文化多样性的宝贵源头。在经典跨文化诠

---

[1] 吴宗杰、张崇提出,在"中国故事"的讲述中,对中国与世界各国文化差异的处理可借鉴《史记》所秉持的"参彼己"态度与策略(吴宗杰,张崇,2014:14)。《史记》载:"世俗之言匈奴者,患其徼一时之权,而务谄纳其说,以便偏指,不参彼己;将率席中国广大,气奋,人主因以决策,是以建功不深"(《史记·匈奴列传》)。

释与传播中,通过"文本辩读"充分展示经典的"地方性知识",有利于不同文化之间"互参彼己":使不同的文化意义、文化话语互为外在、互释互照,帮助来自不同文化的人通过对比"自己"与"他者",从彼此的差异中看到彼此尤其是自身文化与思想的"原始褶皱"(于连、马尔塞斯,2005:12),对文化差异更为敏感、包容,更有利于以"美人之美、美美与共"的立场推动深层次文化对话,促进"和而不同"的多元文化共存共荣。

因此,中国经典跨文化传播还需要在文化对比研究的基础上,了解相关经典所涉及的中国传统文化、思想与目的语国家传统文化、思想之间的异同,重视搭建融通中西的、能与目标语文化深入对话的桥梁。为了更充分地认识文化差异,将经学视域下的中国经典"地方性知识"进行跨文化传播,需要研究目的语语言、宗教、历史、政治、文学、艺术等文化语境,深入了解目的语语言文化,寻找能使中国经典与之顺利对话的话语路径,尤其是通过恰当的方式诠释、传递不同于目的语文化的中国经典文化,达到"和而不同"的文化对话目的,必要时也可发挥中国话语"迂回—进入"的传统智慧(Jullien,2000),使中国文化传播的表述"既要符合中国国情,有鲜明的中国特色,又要与国外习惯的话语体系、表述方式相对接,易于为国际社会所理解和接受"(蔡名照,2013:2)。

四、超越学科协同研究

立足于中国传统经学成果的中国经典跨文化传播作为一种跨语际实践(translingual practice)(Liu, 1995),涉及"经义"及其话语建构范式的跨文化表达。这种跨语际实践看起来是不同语言之间的语码转换,本质上是不同文化之间的意义对话,它至少需要两个方面的学术基础:

其一,对中国经学及其当下意义的研究,把握传播内容。要理解中国经典之所以成为经典并历经几千年仍被视为经典的根本原因,要理解这种历经几千年的经典对于当下中国、当下世界的意义,人们唯有深入中国传统经学,纵向把握相关经典研究从源头到当下的发展脉络,横向了解经典与不同历史语境深入对话、形成新的经典意义的互文肌理,方能了解、把握中国经典跨文化传播到底应该译释、传播些什么。因此,经学研究(如训诂学、文献学、版本学、经史学等不同领域的研究)、中国传统哲学研究及中国传统史学研究等,都是中国经典跨文化传播的重要基础。

其二,对目标语文化与语言的深度研究,把握话语策略。中国经典跨文化传播及研究这一语际实践当然需要高水平的目标语语言能力,以求实现表意精准、形式适切的文本编织;但它更需要对目标语国家语言、文化、宗教、哲学、历史、政治等进行全方位的深度理解——唯有基于这样的深度理解,才能深谙其话语体系,才能把握什么样的话语方能在充分表达中国经典“地方性知识”的前提下与目标语文化充分对话,避免陷入自说自话的尴尬境地、达不到跨文化沟通的目的。这方面的研究则涉及海外中国学、外国语言学、外国文学、翻译、政治、经济、社会、文化人类学等不同领域。

中国经典跨文化传播及研究所涉及的当然还不止以上两个方面所提及的研究领域,比如对已有中国经典海外译本的研究中,比较宗教研究、传教士研究、历史研究等领域都具有不可忽视的意义,这些领域与外语学科的协同合作可以更为深入地解读现有中国经典海内外译本的特点,并解读这些特点的历史、哲学因由。但我们从以上两个方面已足可看出跨学科协同研究对中国经典跨文化传播及研究的重要性。相关学科协同、形成合力,当可更有效地对中国经典加以跨文化传播,推动中国文化“走出去”,更好地表达“中国声音”,贡献于世界文化多样性。

第九章　结　语

　　本研究以中国经典注疏的经义建构及其话语特征为"地方性知识"参照系，将理雅各《中国经典·诗经·关雎》注疏与中国注疏文本进行比较辩读，分析了理雅各《关雎》跨文化诠释的话语策略，从经文辨识与重构的角度解读了理雅各理解和传播中国经典的话语特征。研究发现，理雅各《关雎》跨文化注疏具有经注定位，其体裁与内容都与中国《诗经》注疏深度互文，他通过对中国注疏文本的"剪裁连缀"，呈现《关雎》经义建构，实现"述而不作"；他通过案语旁白梳理《关雎》经义发展脉络，评价中西文化差异，实现"述而又作"；此外，理雅各注疏的西方现代学科话语特征导致一定程度的经义疏略，带来《关雎》跨文化诠释中的话语紧张。

　　作为对理雅各"中学西传"译释实践的话语特征做"深度描写"的个案研究，本课题在研究视野上探索外语学科研究新领域，提出经学研究新使命，展示海外中国学研究新视角，思考跨文化研究新路向。这四个方面虽在一定程度上有所重叠，但各有侧重，分而论之。

　　首先，探索外语学科研究新领域。本研究将话语研究、中国经典西传研究、典籍英译研究相结合，探索中国经典跨文化传播的话语路径，拓展了外语学科话语研究、典籍翻译研究的新内容。此外,理雅各《关雎》注疏与中国注疏的比较研究也拓展了比较语言学研究、跨文化研究的新领域。

本研究强调,中国经典跨文化传播应深度倚重传统经学研究成果,提出有志于中国经典跨文化传播的外语学者有必要研究中国传统经学研究成果。在过去一百多年时间里,中国外语界更多地承担了"引进来"使命;为更好地服务于中华民族复兴、中华文化"走出去",突破全球西方话语霸权局面,当下中国外语学者应勇于承担向全球传播中国经典的时代使命。为此,外语界需打破学科壁垒,走进经学语境下的中国经典研究,将经学相关成果以恰当的话语方式加以跨文化传播,重新打开中国外语学科会通中西的学术视野与格局。

其次,提出传统经学研究新使命。本研究在两个方面对中国传统经学研究有启发意义。

其一,思考以什么样的现代语言将"经义"与"当下"对接。理雅各以 19 世纪英语为语言工具,对中国经学文本进行跨文化诠释,其所倚赖的并非与中国经典注疏文献同时代或相近时代的话语体系,其所在的西方文化与中国传统文化更不由同一话语体系所建构、所表征。但理雅各以 19 世纪英语为语言工具,对中国经典的经义及话语范式加以全面、深入的跨文化重构,这对当下中国传统经学研究如何以现代汉语为语言工具、对传统经学中的经义及其话语范式进行"跨文化"重构具有重要启发——当下中国人以现代汉语去理解中国古代经典,要跨越的不只是时间距离,还有中西话语体系之间的文化距离,因为在以西方现代学科框架为元话语体系的语言学、哲学、历史学、文学、人类学、宗教学等学科范式下,现代汉语的许多字词的意义与用法较之于其在中国经典生成及注疏时期的意义、用法已有很大变化,有了诸多新的义界。这些新义界框定了现代人看待古代中国经典的视角和视野,使人们对古代经典的理解可能会改释经典,也可能会忽视、过滤其中的诸多意义。因此,如何像理雅各以 19 世纪英语对中国经典进行跨文化重构一样,以当代汉语为工具,对中国经典进行诠释、重构,将其呈现给当下读者,继承、发展"往圣绝学",使几千年的"文脉"对当下中国与当下世界产生深刻意义,这一问题值得中国经学研究者深入思考。理雅各对中国经典加以跨文化重构的努力、范式与方法也值得中国经学研究者借鉴。

其二,思考中国经学研究学界的经典跨文化传播使命。传统经学深刻触及中国经典核心意义建构,但由于其学科定位,传统经学研究领域过去较少思考中国经典跨文化诠释与传播,也较少关注中学西传的话语特征及其对经典跨文化诠释与传播的借鉴意义。本研究将中学西传的典型文本与经学文本做深入对比辩读,为寻求更有效的中学西传话语路径做基础性准备,思考了中国经学研究应该承担、能够承担的中国经典跨文化传播使命。

第三,展示海外汉学研究新视角。海外汉学研究对中国经典在西方的诠释和传播起到重要作用,但许多海外汉学研究在西方哲学等学科框架下诠释中国经典,难免有"削足适履"之感,难以真正理解、表达中国传统经学几千年来所建构的富有意义开放性、历史对话性的中国经义及其话语建构特征,不利于中西文化深度对话。本研究以中国经学文本为核心参照系,解读理雅各中国经典跨文化诠释的话语特征及其跨文化传播得失,展示了中国学者研究海外汉学的新路子,也探索了海外学者研究中国经典、中国文化的新视角。

第四,思考跨文化传播研究新路向。"讲好中国故事,传播好中国声音,对外话语体系建设十分重要。中国故事能不能讲好,中国声音能不能传播好,关键要看受众是否愿意听、听得懂,能否与我们形成良性互动,产生更多共鸣"(蔡名照,2013:2)。本研究从学界高度认可的中国经典学术型译本入手,研究中国经典"走出去"的话语路向,强调跨文化研究必须重视"当地人视角",思考如何以西方世界能听懂的"融通中外的新概念新范畴新表述"①的中国话语,通过"深度描写"与"深度翻译"的文本诠释讲述中国经典,促成深层次文化对话,促进文化话语多元性。这样的研究有助于总结中西文化交流典型案例的话语经验与教训,为中国经典的跨文化传播提供借鉴,为中华文化"走出去"服务。

本研究提出,跨文化传播研究应挖掘各国、各地区文化经典中具有"文化基因"意义的"地方性知识",并加以跨文化诠释。经典文本是各国经历史沉淀而来的文化原典,尤其对于中国这样一个拥有古老义明的国家而言,古代经典具有极为重要的意义。中国文化"走出去"应重视对中国文化原典的跨文化解读。

就研究方法而言,本研究综合了当代话语学、中国传统经学、翻译学和文化人类学等不同学科的理论范式与研究方法,但又不拘泥于这些理论范式与方法,把研究导回到中国传统和本土的话语体系,重在微言微义训诂,一方面考虑现代人的逻辑思维方式,另一方面又照顾到经学辨义对文脉肌理的溯源,故而在研究方法上也具有跨学科创新意义。

本研究所发现的理雅各《关雎》跨文化注疏话语特征是否体现在理雅各整部《诗经》及其他《中国经典》注疏中,还拟在更大文本范围内加以研究。基于理雅各《关雎》注疏话语特征研究结果,本研究提出了中国经典跨文化传播的路向思考,如何将这些路向思考落实到中国经典"走出去"具体实践中,尚有待于在后续实践与研究中加以验证、发展。

本研究的核心发现也向我们提出了一个历史使命:当下中国

---

① 2013 年 8 月 19 日习近平同志在全国宣传思想工作会议上的讲话。

学者需深入思考在中国经学传统被隔断百年后的今天,在西方话语支配下的现代语境里,中国经义及其话语范式如何可能通过恰当的当代语言得以重新激活,又如何可能通过当代语言向世界传播中国经典,使其为当下中国与世界焕发出深远意义。这或是接下来一个时期中国经学研究的重要使命之一。这方面的研究尚有赖于经学研究、话语研究、跨文化研究等不同领域的学者深入合作。

理雅各《中国经典》翻译虽得到众多关注,但其作为一个"汉学研究的学术黑洞"(an intellectual black hole in sinology)(Pfister,1997:64),仍有待于有志于此的学者综合多学科视角,运用多学科方法,从话语研究、经学研究、比较语言学研究、翻译研究、宗教研究、历史研究、哲学研究等不同维度更为全面、深入地研究其中的中西文化对话与碰撞。

参考文献

Appiah, K. A. Thick translation. *Callaloo*, 1993, 16 (4):
808-819.

Bakhtin, M. Discourse in the novel. In Holquist, M. (ed.). *The
Dialogic Imagination: Four Essays*. Emerson, C. &
Holquist, M. (trans.). Austin: University of Texas Press,
1981: 259-422.

Bhabha, H. *The Location of Culture*. London & New York:
Routledge, 1994.

Bourdieu, P. *Outline of a Theory of Practice*. Cambridge:
Cambridge University Press, 1977.

Chuang, C. Chinese writing difference in modernity: The
discourse of Chinese linguistic modernity and cultural
translation. New York: The City University of New York
(Doctoral Dissertation), 2003.

Clark, K. J. Three kinds of Confucian scholarship. *Journal of
Chinese Philosophy*, 2006, 33 (Supplement s1):109-134.

Derrida, J. Structure, sign, and play in the discourse of the human
sciences. In Richter, D. H. (ed.). *The Critical Tradition:
Classical Texts and Contemporary Trends*. 3rd ed. Boston

and New York: Bedford/St. Martins, 2007: 915-926.

Edkins, J. Dr. James Legge. *North China Herald*, 1898-04-12.

Eoyang, E. C. *The Transparent Eye: Reflections on Translation, Chinese Literature, and Comparative Poetics.* Honolulu: University of Hawaii Press, 1993.

Fairclough, N. *Discourse and Social Change.* Cambridge: Polity Press, 1992.

Foucault, M. What is Enlightenment? In Rabinow, P. (ed.). *The Foucault Reader.* New York: Pantheon Books, 1984: 32-50.

Foucault, M. *The Archaeology of Knowledge.* London & New York: Routledge, 2002a.

Foucault, M. *The Order of Things: An Archaeology of the Human Sciences.* London and New York: Routledge, 2002b.

Geertz, C. *The Interpretation of Cultures.* New York: Basic Books, 1973.

Geertz, C. *Local Knowledge.* New York: Basic Books, 1983.

Girardot, N. J. Finding the way: James Legge and the Victorian invention of Taoism. *Religion*, 1999, 29: 107-121.

Girardot, N. J. *Victorian Translation of China: James Legge's Oriental Pilgrimage.* Berkeley: University of California Press, 2002.

Heidegger, M. *Poetry, Language, Thought.* New York: Harper & Row Publishers, 1971.

Henderson, J. B. *Scripture, Canon, and Commentary.* Princeton: Princeton University Press, 1991.

Hermans, H. Cross-cultural translation studies as thick translation. *Bulletin of the School of Oriental and African Studies, University of London*, 2003, 66(3):380-389.

Hon, T. Constancy in change: A comparison of James Legge's and Richard Wilhelm's interpretations of the *Yijing*. *Monumenta Serica*, 2005, 53: 315-336.

Jullien, F. *Detour and Access: Strategies of Meaning in China and Greece*. Hawkes, S. (trans.). New York: Zone Books, 2000.

Lee, T. H. C. Must history follow rational patterns of interpretation? Critical questions from a Chinese perspective. In Rüsen, J. (ed.). *Western Historical Thinking: An Intercultural Debate*. New York & Oxford: Berghahn Books, 2002: 173-177.

Legge, H. E. *James Legge: Missionary and Scholar*. London: The Religious Tract Society, 1905.

Liu, L. *Translingual Practice: Literature, National Culture, and Translated Modernity—China*, 1900—1937. Standford: Standford University Press, 1995.

Liu, Y. Cultural factors and rhetorical patterns in classical Chinese argumentation. *Intercultural Communication Studies*, 2007, 16 (1):197-204.

Longman Dictionary of the English Language. Essex: Longman, 1984.

Lyotard, J. F. *The Postmodern Condition: A Report on Knowledge*. Minneapolis: University of Minnesota Press, 1984.

Nietzsche, F. On truth and lie in an extramoral sense. In Richter, D. H. (ed.). *The Critical Tradition: Classical Texts and Contemporary Trends*. 3rd ed. Boston & New York: Bedford/St. Martins, 2007: 452-461.

Pfister, L. Serving or suffocating the sage? Reviewing the efforts of three nineteenth century translators of the Four Books, with special emphasis on James Legge (A. D. 1815—1897). *The Hong Kong Linguist*, 1990(7): 25-56.

Pfister, L. James Legge's metrical *Book of Poetry. Bulletin of the School of Oriental and African Studies*, 1997, 60(1): 64-85.

Pfister, L. Mediating word, sentence, and scope without violence: James Legge's understanding of "Classical Confucian" hermeneutics. In Tu, C. (ed.). *Classics and Interpretations: The Hermeneutic Traditions in Chinese Culture*. New Brunswick: Transaction Publishers, 2000: 371-382.

Pfister, L. From derision to respect: The hermeneutic passage within James Legge's (1815—1897) ameliorated evaluation of Master Kong ("Confucius"). *Bochumer Jahrbuch Zur Ostasienforschung*, 2002a, 26: 53-88.

Pfister, L. The Mengzian matrix for accomodationist missionary apologetics: Indentifying the cross cultural linkage in evangelical Protestant discourse within the Chinese writings of James Legges (1815—1897), He Jinshan (1817—1871), and Ernst Faber (1839—1899). *Monumenta Serica*, 2002b, 50: 391-416.

Pfister, L. Nineteenth century Ruist metaphysical terminology and the Sino-Scottish connection in James Legge's *Chinese Classics*. In Lackner, M. &Vittinghoff, N. (eds.). *Mapping Meanings: The Field of New Learning in Late Qing China*. Leiden: Brill, 2004a: 615-638.

Pfister, L. *Striving for "The Whole Duty Of Man": James Legge and the Scottish Protestant Encounter with China*. Frankfurt am Main: Peter Lang, 2004b.

Pfister, L. Evaluating James Legge's (1812—1897) assessment of Master Mèng's theory of the goodness of human nature: Comparative philosophical and cultural explorations. *Monthly Review of Philosophy and Culture*, 2013, 40(3): 107-130.

Pike, K. *Language in Relation to a Unified Theory of the Structure of Human Behavior*. 2nd ed. The Hague: Mouton, 1967.

Popkewitz, T. The sociology of education as the history of the present: fabrication, difference and abjection. *Discourse: Studies in the Cultural Politics of Education*, 2013, 34(3): 439-456.

Ride, L. Biographical note. In 理雅各. 中国经典:《论语·大学·中庸》《孟子》《书经》《诗经》《春秋左传》: 第一卷. 上海: 华东师范大学出版社, 2011: 1-29.

Shi, X. *A Cultural Approach to Discourse*. Hampshire & New York: Palgrave Macmillan, 2005.

Sigurdsson, G. Learning and *Li*: The Confucian process of humanization through ritual propriety. Manoa: University of Hawaii (Doctoral Dissertation), 2004.

Soothill, W. *The Analects of Confucius*. Published by the Author, 1910.

Wang, H. A postcolonial perspective on James Legge's Confucian translation: Focusing on his two versions of the *Zhongyong*. Hong Kong: Hong Kong Baptist University (Doctoral Dissertation), 2007.

White, H. V. *Metahistory*. Baltimore: The Johns Hopkins University Press, 1975.

Wu, Z. & Han, C. Cultural transformation of educational discourse in China: Perspectives of multiculturalism/interculturalism. In Grant, C. A. & Portera, A. (eds.). *Intercultural and Multicultural Education: Enhancing Global Interconnectedness*. New York: Routledge, 2010: 225-244.

Wu, Z. Interpretation, autonomy, and transformation: Chinese pedagogic discourse in a cross-cultural perspective. *Journal of Curriculum Studies*, 2011, 43(5): 569-590.

Wu, Z. Chinese mode of historical thinking and its transformation in pedagogical discourse. In Popkewitz, T. (ed.). *Rethinking the History of Education: Transnational Perspectives on its Questions, Methods and Knowledge*. New York: Palgrave Macmillan, 2013: 51-72.

Wu, Z. Let fragments speak for themselves: Vernacular heritage, emptiness and Confucian discourse of narrating the past. *International Journal of Heritage Studies*, 2014a, 20 (7-8): 851-865.

Wu, Z. 'Speak in the place of the sages': Rethinking the sources of pedagogic meanings. *Journal of Curriculum Studies*, 2014b, 46(3): 320-331.

Xiao, X. *Yijing*: A self-circulating and self-justified Chinese cultural discourse. *Intercultural Communication Studies*, 2006, 15(1): 1-11.

Yang, H. James Legge: Between literature and religion. *Revue de Littérature Comparée*, 2011, 337(1): 85-92.

Yang, L. A comparative study of the English versions of *The Analects* by Legge and Ku Hungming. *Theory and Practice in Language Studies*, 2014, 4(1): 65-69.

Zhang, L. Scripture, canon, and commentary: A comparison of Confucian and western exegesis by John. B. Henderson. *Comparative Literature*, 1994, (46)4: 396-398.

Zhu, F. A study on James Legge's English translation of *Lun Yu*. *Canadian Social Science*, 2009, 5(6): 32-42.

班固. 颜师古注. 汉书. 北京：中华书局, 2005.

包通法. 论汉典籍哲学形态身份标识的跨文化传输. 外语学刊, 2008(2): 120-126.

蔡节. 论语集说. 北京：国家图书馆出版社, 2003.

蔡名照. 讲好中国故事, 传播好中国声音——深入学习贯彻习近平同志在全国宣传思想工作会议上的重要讲话精神. 人民日报, 2013-10-10(7).

曹顺庆. 中国古代文论话语. 成都：巴蜀出版社, 2001.

陈吉荣. 论人类学视域下的典籍翻译策略研究. 西华大学学报(哲学社会科学版), 2010, 29(4): 73-76.

陈可培, 刘红新. 理雅各研究综述. 上海翻译, 2008(2): 18-22.

陈丽君. 从理雅各对中国经典的翻译看文化的互动与冲击. 中华
　　女子学院学报, 2010(6): 110-114.

陈桐生. 《孔子诗论》研究. 北京: 中华书局, 2004.

陈霞. 《论语》"思无邪"与孔子的诗教思想. 管子学刊, 2005(4):
　　83-86.

邓经元. 点校说明//阮元, 撰. 邓经元, 点校. 揅经室集. 北京: 中
　　华书局, 1993, 一——二.

杜布瓦. 对位与赋格教程. 廖宝生, 译. 上海: 上海音乐出版
　　社, 1980.

杜道明. "思无邪"辨正. 中国文化研究, 1999(2): 117-120.

端木敏静. 融通中西, 守望记忆——英国传教士、汉学家苏慧廉
　　研究. 杭州: 浙江大学博士学位论文, 2015.

段峰. 深度描写、新历史主义及深度翻译——文化人类学视阈中
　　的翻译研究. 西华师范大学学报(哲学社会科学版), 2006
　　(2): 90-93.

段怀清. 理雅各《中国经典》翻译缘起及体例考略. 浙江大学学报
　　(人文社会科学版), 2005(5): 91-98.

范晔. 李贤, 等注. 后汉书. 北京: 中华书局, 2005.

费乐仁. 理雅各《中国经典》第四卷引言//理雅各. 中国经典:《论
　　语·大学·中庸》《孟子》《书经》《诗经》《春秋左传》: 第四卷.
　　上海: 华东师范大学出版社, 2011: 1-20.

冯智强. 中国智慧的跨文化传播——林语堂英文著译研究. 上
　　海: 华东师范大学博士学位论文, 2009.

冈元凤. 毛诗品物图考. 北京: 北京市中国书店, 1985.

公羊寿传. 何休解诂, 徐彦疏. 浦卫忠, 整理. 春秋公羊传注疏//
　　李学勤, 主编. 十三经注疏(标点本). 北京: 北京大学出版
　　社, 1999.

郭璞注. 邢昺疏,李传书,整理. 徐朝华,审定. 尔雅注疏//李学勤,主编. 十三经注疏(标点本). 北京:北京大学出版社,1999.

郭万金.《诗经》研究六十年. 文学评论,2010(3):61-69.

韩军. 跨语际语境下的中国诗学研究. 武汉:华中师范大学出版社,2009.

何立芳. 传教士理雅各中国经典英译策略解析. 外国语文,2011,27(2):89-91.

洪诚. 洪诚文集:训诂学. 南京:江苏古籍出版社,2000.

侯松,吴宗杰. "古迹"与遗产政治的跨文化解读. 文化艺术研究,2012a,5(1):1-8.

侯松,吴宗杰. 话语分析与文化遗产的本土意义解读——以衢州方志中的"文昌殿"为例. 东南文化,2012b(4):21-27.

侯松,吴宗杰. 遗产研究的话语视角:理论·方法·展望. 东南文化,2013(3):6-13.

胡美馨,吴宗杰. 从先秦与晚清文本看女性身份的话语变迁. 中国社会语言学,2009(2):141-150.

怀特. 元史学. 陈新,译. 南京:译林出版社,2009.

皇甫谧. 宋翔凤,集校. 帝王世纪//《续修四库全书》编纂委员会. 续修四库全书(第301册). 上海:上海古籍出版社,2002.

黄怀信. 上海博物馆藏战国楚竹书《诗论》解义. 北京:社会科学文献出版社,2004.

黄丽娜. 史无前例的中西思想对话 让中国文化讲述自己——首期国际尼山中华文化师资班综述. (2011-8-12)[2014-8-13]. http://theory.people.com.cn/GB/15406342.html.

姜广辉. 经学:解开中国文化之谜的钥匙——谈《中国经学思想史》第一、二卷. 中国社会科学院院报,2005-06-07(2).

姜广辉. 乾嘉汉学的殿军——阮元. 文史哲，2010（4）：60-67.

姜燕. 理雅各《诗经》英译本所绘夏商周三代社会图景. 齐鲁学刊，2009（6）：61-65.

姜燕. 理雅各《诗经》. 济南：山东大学博士学位论文，2010.

姜燕. 基督教视域中的儒家宗教性——理雅各对《诗》《书》宗教意义的认识. 山东大学学报（哲学社会科学版），2013（1）：125-133.

李传印. 中国传统史学"实录"范畴的经学取向. 天津社会科学，2014（2）：132-137.

理雅各. 中国经典：《论语·大学·中庸》《孟子》《书经》《诗经》《春秋左传》：第一卷. 上海：华东师范大学出版社，2011a.

理雅各. 中国经典：《论语·大学·中庸》《孟子》《书经》《诗经》《春秋左传》：第二卷. 上海：华东师范大学出版社，2011b.

理雅各. 中国经典：《论语·大学·中庸》《孟子》《书经》《诗经》《春秋左传》：第三卷. 上海：华东师范大学出版社，2011c.

理雅各. 中国经典：《论语·大学·中庸》《孟子》《书经》《诗经》《春秋左传》：第四卷. 上海：华东师范大学出版社，2011d.

理雅各. 中国经典：《论语·大学·中庸》《孟子》《书经》《诗经》《春秋左传》：第五卷. 上海：华东师范大学出版社，2011e.

李玉良. 理雅各《诗经》翻译的经学特征. 外语教学，2005（5）：63-67.

李玉良.《诗经》英译研究. 济南：齐鲁书社，2007.

李玉良.《诗经》译本的底本及参考系统考析. 外语学刊，2009（3）：101-104.

李玉良，吕耀中. 论阿瑟·韦利《诗经》翻译中的人类学探索. 青岛科技大学学报（社会科学版），2012，28（1）：104-109.

李玉良，张彩霞."礼"的英译问题研究. 山东师范大学学报（人文社会科学版)，2009，54(3)：126-129.

梁启超. 中国历史研究法. 上海：上海古籍出版社，1998.

林华，叶思敏. 复调艺术概论. 上海：上海音乐出版社，2010.

刘向. 列女传. 沈阳：辽宁教育出版社，1998.

刘阳春. 理雅各与辜鸿铭《论语》翻译策略. 北京航空航天大学学报(社会科学版)，2008，21(4)：66-69.

陆佃. 王敏红，校点. 埤雅. 杭州：浙江大学出版社，2008.

陆振慧. 从《尚书》两个英译本的比较看典籍英译问题. 扬州大学学报(人文社会科学版)，2006，10(6)：51-55.

陆振慧. 跨文化传播语境下的理雅各《尚书》译本研究. 扬州：扬州大学博士学位论文，2010.

马瑞辰. 陈金生点校. 毛诗传笺通释. 北京：中华书局，1989.

马祖毅，任荣珍. 汉籍外译史. 武汉：湖北教育出版社，1997.

毛亨，传. 郑玄，笺. 孔颖达，疏. 龚抗云，李传书，胡渐逵，整理. 肖永明，夏先培，刘家和，审定. 毛诗正义//李学勤，主编. 十三经注疏(标点本). 北京：北京大学出版社，1999.

毛宣国. 汉代《诗经》历史化解读的诗学意义. 文学评论，2007(3)：169-174.

潘凤娟. 郊社之礼，所以事上帝也：理雅各与比较宗教脉络中的《孝经》翻译. 汉语基督教学术论评，2011(12)：129-158.

钱穆. 中国学术思想史论丛（卷一）. 合肥：安徽教育出版社，2004.

荣觅.《论语》理译本成功背后权力的介入. 湖南医科大学学报(社会科学版)，2009，11(1)：162-164.

阮元. 揅经室集自序//阮元，撰. 邓经元，点校. 揅经室集. 北京：中华书局，1993：一.

尚智丛. 传教士与西学东渐. 太原：山西教育出版社，2012.

邵杰.《诗经·关雎》"刺诗说"商兑. 文艺评论，2014(4)：24-28.

《十三经注疏》整理工作委员会. 整理说明//李学勤，主编. 十三经注疏：毛诗正义. 北京：北京大学出版社，1999：1-4.

沈建青，李敏辞. 从《就职演讲》看理雅各的汉学思想. 中国文化研究，2011(2)(夏之卷)：204-212.

沈岚. 跨文化经典阐释：理雅各《诗经》译介研究. 苏州：苏州大学博士学位论文，2013.

盛晓明. 地方性知识的构造. 哲学研究，2000(12)：36-44.

施旭. 话语分析的文化转向：试论建立当代中国话语研究范式的动因、目标和策略. 浙江大学学报(人文社会科学版)，2008，38(1)：131-140.

司马迁. 郭逸，郭曼标点. 史记. 上海：上海古籍出版社，1997.

宋钟秀. 从目的论视角看中国典籍中文化负载词的英译——以理雅各的《礼记》英译本为例. 长沙大学学报，2012，26(1)：102-104.

孙宁宁. 翻译研究的文化人类学纬度：深度翻译. 上海翻译，2010(1)：14-17.

孙雪萍. 论孔颖达对魏晋南北朝《诗经》学的整合. 齐鲁学刊，2008(3)：114-118.

孙以昭. 孔子"思无邪"新探. 安徽大学学报(哲学社会科学版)，1998(4)：58-61.

孙英丽. 中国经典对西方思想的影响——英美对《大学》《中庸》等经典的译介. 社会科学战线，2009(11)：243-246.

谭晓丽. 会通中西的文化阐释——以安乐哲、罗思文英译《论语》为例. 上海翻译，2012(1)：61-65.

田河，赵彦昌. "六经皆史"源流考论. 社会科学战线，2004(3)：125-129.

童明. 西方文论关键词——解构(上、下篇). 外国文学, 2012(5): 90-119.

王葆玹. 今古文经学新论. 北京: 中国社会科学出版社, 1997.

王辉. 理雅各英译儒经的特色与得失. 深圳大学学报(人文社会科学版), 2003(4): 115-120.

王辉. 理雅各、庞德《论语》译本比较. 四川外语学院学报, 2004(5): 140-144.

王辉. 传教士《论语》译本与基督教意识形态. 深圳大学学报(人文社会科学版), 2007, 24(6): 122-126.

王韬. 弢园文录外编. 沈阳: 辽宁人民出版社, 1994.

王韬. 毛诗集释(稿本). 纽约: 纽约公共图书馆馆藏. 2010 电子扫描版.

王东波. 语际翻译与文化翻译——兼论中国传统典籍翻译策略. 山东大学学报(哲学社会科学版), 2007(4): 118-121.

王东波. 理雅各与中国经典的译介. 齐鲁学刊, 2008a(2): 31-34.

王东波.《论语》英译的缘起与发展. 孔子研究, 2008b(4): 119-125.

王宏印. 中国文化典籍翻译——概念、理论与技巧. 大连大学学报, 2010(1): 127-133.

王雪明, 杨子. 典籍英译中深度翻译的类型与功能. 中国翻译, 2012(3): 103-108.

吴结评. 英语世界里的《诗经》研究. 成都: 四川大学出版社, 2008.

吴霞. 英国伦敦会传教士艾约瑟研究. 福州: 福建师范大学硕士学位论文, 2005.

吴志刚. 准确理解原作是典籍英译的关键——理雅各英译《孟子》指瑕. 重庆科技学院学报(社会科学版), 2009(5): 147-148.

吴宗杰. 中西话语权势关系的语言哲学探源——话语学的文化研究视角. 浙江大学学报(人文社会科学版), 2006, 36(2): 170-177.

吴宗杰. 历史的解构与重构: 泛化"封建"的话语分析. 武汉大学学报(人文科学版), 2008, 61(5): 522-527.

吴宗杰. 外语学科知识谱系学考辨. 广东外语外贸大学学报, 2009, 20(4): 64-68.

吴宗杰. 话语与文化遗产的本土意义建构. 浙江大学学报(人文社会科学版), 2012a, 42(5): 28-40.

吴宗杰. 重建坊巷文化肌理:衢州水亭门街区文化遗产研究. 文化艺术研究, 2012b, 5(2): 19-27.

吴宗杰, 侯松. 批评话语研究的超学科与跨文化转向——以文化遗产的中国话语重构为例. 广东外语外贸大学学报, 2012, 23(6): 12-16.

吴宗杰, 胡美馨. 超越表征: 中国话语的诠释传统及其当下观照. 文史哲, 2010(4): 5-13.

吴宗杰, 姜克银. 中国文化人类学的话语转向. 浙江大学学报(人文社会科学版), 2009, 39(5): 83-93.

吴宗杰, 吕庆夏. 中医语言西化的话语秩序分析. 医学与哲学(人文社会医学版), 2006, 27(4): 72-74.

吴宗杰, 余华.《史记》叙事范式与民族志书写的本土化. 广西民族大学学报, 2011, 33(1): 70-77.

吴宗杰, 余华. 民族志与批评话语分析. 外语与外语教学, 2013(4): 11-16.

吴宗杰, 张崇. 从《史记》的文化书写探讨"中国故事"的讲述. 新闻与传播研究, 2014(5): 5-24.

夏传才. 诗经研究史概要. 北京:清华大学出版社, 2007.

肖琦. 琴瑟钟鼓之辩——论音乐在《关雎》中的作用和地位. 美育学刊, 2013, 4(6)：21-24.

徐鼎. 王承略点校解说. 毛诗名物图说. 北京：清华大学出版社, 2006.

徐复观. 两汉思想史(第三卷). 上海：华东师范大学出版社, 2001.

徐世昌. 沈芝盈, 梁运华, 点校. 清儒学案. 北京：中华书局, 2008.

徐向群. 从英译《论语》孝论语句看中西译者的翻译特色——以辜鸿铭与理雅各译文为例. 船山学刊, 2009(4)：229-232.

许谦. 诗集传名物钞. 北京：北京师范大学出版社, 2012.

许慎. 段玉裁, 注. 说文解字注. 杭州：浙江古籍出版社, 2006.

薛耀天. "思无邪"新解——兼谈《诗駧》篇的主题及孔子对《诗》的总评价. 天津师大学报, 1984(3)：77-82.

杨成虎. 典籍的翻译与研究——《楚辞》几种英译本得失谈. 宁波大学学报(人文版), 2004, 17(4)：55-61.

杨慧林. 中西"经文辩读"的可能性及其价值——以理雅各的中国经典翻译为例. 中国社会科学, 2011(1)：192-224.

杨民. 万川一月：中国古代散文史. 北京：清华大学出版社, 2003.

杨敏. "思无邪"新论. 陕西师大学报(哲学社会科学版), 1993(1)：52.

杨平. 中西文化交流视域下的《论语》英译研究. 北京：光明日报出版社, 2011.

杨平. 哲学诠释学视域下的《论语》翻译. 中国外语, 2012, 9(3)：101-109.

扬雄. 李轨, 等注. 宋本扬子法言. 北京：国家图书馆出版社，2017.

扬之水. 诗经名物新证(修订版). 天津：天津教育出版社，2007.

永瑢等. 四库全书总目. 北京：中华书局，1965.

于连，马尔塞斯.（经由中国）从外部反思欧洲——远西对话. 张放，译. 郑州：大象出版社，2005.

宇文所安. 中国文论：英译与评论. 王柏华，陶庆梅，译. 上海：上海社会科学院出版社，2003.

岳峰. 关于理雅各英译中国古经的研究综述——兼论跨学科研究翻译的必要性. 集美大学学报(哲学社会科学版)，2004a，7(2)：51-57.

岳峰. 架设东西方的桥梁——英国汉学家理雅各研究. 福州：福建人民出版社，2004b.

岳峰，周秦超. 理雅各与韦利的《论语》英译本中风格与译者动机及境遇的关系. 外国语言文学，2009(2)：102-109.

张金梅. "《春秋》笔法"与中国文论. 成都：四川大学博士学位论文，2007.

张西平，费乐仁. 理雅各《中国经典》绪论//理雅各. 中国经典：《论语·大学·中庸》《孟子》《书经》《诗经》《春秋左传》：第一卷. 上海：华东师范大学出版社，2011：1-29.

张祥龙. 孔子的现象学阐释九讲：礼乐人生与哲理. 上海：华东师范大学出版社，2009.

章学诚. 叶瑛校注. 文史通义校注. 北京：中华书局，1985.

章艳，胡卫平. 文化人类学对文化翻译的启示——深度翻译理论模式探索. 当代外语研究，2011(2)：45-62.

赵尔巽，等. 清史稿·第三八册·卷三六三至三九一(传). 北京：中华书局，1977.

赵尔巽，等. 清史稿·第四三册·卷四七六至四八三(传). 北京：

中华书局,1977.

赵岐,注. 孙奭,疏. 廖名春,刘佑平,整理. 钱逊,审定. 孟子注疏//李学勤,主编. 十三经注疏(标点本). 北京:北京大学出版社,1999.

郑杭生,黄家亮. "中国故事"期待学术话语支撑. 人民论坛,2012(12):59-61.

郑玄注. 孔颖达,疏. 龚抗云,整理. 礼记正义//李学勤,主编. 十三经注疏(标点本). 北京:北京大学出版社,1999.

周光庆. 由中国训诂学走向中国解释学. 长江学术,2009(3):150-156.

朱徽. 中国诗歌在英语世界:英美译家汉诗翻译研究. 上海:上海外语教育出版社,2009.

朱杰人. 经学与中国的学术思维方式——朱杰人教授在清华大学、国立新加坡大学联合举办"首届中国经学国际研讨会"上的讲演. 文汇报,2005-11-27(6).

朱熹. 王华宝,整理. 诗集传. 南京:凤凰出版社,2007.

朱熹. 朱子全书(修订版). 朱杰人,严佐之,刘永翔,主编. 上海:上海古籍出版社. 合肥:安徽教育出版社,2010.

卓振英,杨秋菊. 典籍英译中的疑难考辨. 中国翻译,2005,26(4):66-70.

邹晓丽. 传统音韵学实用教程. 上海:上海辞书出版社,2002.

附录一 理雅各《中国经典·诗经·关雎》注疏

Stanza 1. 關關 are defined to be the 'the harmonious notes of the male and female answering each other.' 關 was anciently interchanged with 管, and some read in the text 管管, with a 口 at the side, which would clearly be onomatopoetic; but we do not find such a character in the Shwŏh-Wăn. It is difficult to say what bird is intended by 雎鳩. Confucius says (Ana. XVII. ix.) that from the *She* we become extensively acquainted with the names of birds, beasts, and plants. We do learn *names* enow, but the birds, beasts, and plants, denoted by them, remain in many cases to be yet ascertained. The student, knowing *kew* to mean the wild dove, is apt to suppose that some species of dove is intended; but no Chinese commentator has ever said so. Maou makes it the 王雎, adding 鳥摯而有別, which means, probably, 'a bird of prey, of which the male and female keep much apart.' He followed the Urh-ya, the annotator of which, Kwoh P'oh(郭璞), of the Tsin dynasty, further describes it as 'a kind of eagle (雕類), now, east of the Këang, called the *ngoh*(鶚).' This was for many centuries the view of all scholars; and it is sustained by a narrative in the Tso Chuen, under the 17th year of duke Ch'aou, that the Master of the Horse or Minister of War, was anciently styled Ts'eu K'ew (雎鳩氏). The introduction of a bird of prey into a nuptial ode was thought, however, to be incongruous. Even Ch'ing K'ang-shing, would appear to have felt this, and explains Maou's 摯 by 至, as if his words—'a bird most affectionate, and yet most undemonstrative of desire;'—in which interpretation Choo He follows him. But it was desirable to discard the bird of prey altogether; and this was first done by Ch'ing Ts'ëaou (鄭樵), an early writer of the Sung dyn., who makes the bird to be 'a kind of mallard.' Choo He, no doubt after him, says it is 'a water bird, in appearance like a mallard,' adding that it is only seen in pairs, the individuals of whick keep at a distance from each other! Other identifications of the ts'eu-k'ew have been attempted. I must believe that the author of the ode had some kind of fish hawk in his mind.

在河之洲(the Shwoh-wǎn has 州 without the 水),—河 is the general denomination of streams and rivers in the north. We need not seek, as many do, to determine any particular stream as that intended. 洲 is an islet, 'habitable ground, surrounded by the water(水中可居之地)'.

窈窕淑女,—窈 is to be understood of the lady's mind, and 窕 of her deportment. So, Yang Hëung(楊雄. Died A. D. 18, at the age of 71), and Wang Suh. 淑(has displaced the more ancient form with 人 at the side) is explained in the Shwoh-wǎn by 善, 'good,' 'virtuous.' The yound lady, according to the traditional interpretation (on which see below), is T'ae-sz' (太姒), a daughter of the House of Yew-sin（有莘）, whom king Wǎn married.

君子好逑,—if we accept T'ae-sz' as the young lady of the Ode, then the *keun-tsz'* of course is king Wǎn. 逑 and 仇(in Ode VII.)are interchangeable, ＝匹, 'a mate.' K'ang-shing explains the line by 能爲君子和好眾妾之怨, 'who could for our prince harmonize the resentments of all the concubines.' He was led astray by the Little Preface. [There is a popular novel called the 好逑傳, the name of which is taken from this line. Sir John Davis has translated it under the misnomer of 'The Fortunate Union.']

St. 2. 參差 (read *ch'in ts'ze*)荇菜, —參差 expresses the irregular appearance of the plants, some long and some short. 荇菜 is probably the *lemna minor*. It is also called 'duck-mallows,' that name being given for it in the Pun-ts'aou and the Pe-ya (埤雅; a work on the plan of the Urh-ya, by Luh Teen(陸佃, of the Sung dyn.), —鳧葵. It is described as growing in the water, long or short, according to the depth, with a reddish leaf, which floats on the surface, and is rather more than an inch in diameter. Its flower is yellow. It is very like the *shun*, which Medhurst calls the 'marsh-mallows,' but its leaves are not so round, being a little pointed. We are to suppose that the leaves were cooked and presented as a sacrificial offering. 左右流之, —the analogy of 采之,芼之, in the next stanza, would lead us to expect an active signification in 流, and an action proceeding from the parties who speak in the Ode. This, no doubt, was the reason which made Maou, after the Urh-ya, explain the character by 求, 'to seek;' but this is forcing a meaning on the term. 流之 simply＝

'the current bears it about.' The idea of looking for the plant is indicated by the connection. 寤寐至反側, —we have to supply the subject of 求 and the other verbs; which I have done by 'he,' referring to king Wǎn. The commentators are chary of saying this directly, thinking that such lively emotion about such an object was inconsistent with Wǎn's sagely character; but they are obliged to interpret the passage of him. to make, with K'ang-shing and others, the subject to be the lady herself, and the object of her quest to be virtuous young ladies to fill the harem, surely is absurd. 思服, —服＝懷, 'to cherish in the breast.' 悠哉, —悠, here, acc. to Maou, ＝思, 'to think.' In other places, in these Odes, it＝憂, 'to be anxious,' 'sorrowful'; and also＝遠, 'remote,' 'a long distance.' Choo He prefers this last meaning, and defines it by 長, 'long'. The idea is that of prolonged and anxious thought. 輾轉反側, —the old interpreters did not distinguish between the meaning of these characters. The Shwoh-wǎn, indeed, defines 輾(it gives only 展) by 轉. Choo He makes 輾＝轉之半, 'half a *chuen* or turning;' 轉＝輾之周, 'the completion of the 輾;' while 反 and 側 are the reversing of those processes. This is ingenious and elegant; but the definitions are made for the passage.

St. 3. As the subject of 菜 and the other verbs, we are to understand the authors or singers of the Ode, —the ladies of king Wǎn's harem. The Pe-che(備旨), however, would refer all the 之 in the stanza to the young lady, and the verbs to king Wǎn, advising him so to welcome and cherish her; and this interpretation is also allowable. Maou, further on, explains 采

by 取, 'to take', and here, 芼 by 擇, 'to pick out', to 'select'.
But the selection must precede the taking. It was not till the time
of Tung Yëw in the Sung Dyn., that the meaning of 芼, which I
have given, and which may be supported from the Le Ke, was
applied to this passage. 友之, —'we friend her,'*i.e.*, we give her
a friendly welcome. The *k'in* and *shih* were two instruments in
which the music was drawn from strings of silk. We may call
them the small lute and the large lute. The *k'in* at first had only
5 strings for the 5 full notes of the octave, but two others are said
to have been added by kings Wǎn and Woo, to give the semi-
notes. The invention of a *shih* with 50 strings is ascribed to Fuh-
he, but we are told that Hwang-te found the melancholy sounds
of this so overpowering, that he cut the number down to 25.

In Chinese editions of the *she*, at the end of every ode, there
is given a note, stating the number of stanzas in it, and of the
lines in each stanza. Here we have 關雎三章, 一章四句, 二章章
八句, 'The *Kwan-ts'eu* consists of 3 stanzas, the first containing
4 lines, and the other two containing 8 lines each.' This matter
need not be touched on again.

The rhymes (according to Twan Yuh-tsae, whose authority
in this matter, as I have stated on the prolegomena, I follow) are—
in stanza 1, 鳩, 洲, 述, category 3, tone 1; in 2, 流, 求, *ib.*; 得,
服 *, 側, cat. 1, t. 3; in 3, 采, 友 *, *ib.* t. 2; 芼, 樂 *, cat. 2.
The * after a character denotes that the ancient pronunciation of
it, found in the odes, was different from that now belonging to
it. A list of such characters, with their ancient names, has been
given in the prolegomena, in the appendix to the chapter referred to.

INTERPRETATION OF THE ODE. I've said that the Ode celebrates the virtue of the bride of king Wăn. If I had written *queen* instead of *bride*, I should have been in entire accord, so far, with the schools both of Maou and Choo He. During the dyn. of Han a different view was widley prevalent,—that the Ode was satirical, and should be refeered to the time when the Chow dyn. had begun to fall into decay. We find this opinion in Lëw Heang (列女傳, 仁智篇), Yang Heung (法言, 孝至篇), and up and down, in the histories of Sz'-ma Ts'ëen, Pan Koo, and Fan Yeh. —By the E Le, however, IV., ii. 75, we are obliged to refer the *Kwan-ts'eu* to the time of the duke of Chow. That a contrary opinion should have been so prevalent in the Han dyn., only shows how long it was before the interpretation of the odes became so definitely fixed as it now is. Allowing the ode to be as old as the duke of Chow, and to celebrate his father's bride or queen, what is the virtue which it ascribes to her? According to the school of Maou, it is her freedom from jealousy, and her constant anxiety and diligence to fill the harem of the king with virtuous ladies to share his favours with her, and assist her in her various duties; and the ode was made by her. According to the school of Choo He, the virtue is her modest disposition and retiring manners, which so ravished the inmates of the harem, that they sing of her, in the 1st stanza, as she was in her virgin purity, a flower unseen; in the 2d, they set forth the king's trouble and anxiety while he had not met with such a mate; and in the 3d, their joy reaches its height, when she has been got, and is brought home to his palace. In this way, thinks Choo, the ode, in reality, exhibits the virtue of king Wǎn in making such a choice; and that is with him a very great point.

The imperial editors, adjudicating upon these two interpretations, very strangely, as it seems to me, and will also do, I presume, to most of my western readers, show an evident leaning to that of the old school. 'It was the duty,' they say, 'of the queen to provide for the harem 3 wives(三夫人, ranking next to herself), nine ladies of the 3d rank (九嫔), 27 of the 4th(二十七世妇), and 81 of the 5th(八十一御妻).' Only virtuous ladies were fit to be selected for this position. The anxiety of T'ae sz' to get such, her disappointment at not finding them, and her joy when she succeeded in doing so; —all this showed the highest female virtue, and made the ode worthy to stand at the head of all the Lessons from the Manners of the States.

Confucius expressed his admiration of the ode (Ana. III. xx), but his words afford no help towards the interpretation of it. The traditional interpretation of the odes, which we may suppose is given by Maou, is not to be overlooked; and, where it is supported by historical confirmations, it will often be found helpful. Still it is from the pieces themselves that we must chiefly endeavour to gather their meaning. This was the plan on which Choo He proceeded; and, as he far exceeded his predecessors in the true critical faculty, so China has not since produced another equal to him.

It is sufficient in this Ode to hear the friends of a bridegroom expressing their joy on occasion of his marriage with the virtuous object of his love, brought home in triumph, after long quest and various disappointments. There is no mention in it of king Wăn and the lady Sz'. I am not disposed to call in question the belief that that lady was the mistress of Wăn's harem; but I venture to introduce here the substance of a note from the 'Annals of the Empire', Bk. I., p.14, to show how uncertain is the date at least of their marriage. —In the Le of the elder Tae, king Woo is said to have been born in Wăn's 14th year, while, in the standard chronology, Wăn's birth is put down in B. C. 1230, and Woo's in 1168, when Wăn was 62. But both accounts have their difficulties. First, Wăn had one son—Pih Yih-k'aou—older than Woo, so that he must have married T'ae-sz' at the age of 12 or thereabouts, when neither he nor she could have had the emotions described in the *Kwan-ts'eu*. Further, as Wăn lived to be 100 years old, Woo must then have been 85. He died 20 years after, leaving his son, king Ching, only 14 years old. Ching must thus have been born when his father was over 80, and there was a younger son besides. This is incredible. Again, on the other account, it is unlikely that Wăn should only have had Pih Yih-k'aou before Woo, and then subsequently seven other sons, all by the same mother. And this difficulty is increased by what we read in the 5th and 6th Odes, which are understood to celebrate the numerousness of Wăn's children.

These considerations prove that the specification of events, as occurring in certain definite years of that early time, was put down very much at random by the chronologers, and that the traditional interpretation of the Odes must often be fanciful.

CLASS OF THE ODE; AND NAME. It is said to be one of

the allusive pieces（興）. At the same time a metaphorical element
（比）is found in the characters of the objects alluded to:—the
discreet reserve between the male and the female of the osprey;
and the soft and delicate nature of the duckweed. The name is
made by combining two characters in the 1st line. So, in many
other pieces. Sometimes one character serves the purpose; at
other times, two or more. Occasionally a name is found, which
does not occur in the piece at all. The names of the Odes were
attached to them before the time of Confucius, of which we have
a superfluity of evidence in the Ch'un Ts'ew. From the Shoo,
V.,vi.15, some assume that the writers of the pieces gave them
their names themselves; and this may have been the case at
times.—The subject of the name need rarely be referred to
hereafter.

（理雅各，2011d：2-5）

附录二 理雅各《中国经典·诗经》之《周南》题解

TITLE OF THE BOOK. —周南一之一，'Chow Nan, Book I. of Part I.' The first 一 is that of the last title, —國風一. By Chow is intended the seat of the House of Chow, from the time of the 'old duke, T'an-foo (古公亶父)', in B. C. 1325, to king Wăn. The chiefs of Chow pretended to trace their lineage back to K'e, better known as How Tseih, Shun's minister of Agriculture. K'e was invested, it is said, before the death of Yaou, with the small territory of T'ae (邰), referred to the pres. dis. of Woo-kung (武功) in K'ëen-chow (乾州), Shen-se. Between K'e and duke Lëw (公劉), only two names of the Chow ancestry are given with certainty, —Puh-chueh (不窋) and Kuh (鞠, *al.* 鞠陶). Sz'-ma Ts'ëen calls the first K'e's son, but we can only suppose him to have been one of his descendants. In the disorders of the Middle Kingdom, it is related, he withdrew among the wild tribes of the west and north; and there his descendants remained till the time of duke Lëw, who returned to China in B. C. 1796, and made a settlement in Pin (豳), the site of which is pointed out, 30 *le* to the west of the present dis. city of San-shwuy (三水) in the small dep. of Pin-chow (邠州). The family dwelt in Pin for several generations, till T'an-foo, subsequently *kinged* by his posterity as king T'ae (太王), moved still farther south in B. C. 1325, and settled in K'e (岐), 50 *le* to the north east of the dis. city of K'e-shan (岐山), dep. Fung-ts'ëang (鳳翔). The plain southwards received the name of Chow, and here were the head-quarters of the rising House, till king Wăn moved south and east again, across the Wei, to Fung (豐), south-west from the pres. provincial city of Se-gan. When king Wăn took this step, he separated the original Chow—K'e-chow—into Chow and Shaou, which he made the appanages of his son Tan (旦), and of Shih (奭), one of his principal supporters. Tan is known from this appointment as 'the duke of Chow'. The pieces in this Book are supposed to have been collected by him in Chow, and the States lying south from it along the Han and other rivers. —We must supplement in English the bare 'Chow Nan' of the title, and say—'The Odes of Chow and the South.'

[The above historical sketch throws light on Mencius' statement, in Book Ⅳ., Pt.II. i., that king Wăn was 'a man from the wild tribes of the west (西夷之人).' I have translated his words by 'a man near the wild tribes of the west.' But according to the records of the Chow dynasty themselves, we see its real ancestor, duke Lëw, coming out from among those tribes in the beginning of the 17th century before our era, and settling in Pin. Very slowly, his tribe, growing in civilization, and pushed on by fresh immigrations from its own earlier seats, moves on, southwards and eastwards, till it comes into contact and collision with the princes of Shang, whose dominions constituted the Middle Kingdom, or the China of that early time.

The accounts of a connection between the princes of Chow and the statesmen of the era of Yaou and Shun must be thrown out of the sphere of reliable history.]

(理雅各, 2011d:2)

附录三 理雅各《中国经典·诗经》主要注疏参考文献

[Prolegomena]

CHAPTER V.

LIST OF THE PRINCIPAL WORKS WHICH HAVE BEEN CONSULTED IN THE PREPARATION OF THIS VOLUME.

SECTION I.

CHINESE WORKS; WITH BRIEF NOTICES OF THEM.

1. In the 十三經註疏 (see proleg. to vol. I., p. 129):—

[i.] 毛诗註疏, containing Maou's Explanations of the She (see p. 11; but whether this was the work of Maou Chang, as there stated, or of his predecessor Maou Hăng, is not positively determined), and Ch'ing K'ang-shing's 'Supplementary Commentary to the She of Maou (see also, p. 11),' with his 'Chronological Introduction to the She (pp. 11,12).' There are in it also of course K'ung Ying-tah's own paraphrase of Maou

and Ch'ing (正義), and supplemental discussions, with citations
from Wang Suh's (王肅) Works on the She, from Lëw Choh (劉
焯) and Lëw Heuen (劉炫) of the Suy dynasty, and from other
early writers. The edition which I have used is beautifully
printed, and appeared in 1815 (嘉慶二十年江西南昌學府開雕),
under the supervision of Yuen Yuen (see Proleg. to vol. I., p.
133). It contains his examination of the text of all K'ung Ying-
tah's work (毛詩註疏校勘記);—a very valuable addition.

[ii.] 爾雅註疏. See proleg. to vol. III. p. 201.

3. 欽定詩經傳說彙纂, 'Compilation and Digest of
Comments and Remarks on the She-king. By imperial authority.'
In 21 chapters; with an appendix containing the Prefaces, and
Choo He's examination and discussion of them,—in whole, and
in detail. It was commanded towards the end of the period K'ang-
he, and I have generally called it the K'ang-he She; but it did not
appear till 1727, the 5th year of the period Yung-ching. The plan
of it is similar to the imperial edition of the Shoo-king, which I
have described in the proleg. to vol. III., p. 201; and it is
entitled to equal praise. The compilers drew in the preparation of
it from 260 writers:—1 of the Chow dynasty; 25 of the Han; 3 of
the kingdom of Wei; 2 of that of Woo; 4 of the Tsin dynasty; 2
of the Lëang; 1 of the northern Wei; 1 of the Suy; 15 of the T
'ang; 1 of the Posterior Tsin; 1 of the southern T'ang; 94 of the
Sung; 23 of the Yuen; and 87 of the Ming.

Immediately after the text there follows always the
commentary of Choo He in his 'Collected Comments on the She
(詩集傳);' and this the editors maintain as the orthodox

interpretation of the odes, while yet they advocate, in their own 'decisions,' wherever they can, the view given by Maou in accordance with the Little Preface. Choo's commentary was published in the winter of 1177. My own opinion on Choo's principle of interpretation, and on the Preface, has been given in Chapter II. of these prolegomena, and in many places when treating of particular odes.

4. I have made frequent reference to the imperial editions of the Ch'un T'sëw and the Le Ke;—and also to those of the Chow Le (周禮), and the E Le (儀禮).

8. The 呂氏家塾讀詩記,三十二卷, 'Leu's Readings in the She for his Family School; in 32 chapters.' The author of this work was Leu Tsoo-k'ëen (呂祖謙) or Leu Pih-kung (伯恭), a contemporary of Choo He (born 1137; die 1181). It gives not only the author's view of the text, but those of 44 other scholars, from Maou down to Choo, very distinctly quoted. The peculiarity of it is, that the explanations of Choo He which are adduced are those held by him, at an early period, before he had discarded the authority of the Prefaces. In 1182 Choo wrote a preface to Leu's Work, saying that the views attributed to him in it were those of his youth, 'shallow and poor,' and he regretted that Pih-Kung had died before he had an opportunity of discussing them anew with him. To the Work he assigns the characters of comprehensiveness, clearness, and mildness. The edition in my possession is a beautiful one, published in 1811.

9. 詩補傳,三十卷, 'Supplemental Commentary to the She; in 30 chapters.' The writer mentions only his style of Yih-chae

(逸齋), but Choo E-tsun and others have identified him with Fan Ch'oo-e (范處義), another great scholar of the 12th century, who took high rank among the graduates of the third degree in the Shaou-hing (紹興) period. He was a vehement advocate of the Prefaces, and of Maou's views; but he was not sufficiently careful in his citation of authorities.

10. 毛詩集解, 四十二卷, 'Collected Explanations of Maou's She; in 42 chapters.' By whom this work was first edited I do not know; but it contains the views of three scholars all of the first half of the 12th century:—Le Ch'oo (李樗; styled 迂仲 and 若林); Hwang Heun (黃櫄; styled 實夫); and Le Yung (李泳). They were all natives of Fuh-këen province. Ch'oo was a near relative of Lin Che-k'e, of whose commentary on the Shoo I have spoken in the proleg. to vol. III. P. 202;—of vast erudition, yet possessing a mind of his own. Why his interpretations and those of Hwang Heun were edited together, it would be difficult to say, for they do not always agree in opinion. Le Yung's remarks are supplemental to those of the two others.

11. 詩緝, 三十六卷, 'A Commentary on the She, from all sources; in 36 chapters.' This is famous commentary on the She, by Yen Ts'an (嚴粲; styled 坦叔, and 華谷), to which I have made very frequent reference. The preface of the author, telling us how he made his commentary in the first place for the benefit of his two sons, is dated in the summer of 1248. In general he agrees with the conclusions of Leu Tsoo-k'ëen; but he was familiar with the labours of all his predecessors, and was not afraid to strike out, when he thought it necessary, independent

view of his own. His view of the Prefaces had been mentioned on p. 32. Among all the commentators on the She of the Sung dynasty, I rank Yen Ts'an next to Choo He.

12. 詩傳遺說,六卷, 'A Supplement to the Commentary on the She; in six chapters. ' This is a work by Choo Kёen (朱鑑; styled 子明), a grandson of Choo He. It was intended, no doubt, specially to supplement Choo's[①] great Work, and the materials were mainly drawn from his recorded remarks upon the odes, and which were not included in it.

13. 詩說,一卷, 'Talk about some of the Odes; in one chapter. ' This is a small treatise of hardly a dozen paragraphs, on the meaning of passages in a few of the *Ya* and the *Sung*, by a Chang Luy (張耒; styled 文潛), a writer of the last quarter of the 11th century.

14. 詩疑,二卷, 'Doubts about the She; in two chapters. ' By Wang Loo-chae, or Wang Pih, whose 'Doubts about the Shoo' is mentioned in the proleg. to vol. III., p. 203. The author was of the school of Choo He; but he was freer in his way of thinking about the Classical Books even than the great master; contending that many of the present odes were never in the old collection sanctioned by Confucius, and that many more have got transposed from their proper places. His two chapters are worth reading as specimens of Chinese rationalism.

15,16. 詩傳一卷;詩說一卷. 'Commentary on the She; in one chapter'; 'Tractate on the She; in one chapter. ' Both of

---

① "Choo's"应是"Choo's"之误。

these treatises are found in the collection of the 'Books of Han and Wei':—the former ascribed to Confucius's disciple, Tsze-kung; the latter to Shin P'ei, mentioned on p. 8 in connexion with the old Text of Loo. They are acknowledged, now, however, to be forgeries, the Work of a Fung Fang (豐坊; styled 存禮), a scholar of the Ming dynasty, in the first half of the 16th century. If the treatise ascribed to Tsze-Kung were genuine, we should have to reconsider may of the current opinions about the She; but neither of the forgeries has any intrinsic value.

17. 毛詩六帖講意, 四卷, 'An Exposition of Maou's She, from six points of view; in four chapters.' This is a more extensive Work than we might suppose from its being merely in four chapters.

It is interesting as being the Work of Seu Kwang-k'e (徐光啟; styled 子先), the most famous of the converts of Matteo Ricci; though there is nothing in it, so far as I have observed, to indicate the author's Christianity, if indeed it was written after his conversion. The copy which I have used, belonging to Wang T'aou, is the original one, published, according to a preface by a friend of the author, in 1617. Seu's 'six points of view' are Choo He's interpretations (翼傳); the interpretations of Maou and Ching (存古); new interpretations of others and himself (廣義); illustrations from old poems and essays (擘藻); the names of birds, animals, and plants (博物); and the rhymes (正叶). It is a valuable compilation. It has been republished with considerable alterations by a Fan Fang (范方); of the present dynasty.

19. 詩序廣義, 二十四卷, 'The She and the Preface to it

fully discussed; in 24 chapters.' This may be called *the* commentary on the She of the present dynasty, by Keang Ping-chang (姜炳璋, styled 石贞 and 白巖), published first in 1762. He would appear to have published an earlier Work, called 詩序補義, of which this is an enlargement. His view of the Preface has been alluded to in p. 32. Though very often opposed to Choo He, he is not slow to acknowledge his great merits, and to adopt in many cases his interpretations in preference to those of the old school. The work is thoroughly honest and able; not without its errors and prejudices, but deserving to rank with those Maou, Choo He, and Yen Ts'an.

20. 毛詩集釋, 三十卷, 'Explanations of Maou's She from all sources; in 30 chapters.' This work exists as yet only in manuscript, and was prepared, expressly for my own assistance, by my friend Wang T'aou (王韜; styled 仲弢, and 紫詮). There is no available source of information on the text and its meaning which the writer has not laid under contribution. The Works which he has laid under contribution,—few of them professed commentaries on he She,—amount to 124. Whatever completeness belongs to my own Work is in a great measure owing to this:—the only defect in it is the excessive devotion throughout to the views of Maou. I hope the author will yet be encouraged to publish it for the benefit of his countrymen.

21. 新增詩經補註備旨詳解;八卷. See the proleg. to vol. I., p. 131. This work is on the same plan as the 'Complete Digest of the Four Books,' there described; by Tsow Shing-mih (鄒聖脈; styled 梧岡), first published in 1763.

22. 增補詩經體註衍義合參；八卷，'Supplement to Choo He's commentary on the She, and the Amplification of the meaning；in 8 chapters.' This work, of the same nature as the preceding, but differently arranged；—by a Shin Le-lung (沈李龍), of Hăng-chow. It appeared first in 1689, with a preface by a Koo P'aou-wăn (顧豹文；styled 且菴). There is a very good set of plates at the commencement.

23. 詩經精華，'The Essence and Flower of the She.' In 8 chapters；by Sëeh Kёa-ying (薛嘉穎；styled 悟邨), a scholar of Fuh-kёen province；—published in 1825. This is one of the most valuable and useful of all the works on the She which I have consulted. The writer cannot be said to belong to either of the schools, but has honestly and successfully used his own mind, according to the rule of Mencius for the interpretation of the odes, before plunging into the ocean of commentaries.

24. 詩所, 八卷，'The Correct Meaning and Order of the odes；in 8 chapters.' It is difficult to translate the title (詩所) of this Work, which is taken from Confucius' account of his labours on the She in Ana. IX. Xiv. The author, Le Kwang-te (李光地), was one of the great scholars of the K'ang-he period. He began this Work, he tells us in the winter of 1717, and finished it in the spring of 1718. He has many peculiar views about the subjects and arrangements of the odes, but not much that is valuable in the explanation of the text.

25. Maou K'e-ling (毛奇齡；—see proleg. to vol. I. p. 132) has several treatises on the She, most of which were at one time embodied in a large work in 38 chapters, of which he lost the

manuscript. They are:—

[i.] 國風省篇,一卷.

[ii.] 毛詩寫官記,四卷.

[iii.] 詩札,二卷.

[iv.] 詩傳,詩說,駁義,五卷. This is occupied with the two forged Works mentioned above (15, 16).

[v.] 白鷺洲 (the name of a college in Këang-se, where the conversations and discussions were held) 主客說詩,一卷.

[vi.] 續詩傳鳥名,三卷.

32. The 皇清經解 contains a reprint of some Maou's Treatises, and of many others on the She. I have found assistance in consulting:—

[i.] 毛詩稽古編,三十卷, 'Maou's She, according to the views of the old school; in 30 chapters.' I do not know a more exhaustive work than this from the author's point of view. He was a Ch'in K'e-yuen (陳啟源; styled 長發) of Këang-soo. His work was published in 1687, and had occupied him for 14 years, during which he thrice wrote out his manuscripts. He is a thorough advocate of the old school, and is in continual conflict with Choo He, Gow-yang Sëw, Leu Tsoo-këen, Yen Ts'an, and especially Lëw Kin of the Ming dynasty.

[ii.] 毛鄭詩考正,四卷, 'An Examination of the She of Maou and Ch'ing; in 4 chapters.' By Tae Chin (戴震; styled 東原, 愼修, and 吉士), a great scholar mainly of K'ëen-lung period. He carefully examines all the instances where the views of Ch'ing differ from those of Maou, and does not hesitate to decide against the one or the other according to his own views.

[iii.] 詩經補註, 二卷, 'Supplemental Comments on the She; in 2 chapters.' Also by Tae Chin.

[iv.] 毛詩故訓傳, 三十卷. This is Maou's commentary on the She, revised and edited by Twan Yuh-tsae (see p. 101); probably the most correct edition of Maou's text which is to be found. It was published first in 1796.

[v.] 詩經小學, 四卷, 'The rudimentary Learning applied to the She-king; in 4 chapters.' This treatise is also by Twan Yuh-tsae;—an examination of the readings of She, different from those of Maou, gathered from all sources.

[vi.] 毛詩校勘記, 十卷. See on 1.

[vii.] 毛詩補疏, 五卷, 'Supplemental Excursus to Maou's She; in 5 chapters.' By Tsëaou Seun (焦循; styled 里堂 and 理堂), who took his second literary degree in 1801. The name of the Work is taken from K'ung Ying-tah's 註疏, with errors and defects in which, as he fancies, the writer mainly occupies himself.

[viii.] 詩述聞, 三卷, 'Lesson in the She, transmitted; in 3 chapters.' By Wang Yin-che (王引之; styled 伯申), a high officer of the present dynasty, who took the 3d place among the candidates for the Han-lin college in 1799. In this Work he gives the views of the She which he had received from his father, who was also a great scholar;—hence its name.

[ix.] 經傳釋詞, 十卷, 'An Explanation of the Particles employed in the classics and other writings; in 10 chapters.' This work is by the same author; and though not specially on the She, it has been to me of the utmost value. See a full account of it in

M. Julien's 'Syntaxe Nouvelle de la Langue Chinoise,' vol. I. pp. 153-231.

[x.] 毛詩紬義, 二十四卷, 'The meaning of Maou's She unfolded; in 24 chapters.' By Le Foo-p'ing (李黼平);—on the side of the old school.

[xi.] 詩毛鄭異同辨, 二卷, 'On the points of agreement and disagreement between Maou and Ch'ing upon the She; in 2 chapters.' By Tsǎng Ch'aou (曾釗; styled 冕士), a native of Nan-hae district, Canton province.

[xiii.] 三家詩異文疏證, 'Exhibition and Discussion of the different readings of the three other Texts and those of Maou. In 2 chapters; by Fung Tǎng-foo (馮登府), a scholar and officer of the Taou-kwang period.

44. 重訂三家詩拾遺, 八卷. A work of the same nature as the preceding. By Fan Këa-sëang (范家相) of the period K'ëen-lung; subsequently revised by a Yeh Keun (葉鈞; styled 石亭).

45. 韓詩外傳, 'Han's Illustrations of the She from external Sources.' See on p. 10, and pp. 87-95.

46. 毛詩草木鳥獸蟲魚疏, 二卷, 'On the Plants, Trees, Birds, Animals, Insects, and Fishes, in Maous's She; in two chapters.' By Luh Ke of the kingdom Woo (吳陸機 [more probably 璣]; styled 元恪:—born A. D. 260, died 303). This is the oldest Work on the subject with which it is occupied. The original Work was lost; and that now current was complied, it is not known when or by whom, mainly from K'ung Ying-tah's constant quotations of it.

47. 毛詩名物解, 二十卷, 'Explanation of Names and Things

in Maou's She; in 20 chapters.' A Work of the same character as the above, but more extensive; by Ts'ae Pëen (蔡卞; styled 元度), a scholar of the Sung dynasty, in the second half of the 11th century. He commences with the names of heaven; goes on to the cereals; plants and grasses; trees; birds; animals; insects; fishes; horses; and miscellaneous objects, such as garments, the ancestral temple, &c.

48. 埤雅, 二十卷, 'Supplement to the Urh-ya, in 30 chapters.' By Luh Tëen (陸佃; styled 農師:—born A.D. 1042, died 1102). Tëen was a disciple of Wang Gan-shih, and a very voluminous writer; but only this *P'e-ya* survives of all his Works. He is less careful in describing the appearance of his subjects than in discussing the meaning of their names. Beginning with fishes, first among which is the dragon, he proceeds to animals; then to birds; then to insects; especially to horses; to trees; to grasses and plants; to the names of heaven, and skyey phaenomena. There were originally other chapters; but they are lost.

49. 詩集傳名物鈔, 八卷, 'Examination of Names and Things, as given in Choo He's She and Commentary, from all sources; in eight chapters.' By Heu K'ëen (許謙), one of the most famous scholars of the Yuen dynasty, in the first half of the 14th century. He had studied under Wang Pih (see 14), whose 'Doubts' had left their influence on his mind.

50. 毛詩名物略, 四卷, 'The Names and Things in Maou's She in brief; in 4 chapters.' Published in 1763, by Choo Hwan (朱桓; styled 拙存). He arranges his subjects under the four

heads of Heaven, Earth, Man, and Things (天,地,人,物); that is, celestial Beings and phænomena; the earth, with its mountains, springs, States, &c.; man's works, dignities, garments, &c.; and birds, beasts, plants, trees, insects, and fishes.

51. 毛詩名物圖說, 九卷, 'Plates and Descriptions of the objects mentioned in Maou's She; in 9 chapters.' Published in 1769, by Seu Ting (徐鼎; styled 實夫[①]). He tells us that it cost him 20 years' labour. It is a very useful manual on the subject. The author gives a multitude of descriptions from various sources; and generally concludes with his own opinion, occasionally new and reliable. The plates are poor.

52. 毛詩品物圖考, 七卷, 'An inquiry into the various objects mentioned in Maou's She, with plates; in 7chapters.' This is the work of a Japanese scholar, and physician who calls himself Kang Yuen-fung (岡元鳳) of Lang-hwa (浪華); taking up first the grasses and plants; then trees; birds; animals; insects; and fishes. He seldom gives any other descriptions than those of Maou and Choo. The plates are in general exquisitely done, and would do credit to any wood engraver of Europe. The book, though not containing quite all the objects mentioned in the She, has been of more use to me than all the other books of the same class together. My edition contains a recommendatory

---

① "實夫"为本附录第 10 条中"黃櫨"之字。"徐鼎;styled 實夫"似为理雅各原文之误。台湾 SMC Publishing Inc(南天书局有限公司)1991 版 The Chinese Classics, Vol. IV, The She King 亦如是。"徐鼎,字崶东,号雪樵,吴县优贡生。……著有《毛诗名物图说》及《霭云馆诗文集》"([民国]《吴县志》卷七十五上)。

preface by a 那波師會 of 西播, dated in the winter of 1785 (天明四年, 甲辰, 冬, 十月).

53. 音論; 易音; 詩本音. These three Works are all contained in the 皇清經解, chapters 4 to 19, the productions of Koo Yen-woo, mentioned and made use of in the first and second sections of chapter III. of these prolegomena.

54. 六書音均表. This is the work of Twan Yuh-tsae, mentioned and freely quoted from in the same sections;—on the ancient pronunciation and thymes of the characters. It also is contained in the same collection, chapters 661-666.

55. 古韻標準, 四卷, 'Adjustment of ancient rhymes; in 4 chapters.' By Këang Yung. See p. 98. I have this Work reprinted in two different Collections. One of them is styled 粵雅堂叢書, which appeared in 1853, published at the expense of a wealthy gentleman of Nan-hae, department Kwang-chow, in Canton province, called Woo Ts'ung-yaou (伍崇曜). It contains upwards of a hundred Works, many of them rare and valuable, mostly of the present dynasty, but others of the T'ang, Sung, Yuen, and Ming dynasties, selected from the publisher's library, called 粵雅堂. One of these, the 疑年錄, and a continuation of it, giving the years of the birth and death of many of the most eminent scholars and others in Chinese history, have been very useful.

The other Collection is styled 守山閣叢書, published in the same way from the stores of his library (守山閣), in 1844, by Ts'ëen He-tsoo (錢熙祚; styled 錫之), a gentleman of Sung-Këang dept., Këang-soo. It contains 18 Works on the classics; 28 on the histories; 60 on the philosophers or writers on general subjects; and 4 miscellanies.

The Dictionaries and Books of general reference, mentioned in the list of Works consulted in the preparation of vol. III., have, most of them, been referred to as occasion required; and to them there are to be added the dictionary 玉篇 of the 6th century; the 廣韻 (see on pp. 104-106); the 六書故, written about the close of the Sung dynasty; the 爾雅翼, an appendix [Wings] to the Urh-ya, by Lo yuen (羅願; styled 端良, and 存齋), of the 12th century,—a Work analogous to the 埤雅 above, but superior to it; the 三禮通釋, an exhaustive Work, in 230 chapters of Description, and 50 chapters of Plates, on the Chow Le, the E Le, and the Le Ke, by Lin Ch'ang-e (林昌彝; styled 薌谿, and 薌谷), a native of Fuh-këen, who was able, after 30 years of labour, to submit his manuscript for imperial inspection in 1852; and the various poets and Collections of poems here and there referred to in these prolegomena.

SECTION II

TRANSLATIONS AND OTHER FOREIGN WORKS

Besides most of the Works mentioned in the prolegomena to former volumes, I have used:—

CONFUCII SHE-KING, sive LIBER CARMINUM. Ex Latina P. Lacharme interpretatione edidit Julius Mohl. Stuttgartiæ et

Tubingæ﹕1830.

SYSTEMA PHONETICUM SCRIPTURÆ SINICÆ. Auctore J. M. Callery, Missionario Apostolico in Sinis. Macao﹕1841.

POESEOS SINICÆ COMMENTARII﹕ The POETRY OF THE CHINESE. By Sir John Francis Davis. New and augmented edition. London﹕1870.

Notes on Chinese Literature. By A. Wylie Esq. Shanghae﹕1867.

POESIES DE L'EPOQUE DES THANG﹕ traduites du Chinois, pour la premiere fois, avec une etude sur l'art Poetique en Chine; par Le Marquis D'Hervey Saint-Denys. Paris﹕1862.

CONTRIBUTIONS towards the MATERIA MEDICA AND NATURAL HISTORY of China. By Frederick Porter Smith, M. B. , Medical missionary in Central China. Shanghae﹕1871.

NOTES AND QUERIES on China and Japan. Edited by N. B. Dennys. Hongkong﹕1867 to 1869.

The CHINESE RECORDER and MISSIONARY JOURNAL. Published at Foo-chow. Now in its third year.

GOD IN HISTORY, or The progress of Man's Faith in the Moral Order of the World. By C. J. Baron Bunsen. Translated from the German. London﹕1870.

FLORA HONGKONGENSIS﹕ a DESCRIPTION of the FLOWERING PLANTS and FERNS of the Island of HONG-KONG. By George Bentham, V. P. L. S. London﹕1861

(理雅各,2011d﹕172-182)

索　引

后　记

　　自硕士学习阶段师从洪岗教授进入跨文化语用学研究以来，我对语言与跨文化研究一直怀有浓厚兴趣。洪老师注重培养学生的跨文化研究意识与实证研究能力，两周一次的师门论坛常围绕跨文化实证研究的理论视角、问题提出、方法设计与结果解读来展开。其间的学术训练使我在面对不同领域的语言现象时，自然地会关注其中的跨文化特征。

　　我博士阶段的导师吴宗杰教授重视从福柯话语理论视角理解语言现象，注重培养学生的话语意识与批判话语分析能力。他也从话语建构角度理解中国传统文化话语的特征、这种传统话语的历史嬗变及其对当今世界的意义。在师门论坛中，话语研究、文化研究是两个突出的主题。其间的学术训练进一步打开了我关注跨文化研究的视野和思路。

　　当我带着从语言、话语角度关注跨文化问题的兴趣，再读自己年少时就感兴趣、教学中也常作为跨文化专题补充材料的《诗经》《春秋》等先秦经典，尤其是阅读围绕经典而展开的历代注疏时，便不再只是关注经典文本自身的内容，还体会到中国经典的话语范式和现代语言之间存在着很大不同。例如，《关雎》在注疏中的意义建构不同于中小学语文教材所介绍的爱情书写，《春秋》及其三传的历史意义建构也不同于突出线性因果逻辑的现代史学书写。

这些"不同"激起了我的好奇心,带我走近并走进古老而年轻的中国经典世界。说它古老,是因其从历史深处走来、不为现代人所熟悉的话语面貌;说它年轻,是因为它焕发着对当下世界的深远意义,尤其是对突破全球话语单一性困境、促进全球话语多样性具有特殊价值。

长期以来,西方现代理性话语体系在全球占据主导地位,导致全球话语单一性困境。尼采、福柯、德里达等西方哲人深刻思辨现代理性话语范式,但他们身处这一话语体系,很难从其内部去突破这种困境。因此,有必要重新思考其他话语传统对全球话语体系的当下意义。中国经典及历代注疏所建构、传承的中国传统话语体系有别于西方现代理性话语体系,对突破全球话语单一性困境具有特殊意义。研究中国经典跨文化传播的成功案例,有助于思考中国经典如何能为全球话语多样性做出特有贡献,并为人类命运共同体贡献中国话语智慧。

为实现这样的当下意义,中国经典作为中国传统文化话语的重要源头与文本载体,又需要通过什么样的话语被跨文化表达呢?于是,外国语言学及应用语言学出身的我开始关注中国经典外译与海外汉学研究。随着文献阅读的拓展与深入,我发现中国经典翻译与海外传播研究广受关注,相关研究既有理论建构,也有实践关注,成果多元。其中的一些话语现象引起了我的思考:现有中国经典外译研究大多在西方翻译理论视角下思考译介理论与方法,带有突出的西方现代学科话语特征,从中国传统经学话语角度切入的研究并不多见。另外,国内很多相关研究将中国经典"走出去"视为扩大中国文化影响力、提高中国话语权的需要,鲜少关注它对当下全球话语多样性的意义,以及为实现这种意义需要选择什么样的跨文化诠释话语路向。

带着这样的跨文化研究关切,我萌发了以中国经学话语范式为"地方性知识"参照系,考察中国经典跨文化重构成功案例的话语特征的念头,由此思考以全球话语多样性为指归的典籍跨文化传播话语路径,并从博士课题开始相关研究。为此,首先需要理解经典及历代注疏所建构、承载的中国传统话语特征,将中学西传诠释文本与中国经学文本互照互释。但是,要将这样的念头落实到理论诠释与文本解读中,对外国语言学及应用语言学专业背景的我而言,却非易事。如何结合中国经学传统来考察中国经典跨文化诠释的话语特征? 从什么理论视角、以什么具体方法来梳理中国传统注疏与跨文化注疏文本? 以什么写作风格呈现注疏文本分析的过程与结果? 这些问题都需要我反复斟酌。经过长时间往复更替的理论研读与文本细读,我决定综合采用经学研究、翻译学研究、批判话语研究等领域的理论与方法,在写作表达上力求既符合逻辑分析要求,又体现经学辨义对文本肌理的溯源。

由于没有接受过专门的经学研究训练,我在跨学科理论研读、注疏文本梳理等方面遇到了不少困难。但也是在克服这些困难的过程中,我对理雅各的西儒经注、对中国经典与传统注疏有了更立体、更深入的理解,对中国传统文化有了更真诚、更深刻的热爱,对理雅各充满敬意。这个过程也打破了一些"边界"对我的束缚,让我汲取到了丰富的学术给养:当我在古今话语之间、中西话语之间、不同学科之间穿梭探索时,"跨界"学术旅行让我看见了不同的风景、体验了充实的收获。这或便是"为道日损"的自我突破、"为学日益"的修习成长。我享受这个探索的过程,它既激励我全力以赴乃至冥思苦想,又带给我远离喧嚣的宁静安和。

感谢我博士阶段的导师吴宗杰教授多年来引领我逐步走向更深的批判话语研究与中国经学意义思考。他会通古今、熔铸中外的学术视野带给我诸多启发与鞭策,他不断拓展的跨学科研究领域带给我"跨界"思考的机会。他从不同视角开展的研究始终关注现代语境中的教育本质意义、中国传统文化的现代表述与复兴等主题,让我更好地理解到学术研究应如何深刻观照当下和未来的现实问题。他"如切如磋、如琢如磨"的严谨态度、"学如不及、犹恐失之"的学术热情为我立下楷模。

感谢洪岗教授一直以来对我的指导与鼓励。我第一次向他汇报本书选题时,他肯定了选题意义,也提醒我面临的挑战。我在本研究攻坚阶段向洪老师求教,他以一以贯之的严谨指出问题,又基于对语言与跨文化研究的深刻理解,给出建设性意见,使我豁然开朗,也增强了我的攻坚信心。我硕士阶段在洪老师门下得到科研启蒙与严格训练,也在之后的研究与工作中得到他的指正引导,受益终生。他"弘毅笃实"的谦谦君子风范是我的修身榜样,又给我以"淡泊明志、宁静致远"的治学垂范。

感谢殷企平教授对我的关心与帮助。我在他的课程与研究中得到学术视野拓展与学术方法受教,也在本研究中蒙他蔼然点拨。他的人格感召力和学术引导力使我得以见贤思齐。

童明(刘军)教授对我的提点使我能从更多视角理解"启蒙"、现代性与跨文化对话中的话语现象。他开阔的学术视野、严谨的研究方法、独辟蹊径的写作风格让我受益良多。

陈玉兰教授慷慨提供了她从海外收集而来的、王韬为助译理雅各《中国经典·诗经》专门撰写的《毛诗集释》影印资料,为我解读理雅各的跨文化注疏提供了重要参考文本。

吴笛教授、马博森教授、高奋教授、关长龙教授、卓振英教授、刘慧梅教授为本著提出了宝贵的修改建议。王云路教授、董平教授的课程帮助我更好地理解了训诂方法、秦汉哲学。

本书从选题到出版,历时已十年,部分内容已发表于《外国语》《中国翻译》《文史哲》《中国社会语言学》等期刊;虽数易其稿,但难免仍有疏漏之处,敬请读者批评指正。此外,理雅各《关雎》跨文化注疏可从不同角度加以解读,本书仅就其西儒经注话语特征及其启示展开研究。我决定先出版这一跨学科探究的阶段性成果,希望它能抛砖引玉,为更多学者带着全球视野与当下观照进入中国传统经学跨文化传播研究提供参考,为有志于从事话语与跨文化研究、海外汉学研究、典籍翻译与传播研究的学界同仁、研究生提供借鉴,以期推动相关研究的发展。本书未来得及探究的问题,我将其留待今后努力,也期待有同志者与我同行。

本研究得到教育部人文社科规划基金项目的资助,也得到浙江师范大学"外国语言学及应用语言学"省级一流学科的支持,谨致谢忱。

本书的责任编辑黄静芬女士专业敬业、高效严谨,她的建议帮我在本书付梓之前进一步提高了文稿质量,也使本书能以现有的出版风格呈现在读者面前。

胡美馨

2018 年 10 月于金华

图书在版编目(CIP)数据

西儒经注中的经义重构:理雅各《关雎》注疏话语
研究 / 胡美馨著. —杭州:浙江大学出版社,2018.10(2019.5 重印)
(中华翻译研究文库)
ISBN 978-7-308-18188-4

Ⅰ.①西… Ⅱ.①胡… Ⅲ.①《诗经》—诗歌研究
Ⅳ.①I207.222

中国版本图书馆 CIP 数据核字(2018)第 087973 号

馨言题 館學譯華中

西儒经注中的经义重构——理雅各《关雎》注疏话语研究
胡美馨　著

出 品 人	鲁东明
总 编 辑	袁亚春
丛书策划	张　琛　包灵灵
责任编辑	黄静芬
责任校对	虞雪芬
封面设计	程　晨
出版发行	浙江大学出版社
	(杭州市天目山路 148 号　邮政编码 310007)
	(网址:http://www.zjupress.com)
排　　版	浙江时代出版服务有限公司
印　　刷	浙江新华数码印务有限公司
开　　本	710mm×1000mm　1/16
印　　张	17.75
字　　数	245 千
版 印 次	2018 年 10 月第 1 版　2019 年 5 月第 2 次印刷
书　　号	ISBN 978-7-308-18188-4
定　　价	55.00 元